Jon Katz
Engel auf vier Pfoten

PIPER

Zu diesem Buch

Seit dem frühen Tod seiner Frau Katie lebt Sam allein auf der Farm. Wobei allein nicht ganz zutrifft: Neben all den Tieren ist es vor allem die Hündin Rose, die für ihn über die Jahre eine echte Gefährtin wurde. Sie kennt jedes Tier, hilft, wo sie kann, und spürt, wenn Sam sie am dringendsten braucht – sei es, um bei der Geburt eines Lämmchens zu helfen oder um Sam Gesellschaft zu leisten, wenn er sich einsam fühlt. Doch eines Nachts wird Rose auf eine harte Probe gestellt: Ein Jahrhundert-Blizzard verwüstet die Gegend, und Sam wird schwer verletzt. Hilfe zu holen ist unmöglich, da der Funkverkehr unterbrochen ist. Der Sturm wird immer heftiger, als Sam schließlich das Bewusstsein verliert und Rose keine Anweisungen mehr geben kann. Wird es Rose gelingen, allein auf sich gestellt, die Farm und die Tiere zu retten?

Jon Katz ist der Autor zahlreicher Romane und Hundebücher. Er hat unter anderem für die New York Times, das Wall Street Journal und den Rolling Stone geschrieben und für CBS News und die Washington Post gearbeitet. Zusammen mit der Künstlerin Maria Heinrich, seinen Hunden Rose, Izzy, Lenore und Frieda sowie zwei Katzen lebt er auf der Bedlam Farm nördlich von New York.

Jon Katz

Ein Engel auf vier Pfoten

Roman

Aus dem Amerikanischen von
Gabriele Zigldrum

Piper München Zürich

Mehr über unsere Autoren und Bücher:
www.piper.de

FSC
www.fsc.org
MIX
Papier aus verantwortungsvollen Quellen
FSC® C083411

Deutsche Erstausgabe
November 2011

Titel der amerikanischen Originalausgabe:
»Rose in a Storm«, Villard/Random House, New York 2010

Umschlagkonzept: semper smile, München
Umschlaggestaltung: Cornelia Niere, München
Umschlagmotiv: Monika Schöffmann
Satz: Kösel, Krugzell
Gesetzt aus der Sabon
Papier: Munken Print von Arctic Paper Munkedals AB, Schweden
Druck und Bindung: CPI – Clausen & Bosse, Leck
Printed in Germany ISBN 978-3-492-27351-0

Der echten Rose gewidmet

Es gibt keinen größeren Ruhm, als für die Liebe zu sterben.

Gabriel García Márquez,
»Die Liebe in den Zeiten der Cholera«

Eins

Im Farmhaus hob Rose den Kopf und spitzte die Ohren. Sie hörte ein Schaf keuchen, das gerade ein Lamm zur Welt brachte, und sah aus dem Fenster in die Dunkelheit hinaus. Draußen war es neblig, aber sie konnte den Schlamm auf dem Boden und die rötlichen Schatten der Stallgebäude erkennen. Sie stellte sich vor, wie die Schafe hinter der Futterraufe schliefen.

Rose hob die Nase und nahm Witterung auf. Von der Weide wehte der starke, schwüle Geruch von Geburt herüber, der Geruch nach Lamm, Schafsmist und Angst.

Sie hörte wieder ein Keuchen, ein Laut des Todes und der Verzweiflung. Dann blökte ein Mutterschaf. Es schien ängstlich nach den anderen zu rufen. Rose stand auf, trabte schnell vom Fenster zum Bett des Farmers und blickte dann in sein schlafendes Gesicht. Sie bellte einmal eindringlich und laut.

Sam, der Farmer, schreckte in der dunklen Januarnacht auf. Er hatte gerade von Katie geträumt und murmelte: »Bist du sicher?« Dann brummte er etwas von Nachtschlaf, stand aber auf und zog sich Hose und Pullover an.

Er wusste, dass er besser auf Rose hören sollte, vor allem wenn die Geburt eines Lammes anstand. Es war, als hätte Rose eine Art Blaupause der Farm in ihrem Kopf, ein Bild davon, wie alles sein sollte. Sie wusste sofort, wenn etwas nicht in Ordnung war, wenn ein Tier krank oder ein Zaun kaputt war oder wenn sich ein ungebetener Eindringling auf dem Gelände der Farm befand. Dann machte sie Sam darauf aufmerksam, indem sie schnüffelte, bellte und aufgeregt im Kreis lief. Es kam Sam dabei immer so vor, als würde Rose diese Blaupause ständig aktualisieren.

Manchmal versagte die Karte oder verwirrte sie nur, aber das kam selten vor. Sam achtete darauf, dass Rose stets auf dem neusten Stand aller Veränderungen war – damit sie ihre Blaupause anpassen konnte.

Seinen Freunden gegenüber nannte Sam Rose seine Betriebsleitung. Seit sechs Jahren waren sie jetzt zusammen, seit er damals zur Clark Farm in Easton gefahren war und dort den Wurf Bordercollie-Schäfer-Mischlingswelpen gesehen hatte. Er hatte damals noch mit sich gerungen, ob er sich wirklich einen Hütehund anschaffen sollte, denn er hatte keine Ahnung, wie man einen solchen Hund erzog, und außerdem hatte er keine Zeit dazu.

Vielleicht hatte sie die Schafe gerochen, jedenfalls war Rose gleich zu ihm gelaufen und hatte dabei mit ihren gerade einmal zwei Monaten so eifrig ausgesehen, dass er sie mit nach Hause genommen hatte. Ein paar Wochen danach waren einige Schafe durch ein unverschlossenes Gatter ausgerissen und auf die Straße gelaufen. Rose war durch die neu eingebaute Hundeklappe gestürmt, hatte die Schafe zusammengetrieben und sie zurückgebracht. Sie war dabei allein ihren Instinkten gefolgt. Zumindest hatte ihr Sam nicht geholfen, denn er hatte zu diesem Zeitpunkt noch nicht einmal bemerkt, was passiert war. Seitdem arbeiteten Sam und Rose zusammen.

Sam schüttelte immer den Kopf, wenn er im Fernsehen die komplizierten Übungsmanöver von Hütehunden sah. Rose war in diese Rolle von selbst hineingewachsen, sie schien einfach zu wissen, was zu tun war. Er sagte immer zu seinen Freunden, dass die Farm der beste Hundetrainer der Welt sei. Die Schafe gehorchten Rose, und das war für Sam das Wichtigste. Das Treiben der Schafe musste nicht perfekt aussehen, obwohl es manchmal wirklich schön war.

Erst wusste Sam gar nicht, wie ihm geschah, denn er hätte sich nie vorstellen können, dass ihn mit einem Hund eine so enge Freundschaft verbinden könnte. Es war beinahe wie eine Beziehung, hatte er Katie erklärt, ein gegenseitiges Verstehen, das keiner Worte bedurfte. Es war etwas, das er lebte, nichts, worüber er nachdachte.

Manchmal sagte Katie scherzhaft, dass er den Hund wohl mehr liebe als sie. Dann wurde Sam rot und fing an zu stottern. Sie ist doch nur ein Hund, widersprach er dann, denn er konnte nicht erklären, was ihm Rose tatsächlich bedeutete.

Jetzt hörte er an der Dringlichkeit von Roses Bellen, dass etwas nicht in Ordnung war. Immer wieder wandte sie sich Richtung Weide und spitzte die Ohren. Sie war aufgeregt und wollte unbedingt hinaus.

Sam war ein großer, hagerer Mann, der früher ein strahlendes Lächeln und volles, rotbraunes Haar gehabt hatte. Es war kalt und windig in dieser Nacht. Sam ging die Treppe hinunter, griff nach einer Taschenlampe, zog Jacke und Stiefel an und trat dann mit Rose durch die Hintertür in die Dunkelheit hinaus. Selbst im schwachen Licht des Mondes konnte er das Glühen in Roses stahlblauen Augen sehen.

Das Farmhaus lag am Fuße einer sanft ansteigenden Wiese. Von der Hintertür aus führte ein Pfad nach links in den Wald und einer nach rechts zu den beiden Scheunen und den Weidegattern.

Die erste Scheune war groß, oben unter dem Dach befand sich der Heuboden, und unten standen Traktoren, manchmal auch Kühe. An die große Scheune grenzte ein Schuppen, in dem Maschinen, Zubehör und Futtervorräte untergebracht waren. Weiter den Hügel hinauf stand noch eine Scheune. Es war ein zu drei Seiten hin geschlossener Offenstall, sodass die Schafe draußen sein konnten, wo sie sich am liebsten aufhielten, und doch ein wenig vor Wind und Wetter geschützt waren. Wenn man sie in einem geschlossenen Stall hielt, fürchteten sie sich und fühlten sich eingesperrt. Dann blökten sie Tag und Nacht. Sams Vater hatte den Stall gebaut. Die drei Gebäude bildeten ein Dreieck: unten das Farmhaus, gleich daneben die große Scheune und hundert Meter den Hügel hinauf der Offenstall. Die Kühe standen auf der anderen Weide hinter der Scheune.

Etwa hundert Meter vom Farmhaus entfernt führte der Weg zum Tor eines Zaunes, der alle Weiden und Stallgebäude umgab. Sam war stolz auf diesen Zaun. Er hatte Jahre damit verbracht, ihn auszubessern und zu verstärken, und im ganzen letzten Jahr hatte ihn kein Tier überwunden, weder in die eine noch in die andere Richtung.

Als sie sich dem Offenstall näherten, entdeckte Sam hinter dem Gebäude im Schein seiner Taschenlampe, was Rose gehört und gespürt hatte. Er ging schneller und öffnete das Tor zur Weide. Rose stürmte hindurch und lief zu dem zappelnden Mutterschaf. Sam holte seine Arzttasche aus der Scheune und rannte hinter dem Hund den Pfad entlang. Der Pfad war von den Tieren ausgetreten, die vereisten Schlammkrusten waren mit Mist verschmutzt. Sogar im Winter ging ein scharfer Geruch davon aus. Zur Rechten stand das große Gebäude, drohend wie ein riesiges Kriegsschiff. Seine Lampen warfen schmale Lichtkegel auf die dunkle, neblige Weide. Diese alte Scheune hatte viele Geschichten zu erzählen.

Sam hatte das Mutterschaf vor ein paar Tagen in einen Verschlag gebracht, wo es ungestört gebären konnte. Er war nach einer Seite hin offen, bot aber trotzdem Schutz vor Schnee und Wind. Eine Luke führte vom Verschlag in die Scheune, wo Wärmelampen, Heu und Stroh auf die neugeborenen Lämmer warteten. So konnten die Mutterschafe draußen gebären und waren doch nahe bei den anderen Schafen. Außerdem konnte Sam sie vom Haus aus sehen und hören. Oder zumindest Rose.

Er richtete seine Taschenlampe auf das geplagte Schaf Nummer 89. Das Keuchen war verstummt, was nicht unbedingt ein gutes Zeichen war. Das Schaf lag ganz still auf der Seite in einer Ecke im Heu. Rose wartete, bis Sam die Tür zu dem Verschlag geöffnet hatte, und stürmte dann zu dem Muttertier, um es zum Aufstehen zu bewegen. Sie schnappte nach seinem Maul und seiner Brust.

Sam öffnete seine Tasche und holte Scheren, Zangen, Verbandszeug, Spritzen, ein Fläschchen mit Jod, Antibiotika, ein Seil und eine Salbe heraus. Er ging ernst und ruhig vor und folgte Roses Beispiel, dieses kleinen schwarzweißen Hunds mit den durchdringenden Augen, der sich so schnell und selbstsicher bewegte.

Die anderen Schafe hatten sich weiter oben im Offenstall zusammengedrängt und schauten aufmerksam und ängstlich zu. Rose starrte die Herde an, auch Blackface, das Leitschaf mit dem schwarzen Gesicht. Es hatte sich vor die anderen geschoben. Roses Blick und ihre Haltung sagten klar und deutlich: Bleibt, wo ihr seid, bleibt weg von Sam. Die Schafe gehorchten.

Im Notfall machte Rose auch mal von ihren Zähnen Gebrauch und riss das eine oder andere Haarbüschel aus, um die Schafe anzutreiben oder in Schach zu halten. Aber so weit kam es nur selten. Diesmal war sich Rose sicher, dass die Schafe Abstand halten würden, denn in der Nähe des Verschlags gab es nichts zu fressen. Außerdem wollten die Schafe nachts ihre Ruhe vor Menschen und Hunden.

Die Luft war schwarz und kalt, der Boden gefroren. Rose sah und roch das Fruchtwasser, das unter dem Mutterschaf herausquoll. Sie nahm eine beinahe unsichtbare Bewegung im Bauch des Tieres wahr, konnte seinen schwachen Atem hören, seine tränenden Augen und die laufenden Nüstern sehen. Sie vernahm außerdem einen ganz schwachen Herzschlag. Und sie konnte den Überlebenskampf des Mutterschafs riechen.

Rose und Sam hatten so etwas schon viele Male gemacht. Nachdem sie es nicht geschafft hatte, das Mutterschaf zum Aufstehen zu bewegen, wich Rose zurück, während Sam seine Lampe abstellte, sich hinkniete und die Ärmel aufkrempelte. Sie sah zu, wie er sich die Hände mit einer Salbe einrieb, ehe er das sterbende Muttertier herumdrehte und seinen Arm hineinschob. Das Lamm saß im Geburtskanal fest. Der Geruch war stark und beunruhigend. Das war ein schlechtes Zeichen. Lämmer überlebten normalerweise nicht lange nach einem Blasensprung. Sam murmelte etwas und fluchte. Er drehte die Beine des Lamms, bis sie in die richtige Richtung zeigten, dann fluchte er und zog und zog. Endlich sah Rose, wie er seine Hand mit dem Lamm herauszog. Die kleine, verfilzte Gestalt bewegte sich nicht. Sam tauchte sein Taschenmesser in eine Flasche und schnitt die Nabelschnur durch. Dann stand er auf, hob das Lamm an den Beinen hoch und schwenkte es in der kalten Luft hin und her, um sein Herz zum Schlagen zu bringen. Das Lamm war ganz glitschig und nass und die Luft eisig. Ein Lamm konnte unter solchen Umständen schnell sterben. Wenn die Muttertiere die Geburt gut überstanden hatten, führten sie ihre Lämmer normalerweise gleich durch die Luke hinein unter die Wärmelampen.

Rose bellte aufgeregt. Auf einmal hustete das Lamm und keuchte. Es lebte. Rose lief schnell zu dem Mutterschaf und zwickte es in die Nase, damit es aufstand. Hund und Farmer arbeiteten angestrengt. Es war beißend kalt, und Rose spürte, wie ihre Pfoten vor Kälte schmerzten. Ihre Barthaare waren von Eis überzogen. Sie musste das Mutterschaf schnell dazu bringen, aufzustehen und ihr Lamm sauber zu lecken. Und das Lamm brauchte Milch.

Sam holte eine Flasche hervor, in der er Schafsmilch eingefroren und nun aufgetaut hatte. Vorsichtig schob er sie dem Lamm ins Maul. Aus seiner anderen Tasche holte er eine Spritze mit einem stärkenden Vitaminpräparat und gab sie dem Lamm. Rose bemühte sich weiter, das Mutterschaf zum Aufstehen zu bringen, damit es sein Lamm am Geruch erkennen und eine Bindung aufbauen konnte. Das Schaf zuckte und sah

Rose an. Der Hund ließ sich nicht beirren. Er bellte und sprang auf das Schaf zu, zwickte es und ließ es nicht aus den Augen.

Das Schaf schloss die Augen und öffnete sie wieder. Plötzlich war es ganz aufgeregt, holte tiefer Luft und versuchte auf die Beine zu kommen. Unter seinem Schwanz hing die Nachgeburt heraus. Sam setzte das Lamm behutsam auf den Boden und kam dem Schaf zu Hilfe. Vorsichtig zog er es nach oben. Das Tier war verwirrt, panisch, und sobald es aufrecht stand, versuchte es zu flüchten. Rose schnitt ihm den Weg ab. Sie und Sam wussten beide nur zu gut, dass Mutterschafe, wenn sie Reißaus nahmen, den Geruch ihrer Lämmer vergessen konnten und sie dann ganz verstießen. So weit würde es nicht kommen, das war noch nie geschehen, wenn Rose dabei war. Sie sorgte dafür, dass das Schaf an Ort und Stelle blieb, während Sam das Lamm zu ihm brachte. Dann rannte er in den Stall und kam mit einer Mischung aus Wasser und Zuckersirup für das Mutterschaf wieder heraus. Es leckte sie gierig auf, während das Lamm die Zitzen der Mutter suchte. Das Schaf schien Kraft zu schöpfen und zu sich zu kommen. Es begriff, dass es ein Baby hatte.

Das Schaf blökte nach seinem Lamm. Sein Mutterinstinkt war erwacht, es drehte sich um, senkte angriffslustig den Kopf und stieß nach Rose, um sie auf Abstand zu halten.

»Vorsicht, Rose!«, rief Sam. Manchmal war Rose nicht darauf gefasst, wie stark der Mutterinstinkt bei Schafen sein konnte, wenn er erst einmal geweckt war und sie ihre Babys anerkannt hatten. Das war schwierig für Rose, denn auf einmal waren die vorher gefügigen Schafe ganz verändert und griffen sie an, manchmal sogar ziemlich heftig. Doch sie gewann jedes Mal die Kontrolle zurück, mit ihrer Körpersprache, ihren Augen, Zähnen und ihrer wilden Entschlossenheit, der sich schließlich auch das mütterlichste Schaf fügte, auch wenn Rose manchmal verwundet oder hinkend zurückblieb. Nach einiger Zeit wurden sie wieder zu Schafen und benahmen sich so, wie man es von ihnen erwartete. Der Tierarzt hatte Sam einmal erklärt, dass Rose siebenunddreißig Pfund auf die Waage brachte und dass jedes dieser zwei- oder dreihundert Pfund schweren Schafe sie niedertrampeln oder mit einem Kopfstoß bewusstlos schlagen könnte. Aber sie wussten nicht, dass sie dazu in der Lage waren – und Rose musste dafür sorgen, dass sie es nie herausbekamen.

Sam sah auf. Es hatte angefangen, leicht zu schneien, und der Wind frischte auf. Sam hauchte sich in die Hände und schaute in den Himmel. Rose folgte seinem Blick, und sofort schlugen all ihre Sinne Alarm.

Ihr war aufgefallen, dass Sam sich verändert hatte. Er war stiller, hatte seine souveräne Ausstrahlung verloren. Viele Dinge hatten sich verändert seit der Nacht, als man Katie aus dem Haus gebracht hatte. Die ganze Blaupause der Farm hatte sich verändert.

Rose beobachtete Sam, wie er still vor sich hin arbeitete, zielstrebig das Lamm abtrocknete. Als er sicher war, dass die Mutter den Geruch des Lammes verinnerlicht hatte, legte er es in eine Tuchschlaufe und hob es hoch. Er musste es in die Wärme auf ein Strohlager bringen. Dort würde die Mutter ihr Baby waschen, und das Baby würde wieder ihre Zitzen finden und noch einmal trinken. Es würde warm und trocken werden, und die Mutter konnte sich mit ihm vertraut machen und seine Laute kennenlernen. Diesmal war es ein kleiner Bock. Die beiden würden sich aneinanderschmiegen und in ihrer ganz eigenen Sprache miteinander reden.

Sam ging jetzt rückwärts zu der Luke, und das Schaf sah sich fieberhaft suchend um. Rose hielt Abstand, blieb ein Stück hinter oder neben dem Schaf, damit es nicht in Panik ausbrechen und zu den anderen Schafen rennen würde, die immer noch vom Offenstall aus zusahen.

Das Schaf lief ein paar Schritte den Hügel hinauf. Rose schoss an ihm vorbei und brachte es zurück. Das wiederholten sie zwei- oder dreimal in einer Art Tanz. Rose ahnte immer im Voraus, wohin das Schaf laufen wollte, und schnitt ihm den Weg ab. Auch wenn man sein Lamm in die andere Richtung davongetragen hatte, so war es für das Schaf doch unnatürlich, sich von der Herde zu entfernen, besonders in Gesellschaft von einem Menschen und einem Hund. Nur sein immer stärker werdender Mutterinstinkt hielt das Schaf davon ab wegzulaufen. Und natürlich Rose, die im Weg stand, sobald sich das Schaf dem Hügel zuwandte und hinaufrennen wollte.

An der Luke zur Scheune blieb das Schaf schließlich wie angewurzelt stehen. Rose sah, wie es erst den Hügel hinauf und dann zu seinem Lamm schaute. Sie spürte, dass es noch immer mit dem Gedanken spielte, zu Blackface und der Herde zu laufen, in die Sicherheit und die beruhigende Nähe der anderen Schafe. Sam ging rückwärts in den Stall hinein und vergewisserte sich dabei, dass das Schaf sehen konnte, wie er das Lamm auf dem Arm trug. Er öffnete die Tür zum Verschlag für die Lämmer, schaltete dann die Wärmelampe an und setzte das Baby im wärmenden Lichtschein ab. Das Lamm blökte, die Mutter blökte zurück und stürmte dann durch die Luke und in den Verschlag hinein.

Rose behielt das Mutterschaf so lange im Auge, bis es sich dort niedergelassen hatte. Schließlich vergaß das Schaf Rose und stupste sein Lamm näher zur Lampe. Dann fing es an, es abzulecken. Sam schloss die Plastikabtrennung zu dem behelfsmäßigen Lammstall. Das Mutterschaf war erschöpft und würde sein Baby jetzt trinken lassen und dann mit ihm einschlafen.

Sam wandte sich zum Gehen, um das Kabel der Heizlampe zu prüfen und frisches Heu zu bringen. Rose setzte sich hin und kam langsam zur Ruhe. Sie hatte ihre Aufgabe erfüllt. Aber schon kurz darauf stand sie wieder auf und lief ein paar Schritte. Sie hinkte leicht von dem Stoß gegen ihre Schulter.

»Okay, mein Mädchen«, sagte Sam zu ihr, als er mit der Lampe herumleuchtete, um zu sehen, ob sich bei den anderen trächtigen Schafen schon etwas rührte. Rose verstand die Worte zwar nicht, aber den Ton der Stimme, die Anerkennung. Und sie verstand, dass diese Angelegenheit nun abgeschlossen war.

Sie roch die warme, nahrhafte Muttermilch und hörte das nuckelnde Geräusch. Die Blaupause in ihrem Kopf, eine Sammlung zahlloser Erinnerungen, Erfahrungen und Bilder, war wieder in Ordnung und jetzt ergänzt durch ein neues kleines Wesen. Sam schob die Tür zu.

Rose folgte ihm zum Gatter und trabte dann zum Haus. Sam ging voraus, und an der Türschwelle blieb Rose kurz stehen. Irgendetwas ließ sie noch einmal zum schieferfarbenen, dämmrigen Himmel hinaufschauen.

Sie spürte, dass ein Unwetter heranzog, roch Schnee und schwere Wolken. Dabei erinnerte sie sich an andere Unwetter, an Schnee, Wind und tödliche Kälte. Eine Welle des Entsetzens überlief sie. Ihr Fell sträubte sich. Sam rief nach ihr, aber sie verharrte noch einen Moment, ehe sie ihm ins Haus folgte.

Zwei

Sam schlurfte nach oben ins Bett und schlief beinahe augenblicklich ein. Rose trottete in den hinteren Teil des zweiten Stockwerks zu einer Abstellkammer, wo sie sich oft auf einem Haufen alter Handtücher und Lappen zusammenrollte. Manchmal brachte sie sich einen Knochen oder Stock mit, aber meistens nicht einmal das.

Sam ging nur selten in die Kammer, es war Roses Refugium, ein Ort zum Träumen. Vielleicht war es der einzige Platz, an dem sie sich ganz entspannen und die Arbeit vergessen konnte. Manchmal vor der Morgendämmerung, wenn es auf der Farm noch ruhig war und Sam in tiefem Schlaf lag, so wie jetzt, gönnte sie sich selbst einen Schlummer in ihrem Versteck.

Beim ersten Schrei von Winston, dem Hahn, stand Rose auf. Als Sam kurz danach aufstand und herunterkam, war Rose schon frisch und hellwach. Sie nahm ein paar Krümel vom Trockenfutter, das Sam in ihre Schüssel schüttete, war aber zu abgelenkt, um ans Fressen zu denken.

Es war ein grauer, unheilvoller Morgen. Draußen fiel Schnee, nicht besonders dicht, aber Rose wusste, dass es bald heftig zu schneien beginnen würde. Schnell lief sie durch das Wohnzimmer zur Hintertür des Hauses, dann blickte sie auf Sams Füße hinunter und sah, dass er seine alten Stiefel trug. Sie jaulte vor Aufregung – das bedeutete nämlich, dass sie gleich zusammen an die Arbeit gehen würden. Rose rannte zur Hintertür hinaus, den Weidezaun entlang und zum Gatter hinauf. Sam folgte ihr, so schnell er konnte. Sie umkreiste ihn, war immer in Bewegung, blickte aufmerksam nach links und rechts, horchte. Bei der Arbeit war sie konzentriert, ihr Körper angespannt, und all ihre Sinne und Kräfte waren geschärft.

Am Tor wartete sie mit gesenktem Kopf auf Sam. Sie sah zum Leithammel der Herde hinüber – Blackface mit den braunen Augen, der sich durch seine Ausstrahlung und Haltung klar vom Rest der Herde abhob.

Er erstarrte und mit ihm die ganze Herde. Rose hielt sie auf Abstand, während Sam das Futter holte. Manchmal jagten die Schafe den Hügel hinunter und rissen Sam sogar um, wenn Rose nicht dabei war und sie in Schach hielt. Sobald sich auch nur ein Schaf bewegte, stürmte sie den Hügel hinauf, blieb direkt vor seiner Nase stehen und zwang es zurückzuweichen. So mussten die Schafe an Ort und Stelle bleiben, bis der Farmer rief: »Okay, mein Mädchen!« Dann lief Rose hinter die Herde und trieb sie hinunter zur Futterraufe. Bis dahin befand sich Sam schon in der Scheune in Sicherheit.

Rose wusste instinktiv, dass sie bei der Arbeit mit den Schafen niemals zaudern durfte. Wenn die Schafe jemals spürten, dass sie sich ihrer Sache nicht sicher war, konnte die Situation schnell außer Kontrolle geraten.

Rose blieb während der nächsten Stunde neben der Futterraufe sitzen und sah den Schafen beim Fressen zu. Sam war wieder ins Haus gegangen. Als ein Auto in der Einfahrt auftauchte, bellte Rose, und Sam kam wieder zur Tür. Eine Frau, deren Duft Rose selbst auf die Entfernung wahrnehmen konnte, stieg aus dem Wagen und warf einen langen, prüfenden Blick über den Hof. Rose sprang auf, um sie zu vertreiben, aber die Frau begrüßte sie, indem sie leise ihren Namen murmelte. Rose war ganz fasziniert von ihren Stiefeln, die nach Mist rochen. Vor ihrem inneren Auge sah Rose ein Pferd.

Sam trat auf die kräftige Frau zu, die in der Einfahrt neben der großen Scheune wartete, und umarmte sie zur Begrüßung. Dann gab er eine Reihe von typischen Menschenlauten von sich und fing an zu gestikulieren. Der Wind wurde stärker, und die Frau schien sich unwohl zu fühlen. Sam sah ihr direkt in die Augen, wie er es immer tat, wenn er mit jemandem redete, aber sie hatte den Blick abgewandt.

»Sam, ich weiß, dass es ein schreckliches Jahr für dich war, Katies Tod und all das. Wir werden den besten Preis herausholen, den wir bekommen können.«

Sam trat von einem Bein aufs andere, zog den Reißverschluss seines Arbeitspullovers zu und sah durch die leichten Schneeflocken hindurch zum grauen Himmel hinauf. Katie und er hatten vorgehabt, den Betrieb der Granville Farm, die in einem Tal der südlichen Adirondacks lag, auf ökologische Landwirtschaft umzustellen und ihre eigenen Produkte zu verkaufen. Konventionelle Farmbetriebe mussten massenhaft aufgeben, aber in der ökologischen Landwirtschaft gab es noch Chancen. Sam und Katie waren von der Aussicht auf diese Umstellung begeistert gewesen. Katie hatte sogar das Vorlesungsverzeichnis der Cornell University angefordert und überlegt, ob sie nicht ein Fernstudium in ökologischer Agrarwissenschaft beginnen sollte.

Sam züchtete und verkaufte Schafe und Rinder. Zusammen mit anderen Farmern belieferte er Restaurants in New York mit Fleisch. Auch baute er unterschiedliche Feldfrüchte an – Alfalfa, Kartoffeln, Mais.

Doch Katies Tod vor zwei Monaten hatte alles verändert. Sam hatte nicht mehr die gleiche Energie wie früher. Er glaubte, dass ihm die Kraft für einen Neuanfang fehlte, auch wenn alle ihm rieten, sich Zeit zu lassen und abzuwarten, ehe er irgendwelche Entscheidungen traf.

»Ich weiß das wirklich zu schätzen, Ginny«, sagte er nun. »Ich ruf dich dann an. Der Agway Farmer's Service hat angekündigt, dass ein richtig großes Ding aus Kanada auf uns zukommt. Mal sehen, was daraus wird.«

Rose stand neben Sam und blickte abwechselnd zum Himmel und zu den Schafen. Sie achtete nicht auf die Laute, die die beiden Menschen von sich gaben, bis auf einmal das Wort »Katie« fiel. Rose wusste, dass Katie nicht im Haus war, aber sie hatte keine Ahnung, wohin sie verschwunden sein könnte. Sie hielt jeden Tag nach ihr Ausschau, aber Katie tauchte nicht auf. Rose konnte sie riechen – ihr Geruch war überall im Haus, auf dem Boden, in den Zimmern und Betten, in der Küche und auf den Türklinken.

Von Roses Blaupause war sie verschwunden. Und doch war sie da.

Sam redete, seit Katie fort war, nicht mehr so viel – er bewegte sich langsam, arbeitete weniger, saß immer wieder allein auf dem Sofa in dem großen Wohnzimmer vor dem Holzofen. Rose legte sich oft neben ihn, aber er streichelte sie nicht, und sie hätte das auch nicht geduldet. Sie bestand auf einen gewissen Abstand zwischen sich und anderen Lebewesen, außer wenn sie es mit Schafen zu tun hatte.

Sie spürte, dass Sam sehr traurig war. Mit Sam vor dem Holzofen zu sitzen war ein Teil ihrer Arbeit geworden. Jetzt, wo alles anders war, gehörte es zu ihren Aufgaben, ihm Gesellschaft zu leisten.

Draußen redeten Sam und die Frau immer noch miteinander. Rose achtete auf den Ton der Unterhaltung, auf Sams Anspannung und Haltung. Sie bemerkte auch eine Veränderung in ihrem eigenen Bewusstsein, eine Art Schärfung. Sie hatte eine Ahnung, konnte es spüren: Dies würde kein gewöhnliches Unwetter werden. Ihr ganzer Körper bebte in Erwartung des Sturms.

Sie fühlte die Gefahr, sah sie vor ihrem inneren Auge. Erinnerungen stiegen in ihr auf. Bilder einer Grunderfahrung, die sie in ihrem Kopf, in ihrem Herzen und in ihren Knochen trug.

Sie sah Berge von Schnee, spürte bittere Kälte, die ungeheure Kraft des Wintersturms, der über die offenen Ebenen fegte.

Sie erinnerte sich daran, wie sie sich durch tiefen Schnee gekämpft hatte, darübergeklettert war und sich darunter durchgraben musste. An unter Eis erstarrtes Futter, von Schneeverwehungen verschüttete Pfade, die Weiden unter Schnee begraben. Tiere, die um ihr Leben kämpften, verhungerten.

Die Bilder schwirrten und brausten, fauchten und stürmten durch ihren Kopf. Dann kamen sie langsam zum Stillstand wie ein Karussell auf einem Jahrmarkt.

Die Frau stieg wieder in ihren Wagen und fuhr davon. Rose und Sam sahen zum Himmel hinauf.

»Es wäre schrecklich, wenn ich von hier fort müsste, mein Mädchen«, sagte Sam. »Lass uns an die Arbeit gehen.« Rose stand eifrig auf. »Wir bringen noch Heu in den Offenstall und holen Futter für den Esel, die Kühe und die Hühner. Mehr können wir nicht tun. Dann müssen wir abwarten, was auf uns zukommt.«

Wenn es um die Arbeit ging, schlug Sam einen nüchternen Ton an. Er zählte schlicht die zu erledigenden Aufgaben auf und hatte Rose auf diese Weise viele Wörter beigebracht. Meistens ging es dabei um Katie, Schafe und die Farm.

Wie viele Farmer hielt Sam es für sinnlos, Hunde zu verhätscheln oder sie zu loben. Sie waren Tiere und hatten ihre Aufgabe, genau wie er. Und von Hund und Mensch wurde gleichermaßen erwartet, dass sie diese Aufgabe erfüllten. Er glaubte nicht an Belohnungen und hasste die affektierte Tonlage, in der manche Leute mit ihren Hunden sprachen. Wenn Rose so etwas hörte, legte sie die Ohren an und wandte sich ab. Sie liebte die Arbeit, und Sam fand, das sei Belohnung genug. Er hatte Achtung vor Rose, so wie sie wohl Achtung vor ihm hatte, Lob war da unnötig. Anerkennung allerdings war etwas anderes.

Hunde waren keine Kinder. Sie kamen und gingen, konnten selbst auf sich aufpassen, und nur wenn sie wollten, schliefen sie nachts im Haus. Sie führten ihr eigenes Leben.

In diesem Moment sah Rose zu den Schafen auf dem Hügel hinauf. Dabei entdeckte sie etwas, das sie erstarren ließ. Knurrend lief sie los, die Augen starr auf die obere Weide auf dem Hügel gerichtet. Sam drehte sich um und folgte ihrem Blick.

»Was ist …«, er brach ab. Jetzt sah er es auch. In der

entferntesten rechten Ecke der Weide, am Gatter. Rose knurrte wieder und schlich auf das untere Tor zu. Sam ging ihr hinterher, und zusammen liefen sie den Hügel hinauf. Nach etwa einem Drittel des Weges erkannte Sam, was Rose gesehen hatte. Ein kleines Reh steckte im Weidegatter fest, eingeklemmt zwischen der eisernen Gatterstange und dem Holzpfosten des Zauns, genau an der Stelle, wo das Tor mit einer dicken Kette verschlossen war. Das Reh hatte wahrscheinlich in der Nacht versucht, sich durch die Öffnung zu zwängen. Sicher hatte es das nahende Unwetter gespürt und nach Futter gesucht. Jetzt hatte es Sam und Rose den Kopf zugewandt und zappelte erbärmlich, die Augen in seiner Panik weit aufgerissen.

Rose lief Sam voraus. Er rief sie nicht zurück. Rose hätte niemals ein Tier wie ein Reh, ein Stinktier oder einen Waschbären angegriffen. Sie ging ihnen aus dem Weg, und wenn das nicht möglich war, kreiste sie sie vorsichtig ein.

Als Sam weiter den Hügel hinaufkam, sah er, dass das Reh verwundet war. Aus einer Schnittwunde am Maul tropfte Blut. Das Tier war kaum größer als ein Kitz, und seine Flanken waren wund gescheuert von den verzweifelten Versuchen, sich durch das Gatter zu zwängen. Wenn sich das Reh nach vorne schob, wurde der Spalt nur noch enger. Sam zuckte unwillkürlich zusammen. Das Tier hatte sicher Schmerzen.

Er näherte sich vorsichtig. Das Reh stieß panische Laute aus und fing an, wie wild zu zappeln. Sam und Rose versetzten es erst recht in Angst. Sam wusste, wie gefährlich verwundetes oder in einer Falle gefangenes Wild war. Die Tiere konnten mit ihren scharfkantigen Hufen ausschlagen. Er dachte schon daran, sein Gewehr zu holen und das Reh zu erschießen, um es von seinen Qualen zu erlösen. Er musste die Farm auf das Unwetter vorbereiten und konnte nicht das Risiko eingehen, sich zu verletzen oder Rose in Gefahr zu bringen. Aber trotzdem ging er weiter auf das Reh zu. Er schaute in seine weit aufgerissenen braunen Augen und erkannte die Angst darin.

Sam war kein Jäger, es war ihm ein Rätsel, warum jemand Tiere mit einer Falle fing oder sich im Wald auf die Lauer legte, um sie zu erschießen. Er wollte niemanden daran hindern, aber für ihn selbst kam das nicht infrage.

Sam hatte eine Idee. Wenn er es nahe genug an das Reh heran schaffte, um über ihm die Kette hochzuschieben, würde das Gatter aufschwingen und das Reh freigeben. Das Tier war ernstlich verletzt, und ihm war klar, dass er es so nicht zurücklassen konnte. Er musste es entweder befreien oder erschießen.

Als er näher kam, schlug das Reh wild mit den Hufen aus und schrie mit schriller, erstaunlich lauter Stimme. Seine Vorderhufe schossen wie eine Schere nach vorne und zerrissen Sams Jackenärmel. Er sprang zurück. Dann näherte er sich erneut, und wieder stieß das Reh einen panischen Laut aus und schlug mit den Hufen. Sam versuchte es sicher ein Dutzend Mal, aber er kam einfach nicht nahe genug heran. Schließlich brach er einen Ast von einem Ahornbaum ab und versuchte, damit das Gatter zu erreichen und es zu öffnen. Aber das Reh trat nach dem Ast und brach ihn entzwei. Die ganze Zeit über war Rose hinter Sam geblieben, hatte sich näher herangeschoben und alles beobachtet. Er wartete, ob das Reh sich an ihn gewöhnen oder vielleicht wenigstens ermüden würde. Dann versuchte er, mit dem Tier zu reden, es zu beruhigen, er warf ihm ein paar Zweige mit Blättern hin, um es abzulenken. Nach einer Weile beschloss er, es von der anderen Seite aus zu versuchen. Er befahl Rose zu warten und ging den Hügel hinunter Richtung Scheune. Rose lief ein paar Schritte über die Wiese, legte sich dann in Lauerstellung auf den Boden und beobachtete das Reh. Das Tier war verstummt und starrte sie an. Es hatte aufgehört zu zappeln.

Sam kam mit einem Arm voll Heu und einer alten Winchester zurück. Er warf das Heu auf den Boden und lehnte das Gewehr gegen den Zaun. Das Reh rührte das Heu nicht an.

»Komm schon, Kleine«, redete Sam ihm zu. »Ich werde dir nichts tun. Gib mir eine Chance, dich zu befreien. Wir haben nicht mehr viel Zeit.« Sam wusste, dass Tiere manchmal auf den Ton einer Stimme reagierten. Wenn man ruhig mit ihnen sprach, wurden sie manchmal auch ruhig.

Der Boden war voller Blut. Er sah zu seinem Gewehr hinüber.

Plötzlich bemerkte er Rose, die links hinter ihm die Wiese heraufkam. Er und Rose hatten zusammen schon viele Abenteuer bestanden, angriffslustige Gänse, wild gewordene Schafsböcke, entlaufene Kühe, vorwitzige Füchse, tollwütige Waschbären und bösartige Wildkatzen. Rose hatte immer einen Plan.

»Was schlägst du vor, Rose?«, fragte Sam ernst, als würde er darauf tatsächlich eine Antwort erwarten. Rose würdigte Sam keines Blickes. Sie war ganz auf das Reh konzentriert. Sam sah zu, wie Rose sich erst entfernte, knurrte und ab und zu bellte. Er verstand nicht, was sie vorhatte, aber dann bemerkte er, wie das

Reh seinen Kopf langsam nach rechts von ihm wegdrehte. Rose rückte Stück für Stück weiter vor, und als das Reh mit seinen Hufen nach ihr ausschlug und blökte, bellte Rose weiter, lief hin und her, blieb dabei aber immer außer Reichweite.

Das Reh hatte Sam vergessen, seine Augen waren fest auf Rose gerichtet, die hin und her lief und jede Menge Lärm veranstaltete. Sam sah seine Chance gekommen und schob sich langsam vorwärts. Er hielt den Gewehrkolben schützend vor sich. Das Reh sah weiterhin zu Rose hinüber, als Sam, den Gewehrkolben erhoben, seine rechte Hand ausstreckte und die Kette löste. Das Tor schwang auf, und das Reh war frei.

Rose wich schnell zurück, Sam ebenfalls. Das Reh blieb zunächst wie erstarrt stehen. Als es seine Überraschung überwunden hatte, warf es sich herum und verschwand im verschneiten Gestrüpp.

Rose und Sam blieben noch kurz auf dem Hügel stehen und betrachteten das Gatter und den Zaunpfosten. Blut und Fellreste klebten daran. »Hoffentlich kommt es durch«, sagte Sam leise. Dann schloss er das Tor und hängte die Kette ein. Schweigend machten sich die beiden auf den Weg den Hügel hinunter.

Sam ging ins Farmhaus, um das Gewehr an einem sicheren Ort zu verstauen, griffbereit für die nächste Gefahrensituation. Rose spürte, wie sie wieder ein Schauer überlief. Ihre Sinne waren ungewöhnlich geschärft. Sie sah zur Weide hinüber, wo Brownie, der gewaltige Schweizer Bulle, mit seinen riesigen braunen Augen zu ihr herüberstarrte. Er war ungeheuerlich groß, überragte sie wie ein Turm, auch Sam und die anderen Kühe und Stiere aus der Herde. Er wartete.

Rose blieb in Brownies Gegenwart gelassen. Sie wusste sogar, wie er hieß, denn Sam hatte seinen Namen oft genannt, wenn er in der Nähe war. Ebenso wusste sie, dass er genau wie die anderen Kühe und Stiere letztlich hier auf der Farm keine Zukunft hatte. Er würde entweder beim Schlachter landen oder die Farm aus einem anderen Grund verlassen. So war das nun einmal, und Rose stellte diese Dinge nicht infrage. Sie wusste auch, was sie tun musste, wenn Brownie sich nicht vom Fleck bewegte, Sam das aber unbedingt erreichen wollte. Sie musste ihn nur kurz an einer bestimmten Stelle ins Bein zwicken und ganz schnell davonrennen. Brownie war dann so überrumpelt, dass er sich in Bewegung setzte. Der kleine Hund war ein Meister darin, Brownie zu ärgern, ohne ihn wirklich in Wut zu versetzen. Wäre er aggressiv geworden, hätte er Rose tottrampeln können.

Die Kühe und Stiere hatten den nahenden Sturm schon früh am Morgen gespürt. Alle Tiere bewegten sich langsamer als sonst, wirkten in sich gekehrt, schienen sich auf etwas vorzubereiten und ihre Kräfte zu sammeln.

Sam tauchte wieder aus dem Farmhaus auf und öffnete das Tor zur Weide. Wenn es Zeit für die Fütterung war, versuchten die Schafe immer, sich in die untere Scheune zu drängen, weil dort das Kraftfutter lagerte. Rose ließ das nicht zu. Sie stand an der Tür und starrte sie feindselig an. Die Mutigsten von ihnen kamen ein paar Schritte die Weide herunter, wagten sich aber nicht näher heran.

Ein Hammel machte einen angriffslustigen Sprung auf Rose zu und forderte sie mit gesenktem Kopf dazu heraus, ihn aufzuhalten. Rose marschierte die Wiese hinauf, direkt auf ihn zu, schoss nach vorne und riss ihm ein Büschel Haare aus. Er senkte wieder den Kopf, und sie zwickte ihn in die Nase. Erschrocken wich er zurück und gab sein Vorhaben auf.

Manchmal probte eines der Schafe in einem Anfall von zügellosem Appetit den Aufstand. Aber nie schaffte es eines an Rose vorbei.

Als Sam in die untere Scheune trat, kamen wie üblich die beiden Katzen Eve und Jane von den Dachbalken herunter. Rose beobachtete oft, wie sie Mäuse fingen und mit ihnen spielten, ehe sie sie töteten. Katzen konnten in einem Moment mörderisch sein und im nächsten süß und sanft, für Rose waren sie unergründlich, falsch und unberechenbar. Sie taten nichts, als ihre Beute zu töten, sie auseinanderzunehmen und mit den Leichenteilen zu spielen, bevor sie sie überall verteilten. Ihren Jagdinstinkt konnte Rose gut nachvollziehen, aber die grausame Seite dieser Katzen ging über ihren Verstand. Ihr Revier, die riesigen Heuballenberge in der Scheune, war der einzige Bereich des Hofes, den Rose mied. Dort gab es Fledermäuse, Schwalben und Mäuse, es herrschte ein einziges Geflatter und Jagen. An so einem Platz fühlte sich ein Hund nicht wohl.

Sam überprüfte, ob die Hühner genug Futter hatten, und zog einen Sack vom Regal. Wie immer vor einem Unwetter füllte er den Futtertrog bis zum Rand und kontrollierte die beheizte Tränke für die Hühner und Katzen. Dann kletterte er die Leiter hinauf zur Zwischendecke mit den Schlafplätzen der Hühner. Er hatte sie eingezogen, damit die Hühner nicht auf dem Boden saßen und so vor Jägern geschützt waren. Es konnte immer wieder passieren, dass sich ein Dachs oder ein Waschbär oder auch ein Fuchs in die Scheune verirrte.

Dann konnten die Hühner zu ihren Schlafplätzen hinaufhüpfen, und es blieb noch genug Platz dort oben, um Heu und Futter unterzubringen.

Direkt über den Hühnerstangen befand sich ein Fenster, das Sam immer geschlossen hielt, damit keine Tiere hereinkamen.

Eve und Jane spazierten die hölzernen Balken entlang. Rose beachtete sie nicht, denn sie hatte mit ihnen nichts zu schaffen. Sie musste nicht auf sie aufpassen, und die Katzen hätten ihr auch nicht gehorcht. Sie interessierten sich nicht für Rose. Durch das Fenster sah sie Brownie, der neugierig in die Scheune hereinschaute. Manchmal bekam er ein paar Körner ab, wenn Sam gerade Zeit hatte oder wenn es besonders kalt war. Körner gaben den Rindern Kraft. Normalerweise gab es nur Heu.

Doch an diesem Morgen fiel nichts für Brownie ab. Sam hatte es heute eilig. Winston, der alte Hahn der Farm, stolzierte herbei, um zu sehen, ob Sam vielleicht ein paar Körner auf den Boden fallen lassen würde. Winston verließ die Scheune in letzter Zeit kaum mehr, er war schlecht zu Fuß, aber er konnte immer noch ungeheuren Lärm machen. Rose behandelte ihn mit Respekt. Er war das älteste Tier der Farm und hatte schon eine Menge erlebt.

Später an diesem Morgen hatte der leichte Schneefall, der am Abend zuvor begonnen hatte, aufgehört. Sam wusste, dass das nur die Ruhe vor dem Sturm war. Bald würde es heftig schneien. Aber bislang war es ein schöner Tag. Die leuchtend rote Scheune hob sich scharf gegen den schiefergrauen Himmel ab. Es war windig und kalt, und Sam beeilte sich, mit den Vorbereitungen auf das nahende Unwetter fertig zu werden.

Er hatte an diesem Tag noch nichts gegessen, aber er arbeitete weiter.

Eine gewisse Wachsamkeit hatte die Farm und ihre Bewohner erfasst, eine trügerische Ruhe lag über allem. Die Nachricht vom bevorstehenden Sturm hatte sich verbreitet, die Tiere hatten ihre eigene Art, sich untereinander zu verständigen. Sam hatte das schon oft beobachtet. Sie rotteten sich zusammen und streckten Nasen und Ohren in die Luft. Ihre Augen waren weit geöffnet, wachsam. Die Stimmung hatte sich auf die Stiere und Kühe, die Hühner und Schafe, auf Carol, den Esel, und die Scheunenkatzen übertragen. Sie hatte sogar die drei Ziegen erreicht, verdrießliche, gefräßige Tiere, die immer wieder mit Rose aneinandergerieten.

Sam kletterte die Leiter zum Heuboden hinauf. Er türmte einige Heuballen am Hinterausgang der Scheune auf und schob die Tür zur Seite. Dann ließ er den Traktor an und hängte den Heuwagen an, warf weitere zwanzig Heuballen auf den Anhänger und fuhr damit zum Offenstall.

Sam kam zurück den Hügel hinunter und füllte die Wassertanks. Er wusste, dass es keinen Sinn hatte, zu viel Kraftfutter auf Vorrat auszuschütten, denn die Tiere würden alles auf einmal fressen und aufgedunsen und krank werden. Aber er gab ihnen mehr als sonst, damit sie eine Extraportion Kraft und Energie hatten. Er warf den Hühnern einen Eimer voll hin, nahm dann eine Tüte Trockenfutter für die Katzen, riss sie auf und stellte sie auf ein Regal im Schuppen. All diese Maßnahmen würden den Tieren einen oder zwei Tage schenken, wenn sie auf sich selbst gestellt waren oder die Futtertröge im Schnee versanken. Die Katzen spürten, dass etwas nicht stimmte, und kletterten auf die

Heuballen, um die Lage zu beobachten. Sam beobachtete, wie Rose ihnen mit ihren Augen folgte.

Draußen vor der Scheunentür schrie Carol, die Eselin, und die Schafe hatten sich versammelt und hofften auf Futter. Rose starrte sie an und trieb sie so wieder den Hügel hinauf. Carol beäugte Rose misstrauisch. Einige Jahre zuvor hatte sie einmal ohne Vorwarnung nach ihr ausgetreten und sie dabei beinahe getötet.

Die Eselin war jahrelang schlecht behandelt und vernachlässigt worden, bevor die Farm, auf der sie damals lebte, aufgeben musste und Sam sie aufnahm. Sie hatte eigentlich keine Aufgabe auf seiner Farm, auch wenn er gerne behauptete, sie würde den Hof bewachen. Es stimmte, dass sie die Schafe beschützte, sie nahm immer Partei für die Herde. Und sie hätte sich ohne Zögern einem Kojoten oder einem wilden Hund in den Weg gestellt.

Während Sam die Enteisungsanlage an den Wassertanks überprüfte, die bei einem Stromausfall nicht mehr funktionieren würde, legte sich Rose auf den Boden und beobachtete die Schafe. Sie musterte eines nach dem anderen. Den schwierigen Kandidaten widmete sie einen Extrablick.

Sam stieg auf den Traktor und fuhr Stroh zum Offenstall hinauf. Er verteilte es dort, damit die Schafe es warm und gemütlich hatten. Dann füllte er die hölzernen Futterraufen. Rose lief neben dem Traktor her und bellte. Vielleicht wollte sie ihn zur Herde zurücktreiben oder an einen bestimmten Ort führen. Sam brüllte sie an, aus dem Weg zu gehen, aber solche Befehle beachtete sie nicht, oder vielleicht hörte sie sie auch gar nicht. Sam war sich da nie sicher, auch wenn er so seine Vermutungen hatte.

Weil man mit dem Traktor nicht direkt zum Ziegenstall fahren konnte, der oben am Hügel hinter einem engen Gatter stand, musste Sam das Heu zu Fuß hineintragen. Er lief ein halbes Dutzend Mal hin und her, um die Heuballen unter dem windigen Sperrholzdach zu verstauen. Er vermutete, dass der Schnee sie bald bedecken würde – das Dach war dazu gedacht, Regen abzuhalten, keinen Schneesturm. Aber es würde vielleicht genug Schutz bieten, dass die Ziegen zumindest die Chance hatten, sich zum Futter durchzugraben.

Rose beobachtete das Ganze, hielt sich aber fern. Für Ziegen hatte sie nicht mehr übrig als für Stallkatzen. Sie waren unverbesserlich und stur, beachteten sie nicht oder griffen sie gar an, wenn sie versuchte, sie irgendwohin zu treiben.

Die Ziegen waren reine Nutztiere, ein Teil von Sams Projekt, auf ökologische Weise Milch und Käse zu erzeugen. Dennoch teilte er Roses Abneigung gegen sie, denn sie waren laut, unausstehlich und unkontrollierbar. Sie waren das genaue Gegenteil von seinen Rindern, die nichts lieber taten, als in aller Ruhe vor sich hin zu grasen.

Sam hatte auch schon Karotten und Spinat für die Wochenmärkte in New York und Philadelphia verkauft. Früher hatte er bei der Arbeit oft mit Rose geredet und ihr erzählt, welche Geschäftsideen er und Katie gerade entwickelt hatten. Um zu überleben, musste ein Farmbetrieb neben der Haltung von Milchkühen auch andere Lebensmittel produzieren. Er sagte, dass man sich als Bauer den Zeiten anpassen müsse und er mit der Granville Farm etwas Neues ausprobieren wolle. Natürlich wusste er, dass Rose ihn nicht verstehen konnte, aber sie mochte es offensichtlich, wenn er mit ihr sprach. Sie hielt dann immer den Kopf schief und sah aus, als könnte sie ihm Wort für Wort folgen.

Seit Katies Tod sprach Sam kaum noch mit Rose über seine Pläne oder etwas anderes. Er redete überhaupt nur noch selten.

Sam befestigte den Schneepflug am Traktor und fuhr ihn dann zurück in die Scheune. Wenn die Wettervorhersage stimmte und der Sturm wirklich so heftig ausfallen würde, konnte er den Traktor ein paar Tage lang gar nicht benutzen. Sam hatte schon Geschichten über solche Schneestürme gehört – sie waren überwältigend, lähmend. Es fiel in kurzer Zeit so viel Schnee, dass es unmöglich war, den Tieren Heu oder Wasser zu bringen. Er hatte Bilder von Tieren gesehen, verhungert und festgefroren, wo sie gerade standen.

Später am Vormittag, als der Sturm näher kam, riefen Roses Instinkte Erinnerungen und Bilder in ihr wach. Sie sah vor ihrem inneren Auge, wie halb verhungerte Habichte, Wiesel, Dachse, Füchse und Kojoten die Farm umzingelten, versuchten den Zaun zu überwinden und über die Schneewehen zu klettern, wenn der Sturm erst einmal eingesetzt hatte.

Während Sam den Traktor parkte, legte Rose den Kopf auf die Pfoten und rollte sich zusammen. Sie dachte an den verwilderten alten Hund, den sie oft durch den Wald laufen sah. Sie fragte sich, wo er war und was er bei einem solchen Sturm machen würde.

Da hörte sie bei den Bäumen ein Geräusch. Es war aus der Nähe der Scheune gekommen, aber Sam hatte es sicher nicht gehört. Vielleicht war es der wilde Hund gewesen oder einer der Kojoten, die in der letzten

Nacht auf der Jagd gewesen waren. Rose hatte von ihnen geträumt und sie auf weichen Pfoten durch die Nacht schleichen hören.

Sie hob die Nase und witterte die Flut an Gerüchen, aus der die Welt bestand. Einer stach besonders heraus und wurde stärker. Sie konnte draußen Dinge riechen, selbst wenn sie im Farmhaus war, und auch auf große Distanz einen Duft von anderen unterscheiden, durch Wälder und Stürme hindurch. Wenn die Düfte ihr Bewusstsein erreicht hatten, erschienen die entsprechenden Bilder vor ihrem inneren Auge.

So hatte sie zum Beispiel den Wind gerochen, der Schnee und Eis mit sich brachte, Rotwild und den streunenden Hund im Wald, Eier in einem Nest, Hunderte verschiedene Exkremente, Waschbären und Hühner, die toten erfrorenen Blumenblätter, das tote Laub, Hasen und Mäuse. Manche Düfte mochten Kilometer weit entfernt sein, und sie konnte die Entfernung nicht genau einschätzen, aber sie erkannte immer, wenn ein Geruch in ihrer Reichweite war.

Jetzt wurde der Geruch deutlicher. Es war der Geruch eines Kojoten, scharf, muffig, blutig, ein Geruch von Fell, Speichel, Schlamm, Gras und Unterholz, all das sah Rose vor sich, während sie witterte. Der Geruch sagte ihr, dass der Kojote noch weit weg irgendwo in den Wäldern war. Aber er war schon ungewöhnlich nahe herangekommen, direkt auf der anderen Seite der Straße.

Drei

Rose wusste, dass sich jenseits der Straße im Wald ein Kojotenbau befand, praktisch im Schatten des Farmhauses. Sam hatte davon keine Ahnung.

Sie lief die Straße hinunter, die am Haus entlangführte, ohne sich nach Autos oder Lastwagen umzuschauen. Erst wenn sie sie hören konnte, wurde sie sich ihrer bewusst. Dann jagte sie hinter ihnen her oder versuchte ihnen davonzulaufen.

Sam machte sich immer große Sorgen, wenn Rose sich in der Nähe der Straße aufhielt. Er schrie ihr nach, dass sie zurückkommen oder stehen bleiben sollte, wenn sie einem Auto oder einem Lastwagen hinterherjagte. Rose aber konnte seine Aufregung nicht verstehen. Sie und Sam waren ein eingespieltes Team, und Rose gehorchte Sams Befehlen eigentlich immer sofort, aber diesen einen Befehl missachtete sie oft. Ihre Instinkte waren dann einfach stärker als ihre Erfahrung oder ihr Urteilsvermögen.

Inzwischen war es Mittag, und es begann wieder zu schneien. Rose spürte die schweren Flocken, ehe sie auf ihrem Fell oder auf dem Boden liegen blieben – sie konnte sie schon hoch oben in den Wolken fallen hören. Im Gegensatz zum leichten, feinen Schneefall in der Nacht waren diese Flocken dick und nass und landeten mit einem zischenden Geräusch auf dem Boden. Rose konnte den leisen, dumpfen Aufprall hören. Die Schneeflocken fielen inzwischen dichter, als sie es je erlebt hatte. Sie blieben auf dem Weg liegen, und der Wind wurde stärker und ließ die Flocken tanzen. Als sie die Straße überquert hatte, war die Sicht noch uneingeschränkt gut gewesen. Eine Minute später konnte sie nur noch ein paar hundert Meter weit sehen. Sie lief über die Wiese durch das Schneegestöber und hielt auf den Wald zu.

Während Rose durch den Wald trabte, hörte sie Waschbären und Kühe und weiter entfernt Hundegebell.

Sie hörte den Wind in den Bäumen rauschen und den Schnee fallen, sie hörte, wie Tiere sich im Erdreich bewegten. Sie hörte Käfer, Würmer und Fledermäuse, die in den Bäumen säuselten, schlafende Kaninchen, nagende Termiten, welkende, vergehende Pflanzen. In der Ferne das Geräusch von Autos, Lastwagen, Traktoren und Flugzeugen. Während sie lief, achtete sie genau auf die Laute, versuchte sie zuzuordnen, zu verorten und einzuschätzen, welche aus der Nähe kamen und welche weiter entfernt waren. Sie versuchte zu unterscheiden, welche Geräusche mit Arbeit zu tun hatten und welche nicht, was wichtig war und was nicht. Sie sah alles, was sie sehen musste – und sogar ein bisschen mehr.

Für sie war der Wald ein Feuerrad, das unzählige Eindrücke wie Geräusche, Bilder und Gerüche versprühte. Hinter all dem steckten Geschichten, alles rief Erinnerungen wach, öffnete die Tür zur Bibliothek in ihrem Kopf.

Manchmal war Rose frühmorgens oder spät am Abend unterwegs, wenn Sam schlief oder beschäftigt war. Dann erschien ihr der Wald wie eine grelle, aufregende Welt. In diesen Momenten fühlte sie sich lebendig, kraftvoll, zufrieden. Farben, Tierlaute und Gerüche umgaben sie, verschluckten sie beinahe. Rose erinnerte sich, verarbeitete all diese Eindrücke, ordnete sie zu. Sie konnte jede einzelne Information sofort abrufen, und zusammen ergaben sie die schönsten und intensivsten Momentaufnahmen, strahlende Bildstrecken des Lebens.

Rose sah nicht nur Laub und Bäume und Büsche – obwohl sie die natürlich auch sah –, nein, sie konnte aus allem auch unzählige Geschichten ablesen. Sie sah helle und dunkle Farben, das blendende Strahlen der Sonne und das kalte Licht des Mondes, sie hörte das Geräusch von Pfoten und Hufen, Flügelschlagen, außerdem Maulwürfe, Mäuse und Streifenhörnchen, die sich durch die Erde gruben, Frösche und Schlangen. Sie hörte Schreien, Piepsen, Jaulen, Geräusche von Geburt, Tod, Panik, Flucht, die Blätter, wie sie wuchsen, abstarben, verwelkten und herunterfielen, manchmal einzeln, manchmal zuhauf.

Rose suchte nach dem Anführer der Kojoten und wusste, dass auch er sie suchte. Er hatte ihre Gegenwart schon in dem Moment gespürt, als sie den Wald betrat, und nun erwartete er sie.

Die Erinnerung an ihre erste Begegnung blitzte in Roses Gedanken auf. Damals war sie jünger gewesen, stark und voller Selbstvertrauen. Sie hatte diesen Kojotenwelpen im Wald gefunden, offenbar hatte er sich verlaufen. Sie hatte ihn angestarrt, ihn ganz genau betrachtet, sich umgesehen, ob nicht irgendwo seine Mutter in der Nähe war. Verspielt war er gewesen, schnappte nach Stöckchen und warf sie in die Luft.

Dabei knurrte er und lief im Kreis. Es kam ihm gar nicht in den Sinn, dass er sich von seinem Rudel entfernt und damit in Gefahr gebracht hatte.

Rose hatte den Hügel hinaufgesehen und einen Fuchs bemerkt. Sie knurrte, starrte ihn nieder und vertrieb ihn damit. Dann blieb sie ruhig stehen, während der Welpe näher kam. Sie schnupperte an ihm und führte ihn zu den Felsen, weil sie wusste, dass sich dort die Höhle befand. So hatte es ihre Mutter gemacht, wenn sie Rose und die anderen Welpen in Sicherheit bringen wollte.

Als das Muttertier zum Bau zurückgekehrt war, lief der Welpe zu ihr. Doch dann hielt er noch einmal inne und drehte sich nach Rose um.

So hatten sich Rose und der Kojote kennengelernt. Seitdem gab es zwischen ihnen eine besondere Verbindung.

Dann war da diese Nacht gewesen, lange bevor sie den Welpen im Wald gefunden hatte. Rose sah es noch genau vor sich. Sie dachte oft daran und versuchte immer noch zu verstehen, was sie damals beobachtet hatte.

An jenem Tag war es heiß und stickig gewesen, der strahlende Sonnenschein war schließlich einem Vollmond gewichen. Mondlicht erleuchtete den Himmel und die Erde und sprenkelte die Farm, den Wald und die Felder mit tiefen Schatten. Kein Lüftchen regte sich. Geräusche und Gerüche zogen ungehindert über weite Entfernungen durch die Nacht. Wie die meisten Tiere wurde auch Rose bei Vollmond unruhig. In solchen Nächten fand sie nur selten Schlaf.

Bei Vollmond wimmelte es im Wald von Kojoten, Füchsen, Eulen und anderen nachtaktiven Tieren, die jaulten, bellten und den Mond anheulten. Rose liebte diese unheimliche, uralte Symphonie, das eine oder andere Mal hatte sie selbst zum Mond hinaufgesehen und losgeheult.

Sie war den ganzen Tag hechelnd in der Hitze herumgelaufen und hatte sich dann zur Abkühlung in den Bach gesetzt. Nachts fand sie im Haus keine Ruhe, fühlte sich wie eingesperrt. In heißen Nächten schlich sie sich oft auf die Veranda, sprang dort auf den Korbstuhl und schlief auf dem Kissen. Dann und wann hob sie den Kopf und hoffte auf einen Windhauch. In jener Nacht, als die sanfte Brise das Heulen von den fernen Wiesen herübertrug, spürte sie diesen unwiderstehlichen Drang und sprang schließlich wie hypnotisiert vom Sessel. Sie verließ die Veranda, setzte über den niedrigen Zaun vor dem Haus und rannte in den Wald, immer auf der Spur dieser Geräusche. Sie klangen hoch und verspielt und wurden beinahe unmittelbar von einem Heulen, Jaulen und Bellen beantwortet. Es war, als würden sie Rose in dieser Nacht rufen, und sie machte sich auf die Suche nach dem Ursprung der Geräusche.

Rose hätte ihre Arbeit nie vernachlässigt: Nichts war wichtiger als die Farm. Aber in dieser Nacht trabte sie durch den Wald, wie verzaubert von den Lauten. Sie streifte durch Schatten, Büsche und über Moos, schreckte Eulen und Mäuse auf. Sie lief zum Fluss, der nur wenig Wasser führte und leicht zu durchwaten war. Noch nie hatte sie sich ohne Sam so weit von der Farm entfernt, trotzdem hatte sie keine Angst. Es war beinahe, als würde sie nach Hause laufen.

Gleichzeitig allerdings war ihr bei diesem Ausflug auch etwas unheimlich, denn der Wald gehörte eigentlich nicht zu ihrer Welt.

Irgendwann blieb sie stehen und duckte sich. Sie lauschte konzentriert, schaute sich um, witterte. Deutlich nahm sie jede Bewegung, jedes Geräusch und jeden Geruch um sich herum wahr. Dann schlich sie langsam voran, kroch beinahe, bewegte sich so leise und vorsichtig, dass sie sich selbst nicht hören konnte. Der Mond schien hell, überall lauerten Schatten. Rose hatte die Ohren angelegt und hielt den Schwanz gesenkt, ihre Augen waren weit aufgerissen wie bei einer Eule. Sie war hellwach, jederzeit bereit zu Flucht oder Kampf. Die Geräusche waren jetzt nah genug, dass sie sie genau orten konnte. Sie war nahe dran.

Sie schreckte ein paar Kaninchen auf, die vor ihr durch das Unterholz brachen. Nach einer Weile kam sie an eine große Wiese, die von zwei Seiten von einer Bucht eingegrenzt wurde. Unter einer Gruppe von hohen Bäumen entdeckte sie schließlich das, weshalb sie gekommen war. Sie war wie gelähmt und verharrte in geduckter Haltung.

Es war eine größere Gruppe von Kojoten, mehrere Sippen mit ihren Welpen standen in einem Halbkreis nahe der Bucht. Alle Größen, jedes Alter und jede Farbe waren vertreten, einige Tiere waren gelblich braun, andere grau oder weiß. Manche hatten einen zottigen Schwanz, bei anderen war er buschig, die meisten hatten spitze Schnauzen. Einige standen etwas abseits und schienen verängstigt zu sein. Sie hatten den Schwanz eingeklemmt und schlichen um die Gruppe herum, blieben aber dicht bei den Bäumen. Die meisten hatten sich direkt vor der Bucht versammelt. Neben dem Wasser lag ein totes, zerrissenes Tier. Rose glaubte einen großen Truthahn zu riechen. Welpen jaulten mit hellen Stimmen, balgten herum und stahlen sich gegenseitig Stöckchen und Fleischbrocken.

Die Muttertiere riefen nach ihren Jungen. Einige Männchen schnüffelten aneinander, hielten witternd die Schnauze in die Luft und sahen zum Mond hinauf, bellten, jaulten, manchmal stießen sie ein hohes, lang gezogenes Heulen aus, das über die Wiese hallte und dann vom tiefen Wald verschluckt wurde.

Rose kamen sie sorglos und fröhlich vor. Obwohl ihr selbst diese Emotionen fremd waren, erkannte sie sie doch und hatte sie schon bei anderen Tieren auf dem Hof beobachtet. Ihre Mutter war nie verspielt gewesen. Rose hatte ihre Geschwister beim Spielen beobachtet, als sie Welpen waren. Sie hatte begriffen, dass sie spielten, hatte aber nie verstanden, was das eigentlich sollte, oder selbst Freude daran gehabt. Sie gab sich nicht mit anderen Hunden ab. Sie mochte sich nicht balgen oder einem Ball hinterherrennen.

Der Vollmond glitzerte im Wasser der Bucht und erhellte die Wiese, und die Kojoten waren deutlich zu erkennen. Rose konnte den Blick nicht von ihnen abwenden.

Sie liefen hin und her, warfen Zweige in die Luft, jagten sich im Kreis herum, wieder und immer wieder, als würden sie einer Choreografie folgen. Die älteren Tiere blieben in der Mitte, die jüngeren liefen außen durcheinander.

Sie bewegten sich schnell, und ihr Heulen und Jaulen zerriss die Stille auf seltsame Weise. Ihre Augen glühten, sie sabberten und schüttelten sich, Speichel und Fell flogen durch die Luft.

Rose war klar, dass das hier keine Arbeit war. Aber auch nicht nur ein Spiel, vielmehr ein uraltes, tief verwurzeltes Ritual der Freiheit. Sie warfen Stücke des Beutetiers in die Luft und jagten hinterher, hielten dann wieder inne, um sich gemeinsam an dem Geruch und dem Blut zu berauschen.

Zum ersten Mal bekam Rose eine Ahnung von der Dramatik des Jagens. Sie bekam ihr Futter einfach so, aber die Kojoten mussten es sich selbst beschaffen, und das unterschied sie mehr als alles andere von Rose. Sie hatte ihre Arbeit, und Jagen war die Arbeit der Kojoten.

Rose blieb lange regungslos stehen und beobachtete die Gruppe, beinahe bis zum Morgengrauen. Dann schlich sie sich leise rückwärts davon, bis sie in sicherer Entfernung war. Erst dann drehte sie sich um und lief zurück zur Farm. Das Heulen und Jaulen blieben ihr im Ohr.

Jetzt war sie nicht mehr vorsichtig, sondern fühlte sich frei, war ganz sie selbst und kannte ihren Weg. Sie hatte keine Angst, entdeckt zu werden. Immer schneller lief sie und schreckte die nächtlichen Bewohner des Waldes auf.

Ungefähr ein Jahr später hatte Rose den Kojotenwelpen auf dem Waldweg gefunden. Wenn sie sich von da an meist zufällig im Wald begegneten, mieden sie sich nicht, wie es Hunde und Kojoten sonst gewöhnlich tun. Sie saßen da und starrten sich gegenseitig an, manchmal minutenlang. Dann liefen sie davon. Zwischen ihnen herrschte keine Angst, keine Aggression oder Misstrauen. Sie hatten die Mauer zwischen ihren beiden Arten durchbrochen.

Der Kojotenwelpe war herangewachsen und nun der Anführer seines Rudels. Er hielt sich und sein Rudel von der Farm fern. Ähnlich wie Hunde verstanden

Kojoten solche Regeln und hielten sich unter normalen Umständen auch daran. Sie wurden zwar gefürchtet und gejagt, und ihnen war klar, dass es sicherer war, in den Wäldern auf die Jagd zu gehen – nach jungen Wildtieren, Hasen und Truthähnen –, als sich in die Nähe von Menschen, Zäunen und Hunden zu wagen.

An dem Tag, als der Schneesturm aufzog, blitzten Bilder vor Roses innerem Auge auf und trieben sie in die Wälder hinaus. Bei einem Unwetter wie diesem gab es nur eine einzige Regel: überleben. Und der Überlebenskünstler der Tierwelt war der Kojote. Der junge Anführer würde für sein Rudel tun, was er tun musste. Rose wollte alles Notwendige tun, um ihre Farm zu beschützen.

Sie beide waren Arbeitstiere. Vor den anderen Tieren auf dem Hof hatte Rose nur wenig Respekt, nach dem Kojoten allerdings suchte sie sogar im Wald, um sein Verhalten zu beobachten.

Rose hatte den Beweis für die Wildheit und die Fähigkeiten der Kojoten selbst gerochen und gesehen: Knochen und Fell und Kampfspuren überall in den Wäldern und auf den Wegen rund um die Farm. Sie konnte die Fluchtspuren deuten, die plötzlich endeten, und die Schleifspuren, die in den Wald führten. Sie wusste, wie die Kojoten im Team zusammenarbeiteten. Darin unterschieden sie sich von allen anderen Tieren – auch von Hunden.

Die Tiere auf der Farm arbeiteten so gut wie nie zusammen und waren für Jäger, die im Rudel auftauchten, besonders leichte Beute. Beinahe alle Farmtiere gehorchten den Verhaltensmustern zahmer Tiere – entweder kämpfen oder fliehen. War beides nicht möglich, ergaben sie sich in ihr Schicksal und gingen unter.

Kojoten gingen Roses Beobachtung nach als Einheit zu Werke, effizient und skrupellos. Sie verständigten sich durch Heulen, Jaulen und Bellen. Sie töteten schnell, zielten auf die Kehle des Opfers, zerlegten ihre Beute und schleppten sie stückweise in ihren Bau. Rose konnte die Geräusche, Gerüche und Spuren in den Wäldern deuten. Im Geiste war Rose oft mit den Kojoten unterwegs.

Auch jetzt sah sie Bilder aus dem Leben der Kojoten vor sich. Rose hatte eine Vermutung, wo der Kojote auf sie warten würde. Sie erreichte den Ort, als der Schnee allmählich auf den oberen Zweigen der Bäume und auf dem Laub am Boden liegen blieb und es dunkler wurde. Schon lange bevor sie zu der Stelle kam, spürte sie, dass der Kojote da war und sie auch bemerkt hatte. Sie blieb stehen.

Er saß neben einem umgefallenen Baum und wartete schon, genau, wie sie es erwartet hatte. Kaum dass sie den Wald betreten hatte, wusste er, dass sie kommen würde. Er hatte sie gehört und ihre Anwesenheit bis in seine Pfoten hinein gespürt. Der Sturm hatte sie alle beide in den Wald getrieben.

Rose verstand, dass an dieser Begegnung etwas anders war als sonst. In ihrem Innersten fühlte sie sich einem Kojoten viel enger verbunden als einem Schaf. Aber seit sie auf der Farm arbeitete, hatte sie einen starken Beschützerinstinkt entwickelt. Die Kojoten waren eine Bedrohung für die Schafe. Sie stellten eine Gefahr dar. Obwohl Rose und der Kojote vieles gemeinsam hatten, hatte das Leben sie doch in zwei ganz verschiedene Richtungen geführt.

Wie alle Hunde war Rose Veränderungen gegenüber misstrauisch. Außerdem wusste sie, wie heftig Sam auf

Kojoten reagierte. Meistens bemerkte er sie nicht, aber wenn er sie sah oder hörte, wurde er wütend und fühlte sich bedroht. Dann griff er nach seinem Gewehr und suchte die Wälder und Weiden ab.

Sam reagierte auf die Kojoten ganz anders als auf Rose. Dabei hätte sie sich genauso gut den Kojoten anschließen können.

Der Unterschied zwischen den Kojoten und ihr erschien Sam viel größer als ihr selbst. Ihr Lebensweg hatte sie zu den Menschen geführt, denen nun ihre Loyalität galt. Die Kojoten dagegen waren nur ihrem Rudel verpflichtet.

Zwischen Rose und ihrem Anführer herrschte ein stilles Einvernehmen, und deswegen war sie gekommen. Inzwischen lag eine dicke Schneeschicht auf dem Boden, und der Wind wurde immer stärker. Rose sah dem Kojoten in die Augen. Sie waren gelblich, glühten sogar bei Tageslicht. Für einen Kojoten war er groß, hatte einen dicken Pelz, in dem bereits Eis und Schnee hängen blieben.

Rose blieb ein paar Minuten so sitzen und hielt dem Blick des Kojoten stand. Dann sah sie weg, schnupperte und nahm die Gerüche und Geräusche des Waldes auf. In einiger Entfernung hörte sie andere Kojoten in ihren Höhlen scharren und schnüffeln. Sie spürte, wie der gewaltige Sturm näher kam.

Schon immer hatten ihre starken Instinkte sie in den Wald getrieben. Der Kojotenwelpe, die Versammlung auf der weit entfernten Wiese, die Gegenwart dieses Kojoten im Schatten der Farm: All diese Dinge waren in ihr Bewusstsein eingedrungen und hatten ihr wahres, innerstes Wesen zum Vorschein gebracht.

Sie war nicht aus menschlichen Beweggründen gekommen, etwa weil sie den Kojoten warnen oder ihm drohen wollte, sie fühlte sich weder gut noch schlecht, weder glücklich noch traurig. Sie war gekommen, weil es ihr im Blut lag, weil sie verstanden hatte, dass der Sturm ihr Verhältnis zu dem Kojoten verändern würde, das Einvernehmen zwischen ihnen, diese seltsame Verbindung, die die Ähnlichkeit in ihrem Wesen ausmachte.

Der Sturm forderte sein Recht. Und Rose würde nicht vergessen, was ihr wichtig war. Sie musste ihre Aufgaben erfüllen. Alles würde anders sein.

Auch der Kojote wandte den Blick ab. Dann sah er Rose wieder an, stand auf und trabte davon. Rose konnte ihn nicht mehr hören.

Einen Augenblick später erhob sie sich von ihren Hinterbeinen und machte sich durch den Wind und das wirbelnde Weiß auf den Heimweg. Der Schnee türmte sich inzwischen, und im Fell an ihren Beinen bildeten sich kleine Eisklumpen.

Rose war aufgeregt – sie spürte, dass Arbeit auf sie wartete. Gleichzeitig empfand sie etwas wie Angst. Es war leicht, bei einer solch schwierigen Aufgabe zu versagen. Sie fühlte sich Sam verpflichtet, sie musste ihn und die Farm beschützen. Sie liebte Sam, Katie, ja, sogar die Schafe, die anderen Tiere und die Farm selbst. Um all das musste sie sich kümmern, so gut sie konnte.

Die Farm kam in Sicht, und Rose nahm die Welt um sie herum wahr, durch all den Schnee hindurch. Sie rief ihre innere Karte auf, die Blaupause ihres Lebens …

Die Schafe, die sich im Offenstall zusammendrängten.

Die Zäune und Tore.

Die Kühe, die im Unterstand auf der hinteren Weide beieinander standen.

Die Ziegen, die aufgeregt in ihrem Gehege lärmten.

Der Hahn und die Hühner in der Scheune.

Rose kannte ihre Verantwortung ihnen allen gegenüber, sie musste sie durchbringen, sie musste Sam helfen, sie musste verstehen, was er von ihr erwartete.

Für einen Moment drehte sie sich um und sah den Weg hinunter, ob nicht doch irgendwo ein Zeichen von Katie zu entdecken war. Hier war sie oft spazieren gegangen. Rose hielt immer noch überall Ausschau nach Katie.

Vier

Etwa auf halber Strecke auf dem Weg zurück zum Haus machte Rose einen kleinen Umweg zum großen Baumstumpf am Rand der Wiese, die an den Weg grenzte. Der Baumstumpf war schon von einer dünnen Schneeschicht bedeckt. Schwere Schneeflocken flogen Rose in die Augen, und der Wind heulte immer lauter. Dennoch bog Rose ab und lief hinüber zum Baumstumpf, schnupperte daran und horchte.

An dieser Stelle hatte Katie immer auf sie gewartet. Sie hatte auf dem alten Eichenstumpf gesessen und immer ein Stück Brot für Rose dabeigehabt.

Aber jetzt gab es hier keine Spur von Brot und auch nicht von Katie.

Rose hielt ihre Nase in verschiedene Richtungen, spitzte die Ohren, hob den Kopf, horchte, hielt dann inne, setzte sich hin und schnupperte. Vielleicht tauchte Katie ja doch noch auf. Rose besaß kein Zeitgefühl, sie kannte nur Dunkelheit und Tageslicht. Sie wusste nicht, wie lange es her war, dass sie Katie zum letzten Mal gesehen hatte.

Sam war kein nostalgischer Mensch, aber er erinnerte sich gerne an Katies ersten Besuch auf der Farm. Er erzählte oft davon. Die große, schlanke Katie mit dem dunkelbraunen Haar hatte gleich versucht, Rose zu streicheln. Sam hatte sie gewarnt, dass Rose, die damals drei Jahre alt war, nicht gerne angefasst wurde. Sie ließ kaum jemanden an sich heran außer Sam. Er behielt recht – als Katie die Hand nach Rose ausstreckte, knurrte die Hündin und schnappte nach ihr. Erschrocken hatte Katie ihre Hand zurückgezogen.

Doch was dann geschehen war, hatte Sam tief beeindruckt. Katie trat ruhig einen Schritt zurück und betrachtete Rose dabei neugierig. Die Hündin legte die Ohren an und wich ebenfalls ein Stück zurück. Sam ermahnte Rose daraufhin in scharfem Ton, griff nach einem Stiefel, der auf dem Boden lag, und wollte ihn nach ihr werfen. Das war Hundetraining nach Farmerart, wie sein Vater es ihm beigebracht hatte.

Rose war überrascht, denn Sam hatte selten etwas an ihr auszusetzen und auch selten Grund dazu. Dennoch, Sam war der Überzeugung, dass zwischen Mensch und Tier die Machtverhältnisse immer eindeutig und nachdrücklich geklärt werden mussten. Ansonsten gab es immer Probleme. Rose musste das lernen. Sie war ein starker Hund, und manchmal brauchte sie eine starke Hand. Sam hatte diesbezüglich nie gezögert.

»Sie ist ein guter Hund, ein toller Hund, aber eben ein Arbeitstier.« Sam erklärte Katie, dass Arbeitshunde keine Schmusetiere seien. Sie ließen sich eben ungern streicheln. »Rose verliert nie ihre Aufgabe aus den Augen. Die Farm gehört ihr«, sagte er und fügte hinzu, dass Rose vor allem ihre Arbeit liebte und nicht einmal für Hundekuchen oder Spielzeug etwas übrig hatte.

Er erklärte Katie, dass es hart war, Kühe und Schafe zu hüten. Die Tiere ließen sich nicht gerne von einem Hund treiben. Rose sei eben kein süßer Schoßhund, sondern brauchte sinnvolle Beschäftigung. Nur damit konnte man ihr Herz gewinnen. Sie liebte die Menschen, die ihr eine Aufgabe gaben oder mit ihr zusammenarbeiteten.

»Manchmal springt sie neben mich aufs Sofa«, erzählte Sam, »dann darf ich ihr den Bauch kraulen, aber das passiert nur selten. Und bei jemand anderem würde sie das niemals zulassen.«

Sam hatte wohlwollend beobachtet, dass Katie Rose trotzdem angelächelt hatte.

»Tja, da haben wir ein Stück Arbeit vor uns«, sagte sie. Rose merkte, dass Katie keine Angst vor ihr hatte, und schien sie nun mit neuem Interesse zu betrachten.

Etwa ein Jahr später, nach vielen weiteren Besuchen, war Katie auf der Farm eingezogen. Roses innere Blaupause, ja, ihr ganzes Leben war vollkommen durcheinandergeraten, ihr Rhythmus und ihre Routine waren auf den Kopf gestellt worden. Diese Frau machte sie nervös. Sie ging nicht mehr weg, und sie brachte neue Dinge mit – Möbel, Kleider, neue Gerüche. Immer sprach sie mit Sam und verbrachte viel zu viel Zeit mit ihm.

Rose wartete darauf, dass Katie wieder verschwinden würde, genau wie all die anderen Leute, die zu Besuch kamen. Sie war die meiste Zeit ihres Lebens mit Sam allein im Farmhaus gewesen. Katie hatte nichts mit ihrer Arbeit oder mit den Schafen zu tun, zumindest konnte Rose das nicht erkennen.

Aber Katie war jetzt sogar nachts bei Sam im Schlafzimmer, und deshalb sprang Rose nicht mehr auf sein Bett, um nachzusehen, ob es ihm gut ging, wie sie es vorher manchmal getan hatte. Ab und zu fütterte Katie sie, aber Rose weigerte sich immer, aus der

Schüssel zu fressen, die Katie auf den Boden gestellt hatte. Rose fraß nur, wenn Sam sie fütterte.

Manchmal bemerkte sie, wie Katie sie ansah, sie beobachtete, ihr zulächelte. Wenn Sam nicht dabei war, legte Rose die Ohren an und sah weg, manchmal knurrte sie sogar, um Katie zu vertreiben. Aber Katie blieb, und ihre Geräusche und Gerüche gehörten langsam zum Leben im Farmhaus und zu Roses Blaupause, die sich ständig erweiterte. Katie gehörte nun auch irgendwie zu Roses Arbeit dazu. Das unterschied sie von anderen Menschen.

Katie fasste Rose nicht mehr an, und Rose hörte schließlich auf, sie anzuknurren. Langsam, aber sicher gewöhnte sie sich so an sie, an ihre weiche, leise Stimme. Rose liebte Routine, feste Muster, und auch wenn sie Katie anfangs als ärgerliche Störung empfunden hatte, gehörte Katie irgendwann zur Farm.

Rose achtete genau auf Schuhe, und sie erkannte immer anhand der Schuhe, die Sam gerade trug, ob sie gleich zusammenarbeiten würden. Eines Morgens verließ Sam die Farm, und Rose sah, dass Katie die gleiche Art von Stiefeln trug, die Sam immer anhatte, wenn er auf die Weiden oder in die Scheunen ging. An den Sohlen klebte Schafsmist. Rose schaute Katie gespannt an, und tatsächlich sagte Katie: »Lass uns an die Arbeit gehen, Rose.« Rose bellte und lief zur Hintertür. Sie jagte zum Weidetor und wartete, während Katie es ein wenig zögerlich öffnete. Dann stürmte Rose den Hügel hinauf zum Offenstall. Als die Schafe sich in einem Kreis zusammendrängten, umrundete sie sie und trieb sie hinunter zu den mit Heu gefüllten Futterraufen. Sie ließ es nie zu, dass die Schafe auf Sam losstürmten, und für Katie galt nun dasselbe.

Doch kaum waren die Schafe bei den Futterraufen angekommen, spürte Rose, dass etwas nicht stimmte. Katie war weg. Dann hörte sie, wie die Hintertür der Scheune geöffnet und ein Eimer mit Kraftfutter über den Boden geschoben wurde. Auf ihrer Weide setzten die Kühe und Stiere sich in Bewegung – und zwar viel zu schnell. Rose sah vor ihrem inneren Auge, wie Katie den Kühen einen Eimer Kraftfutter hinschüttete. Irgendetwas war falsch daran.

Wenn es Kraftfutter gab, waren die Kühe und Stiere aufgeregt. Sam wies Rose immer an, die Tiere in eine Umzäunung zu drängen und sie dort festzuhalten, während er das schwere Tor schloss und das Futter ausschüttete. Dann kam er zurück, öffnete das Tor und ließ die Tiere zu den Futtertrögen. Das war immer eine ziemlich gefährliche Situation, vor allem für jemanden, der ängstlich und unsicher wirkte. Rose wusste, wie wichtig es war, überzeugend und entschieden aufzutreten, egal, was passierte. Die Tiere glaubten, dass sie der Chef war, also war sie es.

Einige der Stiere brachten mehr als eine Tonne auf die Waage und konnten einen Menschen ohne Probleme niedertrampeln. Sam ging nie ohne Rose zu diesen Tieren. Die Vorstellung von Katie, die allein mit den Rindern und einem Eimer Kraftfutter auf der Weide stand, versetzte Rose in Alarm.

Rose verließ die Schafe und jagte um die Ecke durch die offene Tür in die Scheune. Sie war schnell und schreckte Winston auf. Er krähte empört. Rose schoss auf der anderen Seite wieder aus der Scheune heraus. Sie entdeckte Katie in der Mitte der Weide, wie sie mit einem Futtereimer in der Hand zum Futtertrog stapfte. Sie schien nicht zu bemerken, dass sie von zwei Stieren und fünf Kühen verfolgt wurde, die bedrohlich schnell näher kamen.

Es war nicht gut, wenn sich Kühe so schnell bewegten und so aufgeregt waren. Sie durften Menschen niemals so nahe kommen. Noch war die Situation harmlos, aber es konnte jeden Moment gefährlich werden.

Rose bellte, und Katie drehte den Kopf. Dann jagte sie los und lief direkt vor die Kühe und Stiere, die mehr und mehr in Rage kamen. Rose schoss zu Brownie, dem größten Stier, und schnappte nach seiner Nase. Der Angriff kam überraschend für ihn, und er war einen Moment lang abgelenkt. Rose warf sich herum, stellte sich auf die Hinterbeine und biss ihn in den Schwanz, sodass er aufbrüllte, sich umdrehte und damit die Tiere hinter ihm ausbremste. Katie stieß einen erschrockenen Schrei aus. Aber sie reagierte schnell, warf den Eimer fort, sodass das Futter auf dem Boden landete, und lief dann schnell durch die offene Tür in die Scheune.

Brownie senkte den riesigen Kopf, um Rose anzugreifen, aber sie war schon wieder hinter ihm und schnappte nach seinen Beinen. Einen Moment später lief sie zu Katie in die Scheune. Hinter ihr schloss sich die Tür. Katie und Rose standen nun mit Winston und den Hühnern in einer dunklen Ecke, mitten im Heu.

Katie hatte die Augen weit aufgerissen und war ganz außer Atem. Sie presste eine Hand auf ihr Herz. Rose setzte sich hin, und Katie sah sie an.

»Was denkst du jetzt von mir? Hältst du mich für dumm?«

Rose legte den Kopf schief, damit ihre Ohren die Laute besser aufnehmen konnten. Sie wunderte sich über den Ton von Katies Stimme. Es war kein Befehl gewesen, auch kein Vorwurf. Die Tonlage machte sie neugierig.

Katie ließ sich auf einen Heuballen sinken, und zum ersten Mal wich Rose nicht zurück oder knurrte, sondern blieb in Katies Nähe und sah ihr in die Augen.

»Danke, Rose«, sagte Katie sanft, wieder mit dieser Stimme. Rose begriff, dass es liebevoll gemeint war. Es war Lob und Anerkennung, wie sie es manchmal von Sam hörte.

Rose hatte also verstanden, was Katie ihr sagen wollte, und zum ersten Mal wedelte sie mit dem Schwanz und ließ es zu, dass Katie den Arm nach ihr ausstreckte. Sie leckte ihr sogar zwei-, dreimal die Hand, zog sich aber zurück, bevor Katie sie streicheln konnte.

»Schon gut«, sagte Katie. »Sam hatte also recht. Erst wenn jemand einmal mit dir gearbeitet hat, dann ist er in dieser Welt zu etwas gut, nicht wahr?«

Eine kräftige Windböe blies Rose Schnee und Eis ins Gesicht. Sie schüttelte sich und kehrte mit einem Schlag wieder zurück in die Gegenwart. Sie spürte den Wind und ein taubes Gefühl in ihren Pfoten. Es fühlte sich sonderbar an. Ein Schauer lief ihr den Rücken hinunter, und sie schüttelte sich wieder. So wie im Sommer, wenn Sam sie mit dem Gartenschlauch nass spritzte.

Dann verließ sie den Baumstumpf und trabte nach Hause.

Fünf

Rose verließ den Wald und kam an die Straße, die an der Farm vorbeiführte. Darauf befand sich inzwischen eine geschlossene Schneedecke. Es hatte ein heftiger Schneesturm eingesetzt, den sie erst jetzt richtig bemerkte, nachdem sie aus dem Schutz der Bäume herausgetreten war. Der Schnee fiel dichter, als sie es jemals erlebt hatte. Er lag schon so hoch, dass er ihr bis an den Bauch reichte. Sie konnte sich vorstellen, wie die Schafe und die anderen Tiere langsam in Panik verfielen, nicht etwa weil der Schnee so hoch lag, sondern weil er so dicht fiel, dass er alles wie eine weiße Wand umschloss. Die Tiere auf der Farm hatten noch nie einen solchen Schneesturm erlebt, und Rose wusste, dass nichts ein Tier mehr erschrecken konnte als etwas Neues, Unbekanntes.

Als sie zum Farmhaus kam, hörte sie Sam rufen, noch ehe sie ihn durch den Schneesturm sehen konnte. Er war hinter dem Haus auf dem Hügel. Sie lief schneller. Als sie näher kam, spürte sie, wie besorgt er war.

Sams Stimme hatte einen scharfen Klang und wurde immer lauter. »Rosie! Rosie, wo bist du?« Er ließ dem Ruf einen durchdringenden Pfiff folgen, ihr vereinbartes Zeichen.

Sam wusste, dass Rose hin und wieder einen Ausflug

in den Wald unternahm, und er hatte sich nie viel dabei gedacht. Aber wenn er nach ihr rief, erwartete er, dass sie kam, und meistens war es auch so.

Dann sah er sie. Als Rose näher kam, begriff sie sofort, was nicht in Ordnung war. Die Ziegen waren tatsächlich in Panik geraten, als dieser furchtbare Sturm losgeheult hatte. Der Wind hatte eine Futterraufe umgeworfen. Sie war im Zaun gelandet und hatte ein Loch hineingerissen. In ihrer Angst waren die Ziegen über die Futterraufe geklettert und durch das klaffende Loch im Zaun geschlüpft, um dann den Hügel hinaufzurennen.

Sam deutete zur Kuhweide. Er verständigte sich oft durch Gesten mit Rose und wusste, dass sie ihn verstand. Rose folgte seinem Finger mit ihrem Blick und begriff, was er meinte. »Schau«, sagte er. Sie tat es.

In solchen Momenten spürte er, wie viel ihm Rose bedeutete, und wurde von seinen Gefühlen beinahe überwältigt. Wie er vermutete, fühlte Rose, was er nicht aussprach: Wir werden das hier zusammen durchstehen.

Auch die Kühe waren in Panik geraten, aber die meisten von ihnen waren zur Scheune gelaufen, die in dem Schneegestöber gerade noch sichtbar war. Die Schafe hatten sich alle in den Offenstall zurückgezogen und drängten sich dort zusammen. Eine kleine Gruppe von Kühen war jedoch durch die Schneemassen vom Rest der Herde getrennt worden, geblendet im plötzlichen Schneesturm. Das Heulen des Winds hatte sie in Panik versetzt, und sie waren ausgebrochen. Den Hügel hinauf hatten sie unter einer Baumgruppe Schutz gefunden.

Obwohl die Bäume inzwischen kahl waren und der

Platz dem Sturm ungeschützt ausgesetzt war, flüchteten sich die Kühe immer bei Regen und Sturm hierher, sofern das Tor offen stand. Für sie bedeutete dieser Ort Sicherheit und Schutz, er bot eine vertraute Rückzugsmöglichkeit, wenn sie verunsichert waren.

Sam musste gegen den auffrischenden Wind anschreien. »Rosie, wir müssen die Ziegen finden und in ihren Stall bringen. Und dann die Kühe!« Er deutete den Hügel hinauf. »Wer bei diesem Wetter draußen bleibt, bekommt ein Problem.«

Sam rechnete damit, dass Wege und Weiden bald nicht mehr begehbar sein würden. Ein scharfer Wind blies und ließ die Temperaturen rasch fallen. Sam bezweifelte, dass irgendein Tier der Farm draußen unter freiem Himmel lange überleben würde. Er fragte sich, ob die Wildtiere wie Rehe oder Hasen abgehärtet genug waren, um so ein Wetter zu überstehen. Normalerweise kümmerten Sam und die anderen Farmer sich nicht weiter um den Wetterbericht und seine meist übertriebenen Vorhersagen. Dieses Mal hatte er allerdings den Eindruck, als hätten die Meteorologen den Sturm gewaltig unterschätzt.

Er beobachtete, wie Rose sich konzentrierte. Sie hielt kurz inne, dann schoss sie durch den Schnee davon, unter dem Tor hindurch und den Hügel hinauf. Sie war an unerwartete Gefahren und Herausforderungen gewöhnt.

Nur wenige Farmer in dieser Gegend hatten einen Hund. Genau wie Sam früher befürchteten sie, dass so ein Tier zu viel Arbeit machte und seine Erziehung zu viel Zeit verschlang. Und so ein Hund kostete Geld. Seit sich Roses Ruf verbreitet hatte, bekam Sam deshalb mitten in der Nacht Anrufe von anderen Farmern, die um Roses Hilfe baten – wenn etwa Kühe auf die Straße gelaufen waren, streunende Hunde auftauchten, Schafe über die Weiden verstreut waren oder Ziegen den Aufstand probten. »Rose, es gibt einen Notfall«, sagte Sam dann grinsend, und schon brausten die beiden zusammen im Pick-up davon, um das Problem zu lösen. Sam liebte es, dass er bei solchen Gelegenheiten mit Rose angeben und einem Freund aus der Klemme helfen konnte.

Wenn er nachts nach ihr rief und die Autotür öffnete, bellte sie vor Begeisterung und führte einen Freudentanz auf, ehe sie auf den Beifahrersitz sprang. Sie war allzeit bereit und erfüllte zuverlässig sämtliche Erwartungen, brachte Kühe zurück in den Stall, trieb verstreute Schafe zusammen und fand verlorene Tiere wieder.

Sam wollte eigentlich kein Geld von den dankbaren Farmern annehmen, sie aber auch nicht kränken. Die meisten von ihnen waren sehr stolz. Also verlangte er zehn Dollar für jeden Einsatz. Er legte das Geld immer in ein Körbchen im Wohnzimmer, und immer wenn dreißig Dollar in Roses Notfallkasse zusammengekommen waren, stieg er in den Keller hinunter, holte ein ordentliches Steak aus dem Gefrierschrank und grillte es für Rose zum Abendessen.

Sam und die anderen Farmer rätselten immer über Roses Fähigkeit, eine Situation genau zu erfassen und angemessen darauf zu reagieren. Dabei ging sie immer nach der gleichen Methode vor: Sie sprang aus dem Wagen, sah sich um, rief ihre innere Blaupause auf und ging an die Arbeit. Sam scherzte oft mit den anderen Farmern, dass Rose eine Art Sondereinsatzkommando war. Ein Hund für alle Fälle.

Eines Nachts hatte ein streunender Hund die Schafe von Kay Crank in die Hügel um Hebron hinaufgetrieben. Rose lief in den Wald und brachte sie zurück. Ein andermal stürmten die Kühe von Roland Hanks geradewegs durch den einfachen, selbst gebauten Drahtzaun auf die Route 22, einen viel befahrenen Highway. Die Tiere des Farmers liefen auf der Straße herum, kaum erkennbar in der Dunkelheit, und Rose musste selbst auf die Straße laufen, um sie zusammenzutreiben.

Zu Sams Belustigung erzählte Hank noch heute davon, wie Rose aus dem Pick-up gesprungen war, die Kühe in die Scheune getrieben und die hysterischen, nutzlosen Hofhunde vertrieben hatte. Innerhalb weniger Minuten hatte sie die Ordnung wiederhergestellt. Hank hätte Rose vom Fleck weg gekauft, aber das kam für Sam natürlich nicht infrage.

Dennoch war es für Sam eine schöne Bestätigung gewesen, weil sich Farmer sonst immer gern lustig machten über Leute, die für Hunde Geld bezahlten.

Heute hatten sie nun selbst einen Notfall auf der Farm.

Rose hielt die Nase in den Wind, hob den Blick, stellte die Ohren auf und folgte den Spuren. Sie wusste gleich, wo sie die Ziegen finden würde. Sie befanden sich außer Sichtweite oben auf dem Hügel hinter der Kuppe. Dort suchten sie nach Rinde und Zweigen oder versuchten sich vor dem Wind zu verstecken. Rose konnte beinahe fühlen, wo sie waren.

Sie sah zu Sam hinüber, der gerade versuchte, wenigstens ein bisschen Schnee aus dem Ziegengehege zu räumen, dann jagte sie den Hügel hinauf. An manchen Stellen musste sie regelrecht durch den Schnee pflügen.

Es dauerte ein paar Minuten, doch dann hatte sie die Hügelkuppe erreicht. Von hier aus konnte sie Sam unten nicht mehr sehen. Im Wald zu ihrer Linken standen die drei Ziegen und knabberten an den niedrigen Ästen einiger Kiefern. Als sie Rose bemerkten, meckerten sie und starrten sie an. Aber Rose wusste, dass Ziegen im Gegensatz zu Schafen eigentlich keine Herdentiere waren und sich nicht leicht zusammentreiben ließen. Sie mochten Hunde nicht, hatten aber auch keine Angst davor, ihnen die Stirn zu bieten.

Rose konnte sie nicht mit ihren Augen in Schach halten, wie es bei den Schafen funktionierte. Auch waren sie nicht so leicht zu erschrecken wie die Kühe. Sie waren schlau und stur und scheuten keinen Kampf. Schnell hatten sie den Kopf und das Hinterteil gesenkt oder traten mit ihren scharfen Hufen aus.

Rose lief um das Kiefernwäldchen herum, um sich den Ziegen von hinten zu nähern und ihnen so den Fluchtweg in den Wald abzuschneiden, wo sie sie vielleicht nicht mehr einfangen konnte. Sie hatte ein angeborenes Gespür dafür, wohin sich die Tiere bewegten, und war ihnen immer einen Schritt voraus, weil sie die Richtung erahnte. Wenn sie ausbrachen, wartete Rose meist schon auf sie.

Während der Arbeit achtete Rose immer genau auf Sam und wusste immer, wo er gerade war. Sie versuchte dann, die Tiere zwischen ihn und sich zu treiben. Die drei Ziegen ließen Rose nicht aus den Augen, knabberten aber weiter beinahe fieberhaft an Baumrinde und Ästen. Rose schlich sich von hinten bis auf wenige Schritte an sie heran. Sie sah, dass die Ziegen durch den heulenden Wind und das Schneegestöber mit den Nerven am Ende waren, und fürchtete, sie könnten ausreißen. Sie setzte sich hin und beobachtete sie. Wie konnte sie die Ziegen am besten zurücktreiben?

Einen Augenblick später sprang sie auf die Ziege zu, die ihr am nächsten stand. Es war der Leitbock. Er fuhr herum, senkte schnell den Kopf und stieß nach ihr. Sein Horn traf sie links über der Schnauze. Sie jaulte und sprang zurück.

Er war schneller, als sie angenommen hatte. Wieder hielt sie inne, um die Situation einzuschätzen. Dann sprang sie nach links und verdrängte den Schmerz unter ihrem Auge. Sie lief am Hinterteil des Ziegenbocks vorbei und kniff ihn in die Flanke. Als er herumfuhr, zwickte sie ihn ins Bein. Er drehte sich zweimal im Kreis, dann senkte er wieder den Kopf.

Vom Drehen war ihm ein wenig schwindlig geworden. Rose wiederholte ihren Angriff. Wieder und wieder. Jetzt sah der Bock verunsichert und schon viel weniger angriffslustig aus. Eine der anderen Ziegen senkte ihren Kopf und wollte auf Rose zustoßen, traute sich aber noch nicht so recht. Rose fixierte sie mit einem warnenden Blick. Die dritte Ziege fraß weiter und behielt Rose dabei nervös im Auge.

Ziegen arbeiteten nicht im Team, aber Rose wusste, dass sie sehr aneinander hingen und es hassten, allein zu sein. Sie würden sich dicht zusammen halten.

Falls es ihr gelang, eine zum Laufen zu bewegen, würden die anderen folgen. Sie passte genau auf, dass sie sie nicht plötzlich umzingelten. Ziegen waren ungeduldig und konnten sich nur kurze Zeit konzentrieren. Das war ihre Schwäche.

Rose hingegen hatte jede Menge Geduld und gab niemals auf.

Sie näherte sich den Tieren von hinten, senkte den Kopf und fing an, zu bellen und zu knurren. Alle paar Sekunden, wenn der Bock wieder anfangen wollte, an der Rinde zu knabbern, sprang sie auf ihn zu, biss ihn in die Schulter und ließ ihn sich wieder im Kreis drehen. Er wurde das Spiel langsam müde. Lieber wollte er im Stall Heu fressen, als lange mit dieser wild entschlossenen Kreatur zu kämpfen. Rose spürte das. Sie musste ihn zermürben. Er würde aufgeben. Sie nicht.

Die anderen beiden Ziegen meckerten laut und ängstlich. Rose blieb stehen, senkte wieder den Kopf, fletschte die Zähne und bellte noch eindringlicher. Der Bock setzte noch einmal zum Angriff an, aber diesmal war sie gut darauf vorbereitet und ließ ihn nicht an sich heran. Sie lief an ihm vorbei, drehte sich dann abrupt um und griff die jüngere Ziege an, die ängstlichste der drei.

Die Ziege meckerte, und Rose sprang nach vorn und zwickte sie in die Nase, sodass es blutete. Dabei achtete sie genau darauf, dass sie nicht zwischen der kleinen Ziege und dem Ziegengehege stand. Die Nase war ein empfindlicher Punkt und brachte Schafe sofort in Bewegung. Doch die kleine Ziege war zunächst nur überrascht und bekam einen Schreck. Sie drehte sich um und meckerte laut und schrill. Schließlich trat sie aber den Rückzug an und floh den Hügel hinunter.

Die anderen beiden hoben verwirrt die Köpfe. Rose lief hinter sie, sprang auf sie zu, bellte und schnappte nach ihnen. Jetzt hatte sie sie. Noch ein paar Minuten machte sie so weiter. Dann gaben die Ziegen auf, genau wie Rose vermutet hatte. Sie schossen hinter ihrer Gefährtin her den Hügel hinunter und suchten Schutz bei Sam, den sie mit Futter und ihrem sicheren Gehege verbanden.

Behände jagten sie durch den Schnee über die Hügelkuppe hinunter zum Gehege, schneller, als Rose durch die hohen Schneewehen laufen konnte. Sam hielt das Tor offen, und Rose lief zielstrebig hinter den Ziegen her den Hügel hinunter, damit sie weiterhin ihre bedrohliche Anwesenheit im Rücken spürten. Sam schloss das Tor und blickte nun, nachdem das erste Ziel erreicht war, zu den entlaufenen Kühen hinauf. Ohne weitere Verständigung oder Befehle wechselte Rose die Richtung und lief quer über die Weide in das kleine Wäldchen, wo sich die Kühe muhend zusammendrängten, um sich gegenseitig zu wärmen. Aber sie konnten Schnee und Wind nicht entkommen.

Rose war klar, dass die Kühe auf die tiefer gelegene Weide mussten, denn dort oben blies der Sturm unerbittlich. Sie konnte bereits spüren, wie ihr eigener Körper auskühlte.

Rose duckte sich zu Boden und blieb still liegen, während sie beobachtete, wie Sam sich durch den Sturm zur unteren Weide kämpfte. Dort musste er erst einmal ein paar Minuten lang Schnee schaufeln, um das Tor freizulegen. Die Tiere hatten es bei ihrer panischen Flucht vor dem Sturm ein Stück aufgeschoben und waren dann ausgebrochen.

Bei den Kühen verfolgte Rose eine andere Strategie. Obwohl sie nicht so stur waren wie Ziegen, waren Kühe trotzdem gefährlicher, vor allem wenn sie panisch wurden. Eine Kuh konnte einen Hund mit einem Tritt töten, ihm den Schädel zertrümmern oder ihn niedertrampeln. Rose war schon ein paarmal getreten worden und hatte das noch gut in Erinnerung. Aber trotz alledem waren Kühe doch auch dümmer, langsamer und viel berechenbarer als Ziegen.

Rose legte sich flach auf den Boden und kroch langsam vorwärts. Einige Kühe hatten sie bemerkt und fingen an zu brüllen, aber als sie kurz innehielt, vergaßen sie sie wieder. Rose wartete, bis Sam das Tor freigeschaufelt hatte. Als er mit der Hand winkte und ihren Namen rief, stellte sie die Ohren auf, um zu verstehen, was er ihr durch den heulenden Sturm und den Schnee entgegenschrie: »Rose, bring die Kühe her!«

Sie machte zwei oder drei Schritte vorwärts und blieb wieder stehen. Die Kühe hatten ihre Bewegung bemerkt und wurden unruhig. Langsam lief sie ein Stück vorwärts und hielt dann wieder inne. Weitere Kühe fingen an zu brüllen, die Verwirrung wuchs. Dann schoss Rose links an den Kühen vorbei, sodass sie jetzt zwischen ihr und Sam standen. Das war ihre übliche Taktik. Aber plötzlich wurde ihr klar, dass ihr Plan eine Schwachstelle hatte: Die Kühe konnten den Hügel hinauf oder zur anderen Seite der Weide laufen, denn sie kamen im Schnee besser vorwärts als sie selbst. In dem Fall würde es schwierig werden, sie die ganze lange Strecke wieder zurückzutreiben.

Rose beobachtete die Kühe genau und versuchte sie einzuschätzen. Vor ihrem inneren Auge tauchte so etwas wie ein Dreieck auf. Sam war unten, sie war oben. Sie beschloss, die Kühe hinunterzutreiben und dabei über die linke Seite zu gehen, damit sie nicht seitlich ausbrachen.

Im Zickzack lief sie den Hügel hinunter und scherte dabei immer wieder weit nach links aus, wie ein Segelboot, das gegen den Wind kreuzt. Die Herde bewegte sich ein Stück den Hügel hinauf von Sam weg. Also wechselte Rose die Position, holte in einem weiten Bogen aus und lief an den Kühen vorbei den Hügel hinauf.

Die Kühe blieben stehen und wandten sich dann wieder dem Schutz des Wäldchens zu. Rose kroch langsam den Hügel hinunter. Sam war durch das Schneegestöber nicht mehr zu sehen. Sie wartete ab und setzte dann wieder Pfote vor Pfote, so langsam und vorsichtig, wie sie nur konnte. Bald war sie nur noch wenige Meter von den Kühen entfernt. Die Tiere hatten sie noch nicht bemerkt, sonst wären sie nicht so ruhig geblieben.

Dann sprang Rose plötzlich aus den Büschen oberhalb der Kühe und brach durch eine Wand von Eiszapfen, die krachend auf dem Boden landeten. Sie kam direkt unter einer der jüngeren Kühe zum Stehen, sprang hoch und schnappte nach ihrem Bauch. Dabei machte sie so viel Lärm und veranstaltete ein solches Durcheinander, dass die Kühe glauben mussten, ein ganzes Rudel würde sie angreifen. Sie reagierten gebührend verschreckt und verwirrt. Brüllend ergriffen sie die Flucht, weg von den Bäumen, den Hügel hinunter. Rose blieb ihnen dicht auf den Fersen und bellte. Immer wieder scherte sie nach links aus und lief dann wieder im Bogen nach hinten zurück, damit auch die Tiere, die am Ende der Herde liefen, nicht umdrehen konnten.

Schon bald preschten die Kühe den Hügel hinunter in Richtung der ihnen vertrauten Umgebung. Gebremst wurden sie in ihrem Galopp dabei einzig von den Schneemassen und dem beißenden Wind.

Sam hatte etwas Heu auf den Boden geworfen, und

wenige Minuten später waren die Kühe wieder auf ihrer Weide und das Tor geschlossen. Zufrieden machten sich Rose und Sam auf den Weg durch die Scheune zurück ins Haus.

»Gutes Mädchen!«, sagte er anerkennend, war aber nicht ganz bei der Sache. Es gab noch so viel zu tun, um die Farm für den Höhepunkt des Sturms zu rüsten.

Er beugte sich zu seiner Hündin hinunter und betrachtete ihren Kopf. Die Zunge hing ihr lang aus dem Maul, und Rose hechelte. Ihr Auge war leicht angeschwollen von dem Stoß der Ziege. Die Kühe hatten sie nicht verletzt, noch nicht einmal berührt. Es war eine ihrer leichtesten Übungen gewesen, sie nach Hause zu treiben.

»Das ist nicht schlimm«, stellte Sam fest.

Eine Stunde später wagte sich Sam noch einmal hinaus zur Scheune. Er wollte versuchen, seinen Ersatzgenerator wieder zum Laufen zu bringen, der vor über einem Jahr kaputtgegangen war. Außerdem wollte er den Tieren mehr Heu hinwerfen und versuchen, die Wege freizuschaufeln.

Während sie auf ihn wartete, legte sich Rose inmitten von Schnee und Wind auf den Boden und schloss für einen Augenblick die Augen.

Sechs

Am späten Nachmittag, als es schon dämmerte, türmten sich die Schneewehen allmählich an Wänden und Baumstämmen auf, und jede kleine Erhebung im Boden wuchs zu einem Berg an. Die Sturmböen wurden so stark, dass sie Rose beinahe umwarfen.

Sie sah in die tief verschneite, ganz veränderte Landschaft und konnte sich an nichts Vergleichbares erinnern. Die Farm lag am Rande eines Tals, davor erstreckten sich kilometerweit offene Felder, ringsherum erhoben sich kleine Hügel und ein oder zwei Berge. Von all dem war nichts mehr zu sehen. Roses Welt war jetzt blau und weiß, auf den Weiden tobte Schneegestöber, der Wind heulte, und von den Hügeln stieg Nebel auf, während die Temperatur stetig fiel.

Der Wind brachte Rose durcheinander. Alles schien in Bewegung zu sein – Schnee, Bäume, Schneewehen –, und das Heulen in der Luft machte es ihr schwer, Geräusche zuzuordnen. Und doch passten sich ihre Sinne langsam den Umständen an, und sie begann, durch das Chaos des Sturms auch die Lebenszeichen der Tiere wahrzunehmen.

Der Wind trug Rose einen merkwürdigen Geruch zu. Sie hob den Kopf. Sie konnte es nicht sehen, spürte aber, dass sich in der Nähe der Scheune ein Tier befand, das dort nicht hingehörte. Das war an sich nichts

Ungewöhnliches. Sie witterte beinahe ständig das eine oder andere Tier. Aber als sie aufstand, um nach den Schafen zu sehen, nahm sie einen hundeartigen Geruch wahr, vertraut und näher als sonst. Sie konzentrierte sich ganz darauf. Er war in ihrem Revier. Dann hörte sie, wie sich etwas bewegte. Es musste ein großes Tier sein, aber es war nicht *der* Kojote und auch kein anderer – unmöglich vor Einbruch der Nacht, nicht in diesem Sturm, nicht so nah.

Rose lief hinters Haus und musste das Gesicht vom Wind abwenden. Sie konnte kaum etwas sehen, weil ihr der Schnee in die Augen wehte. Als sie durch den dichten weißen Vorhang schließlich den alten streunenden Hund erkannte, wie er geduldig und ruhig neben der Scheune saß, war sie nicht sonderlich überrascht. Der Hund sah Rose direkt an, aber in seinem Blick lag nichts Herausforderndes, wie es sonst zwischen Hunden oft der Fall ist. Sie verstand seinen Blick: Der verwilderte Hund suchte Schutz, er bat um ein Dach über dem Kopf während des Sturms. Er wartete auf ihre Erlaubnis, es war eine Geste der Achtung und des Respekts ihr gegenüber. Ohne ihre Zustimmung würde er nicht näher kommen.

Er gab Rose zu verstehen, dass er diesen Sturm draußen in den Wäldern nicht überleben würde. Sie konnte es in seinen Augen sehen und von seiner Körperhaltung ablesen, sie konnte es riechen und an der Art erkennen, wie er den Schwanz und die Schultern hängen ließ. Er war müde und wurde immer schwächer.

Rose begegnete seinem Blick und blieb eine Minute lang wie erstarrt stehen. Sie waren etwa fünfzig Meter voneinander entfernt, der Wind heulte, und Schnee wirbelte um sie herum. Nun lag es an ihr. Ein ablehnender

Blick von ihr, und der Hund würde wieder in diese Hölle aus Schnee verschwinden, in den Sturm und die Schneeverwehungen eintauchen und nie mehr zurückkommen. Ein einladender Blick, und er würde ihr folgen, wohin sie ihn führte. Sie konnte den wilden Hund allein mit einer veränderten Körperhaltung vertreiben. Indem er nicht näher kam, den Blick abwandte und Schultern, Schwanz und Ohren hängen ließ, signalisierte er, dass er ihre Entscheidung akzeptieren würde. Sie konnte seine Gegenwart zulassen und ihn in die Scheune ins Trockene und in Sicherheit bringen. Dort würde er Schutz und vielleicht etwas zu fressen finden.

Verschiedene Bilder schossen ihr durch den Kopf. Würde er die Hühner, den Hahn und die Schafe gefährden? Für einen Moment war der wilde Hund ganz hinter einer Schneewolke verschwunden. Als sie wieder klare Sicht hatte, suchte Rose wieder seinen Blick.

Sie kannte diesen Hund. Er war noch nie zuvor auf der Farm gewesen, und doch kannte sie seine Fährte schon seit Langem. Er stellte für die Tiere der Farm keine Bedrohung dar. Sie sah, wie abgemagert er war, seine Rippen standen hervor, seine Augen waren blutunterlaufen, in seinem Fell hingen Eis und Zweige. Er atmete schwach und unregelmäßig. Dieser wilde Hund war kein Jäger mehr. Rose war klar, dass er draußen in den Wäldern selbst zur Beute für die Kojoten werden würde. Lahm und auf sich gestellt, konnte er nicht mehr fliehen oder erbittert kämpfen. Das Ende dieses Tiers war nahe, und sein Lebensmut verließ ihn langsam.

Sie entspannte Ohren und Schultern. Der Hund sollte bleiben.

Er würde sie nicht herausfordern oder andere Tiere gefährden und ihnen das Futter stehlen. Allerdings durfte er sich nicht frei auf der Farm bewegen, denn Rose konnte ihn nicht vor Menschen oder Jägern beschützen. Über all das hatten sie sich mit den Augen verständigt. Er erwiderte ihren Blick, dann senkte er den Kopf und schaute weg. Der wilde Hund hatte die Bedingungen angenommen. Rose führte ihn zum hinteren Tor der Weide. Sie konnte in dem beißenden Schneesturm kaum noch etwas sehen und litt unter der bitteren Kälte, obwohl sie sonst recht unempfindlich war. Am Tor sprang sie über eine Schneeverwehung, die sich schon bis zur halben Höhe des Zauns auftürmte.

Der wilde Hund folgte ihr langsam mit gesenktem Kopf. Rose spürte, dass er hinter ihr war und schwer zu kämpfen hatte. Sie sprang auf der anderen Seite des Tors hinunter, und er folgte ihr vorsichtig, rutschend und stolpernd. Die Schafe erschraken angesichts eines fremden Hundes. Rose hielt sie mit einem einzigen Blick am Platz. Dann betrat sie mit dem wilden Hund durch die offene Hintertür die Scheune. Der Hund folgte Rose, während sie die Lage begutachtete. Die Hühner flohen in den hinteren Teil der Scheune, und die beiden Katzen kamen fauchend aus dem Heu, blieben aber in sicherer Entfernung stehen.

Oben auf dem Hügel fingen die Ziegen ängstlich an zu meckern, als sie den Hund sahen und rochen. Er folgte Rose in den hinteren Teil der Scheune, vorbei an den Futtervorräten, vorbei an Winston, dem Hahn, der keine Angst vor Hunden hatte.

Rose merkte, dass Winston seinen Platz auch deshalb so unerschrocken behauptete, weil er die Hennen beschützen wollte. Er warf dem wilden Hund einen kurzen prüfenden Blick zu, dann schaute er Rose an. Sie wirkte ganz ruhig, und Winston schien zu begreifen, was hier vor sich ging. Als Brownie seinen riesigen Kopf durch das Scheunenfenster schob, erschrak Rose. Eigentlich interessierten sich Stiere nicht sonderlich für Hunde, solange sie von ihnen in Ruhe gelassen wurden.

Rose und der wilde Hund liefen bis zu dem Behälter mit dem Kraftfutter, der mit einem Holzbrett abgedeckt war, doch das Brett ließ meist einen Spalt offen. Der wilde Hund kletterte hinauf, steckte seine Nase durch das Loch und fing gierig an zu fressen. Zwischendurch hielt er inne und sah zu Rose hinüber, ob sie immer noch einverstanden war. Rose sah ihm mehrere Minuten lang beim Fressen zu. Als er satt war, kroch er auf einen Heuhaufen, legte sich hin und schloss die Augen.

Als er eingeschlafen war, merkte Rose, dass die anderen Tiere keine weitere Notiz mehr von ihm nahmen. Sie hatten seine Anwesenheit akzeptiert. In der Scheune war es ruhig und dunkel. Die Hühner staksten zu ihren warmen Schlafplätzen zurück. Winston folgte ihnen, und Rose bewachte sie alle.

Sam hatte ihn früher als »Flash« gekannt, nannte ihn jetzt aber nur noch »diesen wilden Hund«, und das war auch die Bezeichnung, die Rose mit ihm verband. Wie oft hatte sie ihn schon halbherzig von der Farm verjagt! Bisher war er aber nie so nahe ans Haus oder die Tiere herangekommen. Das fand sie merkwürdig. Die meisten streunenden Hunde versuchten gerade, nahe an die Scheunen und die Hühner, also an Futter, heranzukommen. Aber er beobachtete immer nur alles aus sicherer Entfernung vom Wald aus, und ein einziger Blick, ein kurzes Bellen oder Knurren genügte, dass er verschwand.

Sie hatte den alten Hund nie für eine echte Bedrohung gehalten und ihn nie wirklich aus der Nähe gesehen. Dennoch übte er eine gewisse Anziehungskraft auf sie aus, sie spürte eine unerklärliche Verbindung zu ihm – er strahlte Autorität und Stärke aus. Jetzt schien er sich ihr absichtlich unterzuordnen, aber irgendetwas stimmte nicht an dieser Rollenverteilung. Er verwirrte sie.

Bisher hatte sie nie länger über ihn nachgedacht. Was außerhalb der Zäune um die Farm herum passierte, gehörte zu einer anderen Welt. Die mochte verlockend und interessant sein, wichtig aber war sie nicht, denn was dort vor sich ging, gehörte nicht zu ihrem Aufgabenbereich.

Sam dagegen hatte sehr wohl Grund dazu, sich genauer mit diesem Hund auseinanderzusetzen. Für ihn war das eine persönliche Angelegenheit, denn der Hund hatte seinem Freund Harold McEachron gehört. Harold hatte ein paar Meilen weiter ins Tal hinein eine Farm mit etwa hundert Milchkühen betrieben und zusammen mit Sam etwas Ackerland gepachtet. Sie hatten es bepflanzt und gepflügt, sich die Ausrüstung aufgeteilt, Gerüchte, Schicksalsschläge und Neuigkeiten von ihren Farmen ausgetauscht. Harold war ein zäher Bursche und ein hartnäckiger Geschäftsmann. Aber zugleich fair und ehrlich. Als Sam diesen Hund kennengelernt hatte, war er ein Arbeitstier gewesen, genau wie Rose. Ein Bordercollie-Schäferhund-Mix, klug, anderen Hunden gegenüber angriffslustig, bei Menschen schüchtern. Er war zäh und unermüdlich, hütete

Rinder und Schafe und fuhr den halben Tag mit seinem Herrchen auf dem Traktor herum.

Wie Sam hatte auch Harold weder Zeit noch Lust, den Hund in besonderer Weise zu trainieren. Tiere hatten zu arbeiten, um sich ihr täglich Brot zu verdienen, oder sie mussten selbst sehen, wo sie blieben. Aber Harold liebte seinen Hund genauso, wie Sam Rose liebte, und die beiden waren unzertrennlich.

Sam erinnerte sich noch an die Beerdigung vor fünf Jahren. Harold McEachron und seine Frau waren bei einem Autounfall ums Leben gekommen. Sam hatte sich gefragt, was nun aus dem Hund werden würde, und darüber mit McEachrons Söhnen gesprochen. Keiner von ihnen lebte auf der Farm, und die Tiere wurden von den Nachbarn mitversorgt, bis die Erben entschieden hatten, was mit ihr geschehen sollte. Flash hatte immer draußen in den Scheunen geschlafen, auch im Winter, und nach Harolds Tod kam er überhaupt nicht mehr in die Nähe des Hauses. Er ließ niemanden mehr an sich heran.

Tagelang waren die Söhne zur Farm gekommen, hatten ihn gerufen und versucht, ihn anzulocken. Aber ihrer Aussage nach war der Hund feindselig geworden, beinahe wild, ein Einzelgänger, der die Mülltonnen durchwühlte und Hasen und Hühner jagte.

Sam wusste, wie sehr Harold diesen Hund geliebt hatte, und deshalb fuhr er manchmal, wenn er Zeit hatte, mit seinem Auto auf den Forstwegen durch den Wald und rief nach ihm. Aber es gelang ihm nie, ihn einzufangen oder ihm auch nur nahe zu kommen.

In den Monaten nach dem Unfall tauchte der Hund manchmal in den Wäldern und auf den Weiden um Harolds Farm herum auf. Sam hatte ein paarmal Futter für ihn ausgelegt. Am folgenden Morgen war es meist verschwunden, aber Sam wusste nie, ob tatsächlich der Hund es gefressen hatte. Sam war klar, dass es unsinnig war, Futter in der Nähe einer Farm auszulegen, denn dadurch wurden Füchse, Kojoten, Mäuse und Ratten angelockt. Nach einer Weile hörte er damit auf, und der Hund schien immer mehr zu verwildern. Man bekam ihn nur noch selten zu Gesicht, und er hielt sich immer weiter von der Farm entfernt auf. Sam hasste den Gedanken, dass dieser treue Hund draußen überwintern und sich sein Futter in der bitteren Kälte selbst suchen musste.

Der wilde Hund war beinahe zu einem lokalen Mythos geworden, überall wollte man ihn gesehen haben, doch nie gelang es jemandem, ihn zu fangen. Nach ein paar Jahren beschloss die Familie, die Farm zu verkaufen, und Sam kam, um bei der Auflösung zu helfen und den Hof für die Besichtigung herzurichten. Nur ein einziges Mal, als Harold McEachrons Traktor angelassen wurde, sah Sam den alten Hund über eine der Weiden laufen.

Harolds Kinder zogen fort. Die Farm barg zu viele schmerzliche Erinnerungen für sie. Sie kamen nie mehr zurück. Aus dem Hund wurde ein wildes Tier, das in den Wäldern lebte, genau wie die Kojoten, Luchse und Hirsche. Kein Farmer hätte ihn noch auf seiner Farm geduldet. Außerdem hatte der Hund sich ohnehin für ein Leben in den Wäldern entschieden. Sam wusste, dass es schon einigen Farmerhunden so ergangen war. Sie blieben ihrem Besitzer treu, im Leben wie im Tod. Sam fragte sich oft, was Rose wohl täte, wenn ihm etwas zustoßen würde. Wehe dem, der versuchen würde, sie einzufangen!

In letzter Zeit hatte Sam den wilden Hund immer wieder in den Wäldern um seine eigene Farm herum gesehen. Rose hatte ihn mehrere Male verbellt. Für Sam war dieser Hund inzwischen nichts weiter als ein wildes Tier und damit eine potenzielle Krankheits- und Gefahrenquelle. Er stellte eine Bedrohung für die Farm dar. Als Sam ihn einmal in der Nähe des Waldes entdeckte, wo die Hühner gerade nach Käfern scharrten, hatte er sein Gewehr genommen und ein paarmal in die Luft geschossen. Er hatte ihn nicht töten wollen, nur verscheuchen, und tatsächlich hatte der Hund die Flucht ergriffen oder war zumindest aus Sams Sichtfeld verschwunden. Sam hatte ein schlechtes Gewissen seinem alten Freund gegenüber, aber er wusste, dass Harold das verstanden hätte. Als Farmer musste er so handeln.

Der wilde Hund lebte inzwischen schließlich eher wie ein Kojote als wie ein Angehöriger seiner eigenen Art. Wenn jemand ihn doch einmal irgendwo sah, hinkte er stark oder war verletzt, zeigte Spuren von Kämpfen mit Waschbären, Kojoten und anderen Hunden.

Jetzt hörte Sam etwas in der Scheune. Wie die meisten Farmer hatte er ein genaues Gespür für vertraute Geräusche und eine untrügliche Intuition, wann etwas nicht stimmte, ähnlich wie Roses innere Blaupause. Eine Farm ist eine eigene kleine Welt mit immer gleichen Geräuschen und Abläufen. Sam kannte seine Farm in- und auswendig.

Alles hier – die alten Gebäude, die Zäune und Tränken, die rostigen Maschinen, die Tiere, die quietschenden Tore, der Wind, der durch die Scheunenwand pfiff – hatte seinen vertrauten Klang. Die Sinfonie des Morgens war nicht die des Abends, zufriedene und entspannte Tiere machten andere Geräusche als hungrige, erschrockene.

Ähnlich wie Rose nahm auch Sam manche Dinge eher intuitiv wahr, und als er die Hühner aufgeregt gackern und die Ziegen meckern hörte, wusste er, dass etwas nicht in Ordnung war. Er warf einen Blick aus dem Fenster und versuchte, durch den Schnee zu spähen. Die Schafe drängten aufgeregt in den Offenstall. Aber weit und breit keine Spur von Rose. Sam hörte sie auch nicht bellen.

Er zog sich Jacke und Stiefel an und lief durch Schnee, Wind und Kälte zur Scheune. Das war der einzige Ort, wo Rose sein konnte. Wenn etwas die Hühner aufgeschreckt hatte, würde sie sicher nachsehen, was los war. Aber inzwischen war wieder alles ruhig.

Sam stolperte auf dem vereisten Schnee, fing sich wieder und schüttelte den Kopf. Angesichts der rohen Gewalt des Sturms, der Kälte und der sich auftürmenden Schneemassen waren die hysterischen Wettervorhersagen dieses eine Mal berechtigt gewesen. Sam öffnete das Tor und schob die Scheunentür auf. Er drehte die einzelne kahle Glühbirne an, die die verwinkelte, staubige Scheune erhellte. Dann blieb er stehen. Er sah, wie Rose sich neben etwas niederließ, das im ersten Moment wie ein toter Hund aussah, der auf dem Boden lag. Doch dann hob dieser Hund seinen Kopf und ließ ihn langsam wieder sinken. »Der wilde Hund«, sagte Sam leise. Es tat ihm im Herzen weh, diese geschundene Kreatur zu sehen, Harold McEachrons alten Bordercollie-Mischling. So viele Jahre war er nur ein Schatten in den Wäldern gewesen, ein Gerücht, und jetzt lag er hier in der Scheune.

»Du siehst furchtbar aus«, sagte Sam. »Aber du kannst hier nicht bleiben, alter Junge.« Die Worte kamen wie von selbst, es war der Reflex eines Farmers. Beinahe alles, was von der anderen Seite der Zäune kam, stellte eine Gefahr oder ein Problem dar. Es war immer eine schwierige Sache, wenn ein neues Tier auf eine Farm kam, und das galt natürlich erst recht, wenn es sich dabei um einen verwilderten Hund inmitten von Hühnern und Schafen handelte.

Sam war erstaunt, dass Rose das duldete. Er ging ein paar Schritte auf den wilden Hund zu und blieb dann stehen. Der Hund knurrte, leise, aber deutlich. Rose lag still, beinahe steif. Sie sah Sam sonst kaum direkt in die Augen, und als sie jetzt seinem Blick begegnete, erschrak er.

»Du hast ihn hereingelassen, nicht wahr?« Rose bewegte sich nicht. Ein fremdes Tier war das Letzte, was er im Moment auf der Farm brauchen konnte, am allerwenigsten einen alten, kranken Hund. Er versuchte sich vorzustellen, was geschehen war. Normalerweise verjagte Rose jeden Eindringling und hinderte jeden fremden Hund daran, das Gelände der Farm zu betreten. Jetzt lag sie hier neben Harolds altem Hund Flash, von dem Sam gedacht hatte, er wäre längst tot.

»Rose«, sagte er leise. Sie lag still, sah aber weg. Auch der wilde Hund blieb still liegen, die Augen geschlossen, sein Bauch hob und senkte sich leicht. Er war am Ende seiner Kräfte.

Sam holte tief Luft. Er hatte in seinem Alltag vielleicht nicht genug Zeit, um über viele Dinge lange nachzudenken, aber wenn er es tat, dann gründlich. Er betrachtete diesen alten, treuen Hund und wusste, was er Rose schuldig war. Es war auch ihre Farm. Er dachte an ihre Würde hier in der Scheune, vor all den anderen Tieren, und an ihren Stolz. Sie hatte ihn noch nie um etwas gebeten und gab so viel – an jedem Tag ihres Lebens.

In der Scheune war es düster, trotz der Glühlampe, und überall tanzten Schatten. Hier gab es viele Gerüche – Heu, Mist, Schmutz, Tiere. Draußen heulte der Wind und pfiff durch die Ritzen in der Wand. Drinnen war die Kälte auszuhalten, aber immer noch beißend.

Sam verließ die Scheune und ging zum Haus zurück. Nach wenigen Minuten erschien er wieder mit einer großen Schüssel Hundefutter und stellte sie neben den alten Hund auf den Boden. »Wir sehen uns später im Haus«, sagte er noch zu Rose und ging wieder hinaus. Draußen war es inzwischen dunkel geworden, und der Schnee wirbelte durch die Schwärze der Nacht.

Sieben

In dieser Nacht lief Rose unruhig im Haus auf und ab. Zufällig kam sie dabei am Fenster im Schlafzimmer im ersten Stock vorbei, das auf die Weide hinausblickte. Gleich daneben schlief Sam friedlich in seinem großen Bett. Um Mitternacht hatte sich der Schnee schon bis zu den Fenstersimsen im Erdgeschoss aufgetürmt, und Rose sah die Schafe nicht mehr, obwohl sie noch die dunklen Umrisse des Offenstalls ausmachen konnte.

Sie hörte den Wind heulen und den Schnee fallen, eine Kuh brüllte, und ein Schaf blökte ängstlich. Dann bemerkte Rose noch ein anderes Geräusch, ganz schwach, aber für sie deutlich zu vernehmbar. Aus der Scheune kam ein Krächzen. Die Hühner gaben nachts beinahe nie einen Laut von sich und schliefen friedlich auf ihren Stangen. Dieses heisere Krächzen waren ein Hilferuf.

Es gab Situationen, in denen sie Sam aufweckte – wenn ein Schaf gebärte oder Tiere ausgebrochen waren –, aber vieles regelte Rose selbst. Diesmal bellte sie nicht, um Sam zu wecken.

Sie stieß die Hundeklappe auf und jagte zur Scheune. Sie konnte hören, was da geschah, mit jedem Schritt fügten sich die Geräusche deutlicher zusammen. Sie hörte das heisere Bellen eines Fuchses, dann krähte Winston und die Hühner gackerten aufgeregt.

Seit sie am Abend ins Haus gelaufen war, hatten die Schneeverwehungen sich weiter aufgetürmt. Rose tauchte durch sie hindurch und darüber hinweg und kämpfte sich mühsam bis zum Tor vor. Dann kroch sie darunter hindurch und warf sich durch die offene Scheunentür in den spärlich beleuchteten Raum.

Drinnen herrschte heilloses Chaos. Die Katzen waren nirgends zu sehen. Überall lagen Federn herum, der verschneite und vereiste Betonboden wies deutliche Spuren eines Kampfes auf, bei dem Blut geflossen war. Zuerst schien es, als käme Rose zu spät. Sie sah, wo der Fuchs eingedrungen sein musste: Der Wind hatte das Fenster über den Hühnerstangen eingedrückt. Die Scheune war an einen Hügel gebaut. Hinter dem Gebäude reichte der Boden beinahe bis zu den Fenstern hinauf, und der Schnee hatte es dem Fuchs leichtgemacht, den Rest bis zum Fenster hinaufzuklettern. Es war ein schlauer Plan, um an die Hühner heranzukommen, ohne die Eingangstür der Scheune benutzen zu müssen.

Rose las aus den Spuren, dass Winston den Fuchs als Erster gesehen haben musste, als der über den Zwischenboden geschlichen war, an den alten Heuballen vorbei zu den Schlafplätzen der Hühner. Bestimmt hatte sich Winston vor die Hühner gestellt. Dann war eines davon in Panik in eine Ecke geflüchtet. Und genau in dieser Ecke fand Rose den Fuchs, wie er der Henne nachstellte. Rose spürte, dass noch andere Füchse in der Nähe waren und nur auf ein Signal ihres Anführers warteten. Das heisere Bellen war sein Zeichen gewesen.

Sie hörte den wilden Hund bellen und sah, wie er sich auf der Stelle drehte und abmühte. Er hinkte und war zu schwach, um zum Sprung anzusetzen. Der Fuchs beobachtete ihn selbstsicher, schien die Gefahr einzuschätzen, die von seinem Widersacher ausging, rannte aber nicht davon. Der wilde Hund stellte keine Bedrohung dar.

Wie immer fasste Rose sofort einen Plan. Winston versuchte verzweifelt, den Fuchs abzulenken und zu sich zu locken, indem er sich nach Kräften aufplusterte und lauthals krähte. Der wilde Hund bellte, kam aber nicht näher an den Fuchs heran. Der Fuchs hätte Winston ohne Weiteres töten können, ließ sich aber nicht ablenken oder beirren. Er duckte sich, war bereit zum Angriff, jeden Moment würde er losspringen, das Huhn bei der Kehle packen und es zum Fenster hinauszerren. Winston plusterte sich noch einmal auf, spreizte seine Flügel und wollte den Fuchs angreifen, um sich notfalls selbst zu opfern.

Rose zögerte und dachte an Sam. Sollte sie Alarm schlagen? Aber diesmal blieb dafür keine Zeit mehr. Der Fuchs mit dem seidig grau schimmernden Fell war ein effizienter, schneller Jäger. Wenn sie die Scheune verließ, war er bald über alle Berge und mit ihm mindestens ein Huhn. Also blieb sie.

Rose bewegte sich rasch, aber besonnen. Sie sprang auf einen Heuballen und dann auf die Ebene unter den Hühnerstangen. Sie warf dem wilden Hund einen Blick zu und wies ihn damit an zurückzubleiben. Aber das wäre gar nicht nötig gewesen. Sie wusste, dass er ohnehin weder heraufspringen noch kämpfen konnte. Doch sein Bellen würde helfen, den Fuchs nervös zu machen und vielleicht sogar abzulenken.

Rose bellte, ging in Lauerstellung und fletschte die Zähne. Dann sprang sie auf einen Futtersack, um Anlauf zu nehmen, und jagte über den dunklen Holzboden. Zwischen ihr und dem Fuchs lagen die Hühnerstangen, sodass der Fuchs sie nicht gleich sehen konnte.

Sie wirbelte herum und baute sich vor ihm auf. Der Fuchs war einen Augenblick lang verwirrt und drehte sich um, behauptete aber seinen Platz. Das Huhn hinter ihm lief panisch im Kreis. Der Fuchs verharrte in Lauerstellung und funkelte Rose mit seinen graublauen Augen an. Er war ganz ruhig und versuchte sie einzuschätzen und seine Chancen abzuwägen. Rose sah, dass er keine Angst vor ihr hatte.

Winston schoss an ihr vorbei, um sich schützend vor die Henne zu werfen. Er war zum Äußersten bereit. Rose sah schon vor sich, wie der Fuchs diesen übereifrigen Vogel in Stücke reißen würde, mochten seine Absichten auch noch so ehrenhaft sein. Sie kam näher, gab sich genauso ungerührt wie der Fuchs. Es war ein alter, ritualisierter Tanz. Nicht unbedingt ein Kräftemessen, es ging eher darum, wer die besseren Nerven und die bessere Taktik hatte. Roses stärkste Waffe waren ihre Augen und natürlich ihre Zähne. Sie kämpfte oft mit größeren, stärkeren Gegnern. Ihr Blick ließ auch die oft genug erstarren und verunsicherte sie.

Rose kam bis auf wenige Meter an den Fuchs heran. Der fletschte die Zähne, senkte den Kopf und weigerte sich, Boden aufzugeben. Er sprang auf sie zu, und sie wich knurrend zurück. Dann sprang sie rechts am Fuchs vorbei und hinter ihn, sodass er sich umdrehen musste. Es war wie beim Schafehüten. Plötzlich sprang sie vor und schnappte ihn in Schwanz und Hinterbeine. Sie sah an seinen Augen, dass er nun einen Teil seiner Selbstsicherheit und Ruhe eingebüßt hatte. Diese Schlitzohrigkeit war ihm noch nie begegnet. Er hatte einen direkten Angriff erwartet, einen Kampf. Der Fuchs sprang auf Rose zu und schnappte nach ihrer Schulter, erwischte aber nur Fell. Rose senkte den Kopf und fiel ihn an, packte ihn an der Kehle, sodass es blutete. Der Fuchs bellte laut. Rose sprang zurück und lief wieder im Kreis, wich zur Seite aus. Sie starrte den Fuchs an und brachte ihn immer mehr aus der Fassung.

Doch er war schlau und hatte auch seinerseits seine Strategie gut geplant. Er hatte nicht damit rechnen können, dass Rose von der anderen Seite der Scheune kommen würde. Der wilde Hund konnte den Fuchs sehen, aber nicht angreifen, auch wenn er einen gehörigen Lärm veranstaltete. Der Fuchs hörte das Getöse und fuhr herum, als Winston ihn von hinten in den Schwanz pickte. Rose knurrte und senkte den Kopf wieder zum Angriff. Der Fuchs wich zurück, sah sich um und kalkulierte seine Chancen. Rose spürte, dass er ihr ähnlich war und mit Schläue vorging. Hier in der Scheune galten andere Regeln als auf seinen üblichen Beutezügen, wenn er alleine einem Hasen, einer Katze oder einer Maus auflauerte. Sein Herausforderer – dieser Hund – war ein seltsames Tier. Er war unberechenbar und schien wild entschlossen.

Rose wartete. Es musste nicht zum Kampf kommen. Sie konnte beinahe sehen, wie der Fuchs seinen Entschluss fasste. Endlich drehte er sich langsam und bedächtig um, sprang auf einen Heuballen hinauf und verschwand durch das kaputte Fenster in die Nacht hinaus.

Winston krähte zornig, und das Huhn stürzte zu den anderen auf seinen Schlafplatz. Der Hahn stolzierte im Kreis herum. Der wilde Hund verstummte, und Rose streckte ihren Kopf durch das Fenster in die Nacht hinaus. Sie wollte sichergehen, dass der Fuchs wirklich fort war und auch keine seiner Kameraden in der Nähe waren. Seine Spuren waren schon wieder von frischem Schnee zugedeckt, aber Rose konnte hören, wie der Fuchs sich durch die Schneewehen und über den Zaun kämpfte. Sie sah zu der Henne hinüber, die eine Wunde am Bein davongetragen hatte. Ein wenig Blut sickerte heraus. Winston war unverletzt geblieben, ebenso wie Rose selbst.

Sie sprang von der Zwischendecke hinunter auf den Boden, wo der wilde Hund lag und hechelte. Er war erschöpft von seinen Versuchen, den Fuchs anzugreifen. Sie stupste mit der Schnauze gegen seine Nase, und er schleppte sich ins Stroh und rollte sich dort zusammen. Augenblicklich war er eingeschlafen.

Rose lief durch den Schnee zurück. Als sie wieder im Haus war, trottete sie nach oben, um nach Sam zu sehen. Er schlief noch immer.

Sam hatte keine Ahnung, was Rose nachts machte. Wenn sie merkte, dass etwas nicht stimmte – ein Eindringling, ein krankes Schaf oder ein kaputter Zaun –, bellte oder knurrte sie, um ihn zu wecken. Ansonsten waren ihre nächtlichen Spaziergänge allein ihre Angelegenheit, ihr Geheimnis. Manchmal betrachtete er sie morgens nach dem Aufstehen und fragte: »Und, wie war die Nacht, mein Mädchen? Alles ruhig?« Aber er wusste, dass Rose ihre Geheimnisse hatte und er manches nie erfahren würde. Dass es in ihrer Welt andauernd Dinge gab, die er gar nicht mitbekam und auch gar nicht begreifen konnte.

In dieser Nacht sah Rose zu, wie ihre Welt ganz weiß wurde, wie sich eine Wand aus Sturm und Schnee zwischen ihrem Fenster und den Tieren in der Scheune und im Offenstall aufbaute. Sie spürte die Wut des Sturms, mit der er über das Land herfiel. Die Kälte kroch durch die Fensterrahmen herein, und der Wind blies Pulverschnee durch die Ritzen.

Rose seufzte, schüttelte sich und legte sich hin. Sam war erschöpft vom vergangenen Tag, als er zwischen Scheune und Weiden hin- und hergestapft war, Wasser und Heu herbeigeschafft, Generatoren überprüft, Tore freigeschaufelt, Eis weggekratzt, Schnee von Dächern gefegt, getreten und geschaufelt hatte. Er hatte diesen Schneesturm verflucht! Und nun schlief er tief und fest.

Wenn Rose manchmal nachts in der Dunkelheit am Fenster saß und es nichts für sie zu tun gab, gingen ihr oft viele Bilder durch den Kopf. Die Geräusche der Farm und der Welt dahinter drangen dabei tief in ihr Bewusstsein ein. Das Atmen der Mutterschafe. Schnarchende Kühe. Katzen auf der Jagd. Fliegende Fledermäuse.

Heute gab es da draußen nur Wind und Schnee, Wind und Schnee. Noch nie hatte sie eine so trostlose und unheilvolle Landschaft gesehen. In den dunkelsten Stunden der Nacht schloss sie die Augen, dachte an Wärme und grüne, wogende Hügel, Schafe bis zum Horizont und Gras, das sich im Wind wiegte, so weit das Auge reichte.

Rose öffnete die Augen. Sie hörte ein dumpfes Geräusch hinterm Haus und stürzte zu einem Fenster auf der Rückseite. Eine Sturmböe riss ein großes Stück Dachrinne vom Dach. Rose knurrte.

Schon immer hatte Rose sich vor Unwettern gefürchtet, vor allem Donner und Blitz jagten ihr Angst ein. Genauso wie Gewehrschüsse und andere plötzliche laute Geräusche. Sie waren unerklärlich, und Rose wusste nicht, wie sie ihnen begegnen sollte. Sie lief zurück, um nach Sam zu sehen. Doch der schlief immer noch.

Sie schnüffelte an seinem Bein, berührte sein Knie mit der Schnauze. Dann lief sie in die Küche, nahm ein paar Schlucke Wasser, fraß ein wenig und streckte ihren Kopf zur Hundetür hinaus. Sam hatte eine Gaube gebaut, um die Hintertür mit der Hundeklappe vor Schnee und Regen zu schützen. Daher konnte Rose sie immer noch aufstoßen, obwohl der Schnee inzwischen bis zu den Erdgeschossfenstern hinaufreichte. Wenn sie hinausgelaufen wäre, hätte sie vor einer Wand aus Schnee gestanden.

Sie konnte das gedämpfte Blöken der Schafe hören, die nach ihren Lämmern riefen. Den Offenstall konnte sie kaum noch erkennen. Schon nach wenigen Sekunden war ihre Schnauze mit Schnee bedeckt. Sie zog ihren Kopf zurück und legte sich hin. Dann schloss sie die Augen.

Ein beständiges Geräusch war zu hören, ein Heulen lag in der Luft. Die Schneemassen rutschten vom Dach. Nichts davon war Rose vertraut. Es fiel ihr schwer, sich ruhig zu halten. Dann meinte sie draußen eine Bewegung wahrgenommen zu haben, und lief schnell wieder zum Fenster. Doch diesmal sah sie nur ein Schneebrett vom Scheunendach rutschen, das mit einem dumpfen Geräusch auf dem Boden landete. Sie lief im Obergeschoss von Fenster zu Fenster, sah hinaus, konnte nur wenig erkennen, hörte den Wind, betrachtete den Schnee und fühlte die Kälte. Sie horchte nach weiteren Geräuschen aus den Scheunen oder von den

Weiden, aber sie hörte nichts, noch nicht einmal das Meckern der Ziegen.

Sam bewegte sich im Schlaf und drehte sich um. Sie sprang auf sein Bett, schnupperte an seiner Hand, und er murmelte etwas. Rose kehrte wieder zum Fenster zurück.

Der Sturm schärfte ihre Sinne und machte sie hochsensibel für Geräusche und Bewegungen. Sie war nicht in Panik, aber ganz auf mögliche Gefahren eingestellt, in Alarmbereitschaft – ihr Körper war angespannt, beinahe steif, und ihr Verstand weigerte sich stillzustehen. Genau wie draußen vor dem Fenster tobte auch in ihr ein Sturm.

Endlich dämmerte der Tag, auch wenn von der Sonne nichts zu sehen war. Der Sturm wütete stärker als je zuvor. Das Farmhaus ächzte im Wind, und immer noch fielen dicke Schneeflocken.

Sam kam herunter, machte sich eine Tasse Kaffee und sah dann lange aus dem Fenster. Dann sagte er zu Rose, dass sie heute besser im Haus blieben. Doch lange hielt er es nicht aus, zog sich seine Stiefel an, griff nach den dicken Handschuhen und der gefütterten Jacke. Rose stürmte vor ihm aus der Tür und wartete auf Anweisungen, während sie auf der Farm und bei den Tieren nach dem Rechten sahen. Sam warf den Kühen Heu hin und packte einen Ballen auf einen Schlitten, den er dann zu den Schafen hinaufzog. In diesen Schneemassen kam er nur mühselig voran. Er klopfte gegen das Eis in den Tränken, wo die Enteiser entweder kaputtgegangen waren oder nicht mit der Kälte hatten mithalten können.

Dann rief er Rose ins Haus zurück. Ihr Fell war so schneeverkrustet, dass sie wie ein weißer Hund aussah.

Er klopfte sich die Jacke ab, ehe er sie auszog. Dann setzte er sich an den Küchentisch und befahl Rose, im Haus zu bleiben. Sie waren beide besorgt, konnten aber für den Moment nichts mehr tun. Sam sagte, dass sie vorerst lieber beide nicht in das Unwetter hinausgehen sollten und dass sie den ganzen Tag im Haus bleiben würden, wenn es so weiterschneite. Immer wieder lief Rose zur Hintertür, aber jedes Mal rief er sie zurück, schließlich wurde sein Ton eine Spur schärfer. Sie würden an diesem Tag nicht mehr an die Arbeit gehen.

Da sie keine Aufgabe hatte, streifte Rose ziellos durchs Haus. Sie trottete von einem Zimmer ins nächste, von Fenster zu Fenster. Im Schlafzimmer fand sie einen Koffer, und als sie daran schnupperte, nahm sie Katies Duft wahr. Sie jaulte und wedelte mit dem Schwanz. Rose war ein stiller Hund, bellte nur manchmal bei der Arbeit und jaulte so gut wie nie. In ganz seltenen Fällen kam es vor, dass sie den Vollmond anheulte, und manchmal jaulte sie mit, wenn irgendwo auf der Straße eine Sirene zu hören war. Ansonsten gab sie kaum einen Laut von sich.

Sie lief nach unten, trank ein paar Schlucke Wasser und fraß ein wenig. Es war schwierig, ruhig zu bleiben.

Sie legte sich vor Sams Schlafzimmer auf den Boden. Eine Stunde später hielt es auch Sam nicht mehr aus und ging mit Rose nach draußen. Gemeinsam versuchten sie, den Tieren zu helfen und die Abläufe auf der Farm aufrechtzuerhalten.

Ein Farmer weiß besser als jeder andere, wie die Natur funktioniert. Man konnte planen und pflanzen und hämmern und nageln, so viel man wollte, man konnte eine ertragreiche Farm führen – ein einziges Hochwasser, eine Dürre oder ein Unwetter konnte diese ganze

Arbeit zunichtemachen und den Lebensunterhalt gefährden. Das hatte Sam oft zu Katie gesagt.

Doch einen solchen Schneesturm hatte wohl auch er nie für möglich gehalten. Und noch viel weniger hätte er gedacht, dass er ihn allein durchstehen müsste, ohne Katie. Er hatte nicht nur sie verloren, sondern auch die Familie, die sie zusammen hatten gründen wollen, und er wusste nicht, ob er nun jemals so etwas wie eine Familie haben würde.

In solchen Momenten sah er manchmal zu Rose hinüber, die immer ein Auge auf ihn hatte, auf die Farm, immer auf alles gefasst war. Er dankte Gott, dass er sie hatte. Am Anfang hatte er gedacht, dass er mit ihr nur einen Hund bekommen würde. Inzwischen war ihm klar, dass sie für ihn längst etwas anderes war und ihm viel mehr bedeutete. Sie war aus seinem Leben nicht mehr wegzudenken.

Wie alle Farmer machte er einfach immer weiter. Man musste eben tun, was man konnte, bis es nicht mehr ging und das Schicksal übernahm. Darüber dachte man nicht weiter nach und beschwerte sich auch nicht. Sam gab nicht auf und Rose auch nicht. Er brachte Eimer mit warmem Wasser hinaus und schüttete sie in die Tränken. Dann startete er den Traktor und versuchte kurz, einen Pfad freizuschaufeln, damit er Heu ausfahren konnte. Doch inzwischen reichten ihm die Schneewehen schon bis zur Hüfte, und er deckte den Traktor mit einer Plane ab.

Sam hatte nur noch eine letzte Idee, was er gegen die eingefrorenen Tränken tun konnte. Er holte den Salamander-Grill, den die meisten Farmer im Winter benutzten, um ihre Motoren und Maschinen aufzutauen. Er funktionierte wie ein kleiner Düsenantrieb: Ein starker mit Diesel betriebener Heizkörper blies Feuer durch ein Rohr. Sam zog am Kabel, und eine Flamme schoss hervor. Tatsächlich brachte sie ein wenig Eis und Schnee zum Schmelzen. Aber im selben Augenblick, als er das Gerät ausschaltete, fror die Stelle schon wieder zu, und Sam hatte nur noch wenig Dieselöl. Er gab die Tränken auf. Er konnte nicht weitermachen, und lange würde er es hier draußen nicht mehr aushalten. Schneeverwehungen, Sturm und eisige Kälte ließen seine Füße kaum noch Halt finden, seine Glieder waren ganz steif gefroren. Er war bis auf die Haut durchnässt und zitterte vor Kälte. Die Temperaturen waren eisig. Sam sah ein, dass unter diesen Bedingungen weder Mensch noch Tier überleben konnten. Es war wirklich Zeit, ein Dach über den Kopf zu bekommen.

Er hatte so viel Heu ausgebracht wie möglich, und auch das war schon wieder ganz und gar mit Schnee und Eis bedeckt. Es war sinnlos zu räumen. Seine Maschinen waren schnell an ihre Grenzen geraten. Er konnte nicht weitermachen.

Also suchte er wieder Zuflucht im Haus, rief nach Rose und befahl ihr noch einmal, drinnen zu bleiben. Es war jetzt früher Nachmittag, aber es fühlte sich an, als wären sie schon tagelang zwischen Scheunen, Weiden und Farmhaus hin- und hergelaufen. Draußen tobte die weiße Schneehölle, und Sam verlor allmählich Zeitgefühl und Orientierung. Er wusste, dass ihm die Situation körperlich und seelisch gefährlich werden konnte. Er hatte zwar Rose, aber er war trotzdem allein, das durfte er nicht vergessen. Allein auf einer abgelegenen Farm, mitten in diesem Schneesturm. Er musste auf sich aufpassen und durfte nicht den Überblick verlieren. Die Zeit verrann, Tag und Nacht waren nicht mehr voneinander zu unterscheiden, und das Schweigen konnte einen überwältigen. Sam beschloss endgültig, im Haus zu bleiben und auch Rose drinnen zu behalten.

Dann geschah etwas Merkwürdiges. Sam ging ins Wohnzimmer, legte im Ofen Holz nach, kam zurück in die Küche, drehte das Radio an und machte sich eine Tasse Tee – Katie hatte Tee geliebt, Sam dagegen war kein großer Teetrinker und wunderte sich jedes Mal über die vielen verschiedenen bunten Päckchen. Er suchte ein gelbes aus, hängte den Beutel in seine Tasse und wartete, bis das Wasser kochte.

Er sah auf die Uhr und versuchte, sein Handy einzuschalten, aber es hatte keinen Empfang. Dann nahm er den Telefonhörer ab, doch die Leitung war tot. Bald würde der Strom ganz ausfallen, so wie der Sturm draußen heulte. Er war sich sicher, dass viele Bäume dem Sturm nicht standhalten konnten.

Rose saß in der Diele an der Hintertür und behielt Sam wie immer genau im Auge. Sie wartete, ob er nicht doch zum Arbeiten hinausgehen würde. Doch die dicken Wollsocken an seinen Füßen waren ein sicheres Zeichen, dass er im Haus bleiben wollte. Sie beäugte seine durchnässte Jacke, die an einem Haken hing, und sah dann zu, wie er sich eine Tasse Tee kochte.

Sam bemerkte, dass Rose ihn neugierig beobachtete, und ihm fiel ein, dass sie ihn so gut wie nie mit dem Teekessel am Herd hantieren sah. Das war Katies Metier gewesen.

Er begegnete ihrem Blick. Sie zuckte mit dem Schwanz und sah ganz unglücklich aus. »Du vermisst Katie, nicht wahr, Rose? Ich auch.«

Als er Katies Namen nannte, sprang Rose auf. Sie lief ins Wohnzimmer und suchte, dann lief sie zur Haustür. Als sie zurückkam, wirkte sie gespannt und erwartungsvoll.

Sam ermahnte sich, Katies Namen nicht mehr auszusprechen. Rose würde sonst nur nach ihr suchen. Und dann war sie hinterher enttäuscht.

Sam nahm seine Teetasse mit ins Wohnzimmer. Wie in vielen Farmhäusern war dieser Raum nur spärlich und mit wenig Aufwand eingerichtet, denn man verbrachte nicht viel Zeit im Haus. Ein Farmhaus wurde unvermeidlich mit Matsch, Wasser oder Schlimmerem verdreckt. Wenige Farmer hatten Geld und Lust, ihr Haus schön einzurichten. Alles Geld floss nach draußen, in die Weiden, Scheunen, Maschinen und den Unterhalt der Tiere.

Katie hatte vorgehabt, die alte orangefarbene, geblümte Tapete auszutauschen. Doch dazu war sie nicht mehr gekommen, denn dann war sie krank geworden. Trotzdem hatte sie es noch geschafft, die schmutzigen Isolierplatten von der Decke zu reißen und die rohe Mauer samtweiß anzustreichen. Sie hatte auch für den Rest des Hauses Pläne gehabt, aber nach ihrem Tod hatte Sam jedes Interesse an weiteren Verschönerungsarbeiten verloren.

Wie in den meisten Farmhäusern standen im Wohnzimmer drei Sofas. Das große, grüne war genau gegenüber vom Kamin platziert, die anderen seitlich davon, dazwischen die Ohrensessel und Tischchen. Im Winter war das Wohnzimmer ein wichtiger Raum, wo die Familie zusammenkam und sich aufwärmte. Hier hatten Katie und Sam ihre Abende verbracht. Das grüne Sofa und die beiden üppigen Ohrensessel hatten Sams

Großeltern gehört, genauso wie die Schürhaken aus Messing vor dem hübschen grün-blauen Kamin. Der Raum wurde von zwei Stehlampen und zwei Petroleumlampen auf dem Tisch erhellt, eine davon mit grünem und eine mit rotem Glas. Im Zimmer war es warm, sogar heimelig und gemütlich, obwohl alles schon ein bisschen verwohnt wirkte. Auf zwei Mahagonitischchen, die Sams Eltern gekauft hatten, standen drei leere Blumenvasen.

Das große Sofa vor dem Kamin, auf dem sich Sam und Katie im Winter immer ausgeruht hatten, war der wärmste Ort im Haus, vor allem dann, wenn im Kamin ein Feuer brannte. In einer Nische zwischen Wohnzimmer und Küche stand ein Holzofen, der sich in besonders kalten Nächten bewährte. Er ließ sich einfacher anheizen als der Kamin und konnte die Kälte in zehn Minuten aus dem großen, zugigen Raum vertreiben.

Über den Sofas an der Wand hingen zwei Aquarellbilder, die Katie gemalt hatte. Scheunen und Weiden waren darauf zu sehen. Daneben prangten drei gerahmte Urkunden von der Bezirksverwaltung, auf denen der Granville Farm Sauberkeit und Rentabilität bestätigt wurden. Auf einer wurde Sams Vater als Farmer des Jahres geehrt, sie stammte aus dem Jahr 1964, die andere aus dem Jahr 1992 ehrte Sam mit dem gleichen Titel. Auf dem Kaminsims standen drei gerahmte Fotos: ein vergilbtes von Sams Großeltern, ein leicht verblichenes von seinen Eltern und eine neuere, gestochen scharfe Digitalaufnahme von Sams und Katies Hochzeit.

Daneben stand noch eine Bild von Rose, wie sie auf der großen Weide die Schafe zusammentrieb. Sam liebte dieses Foto. Es war das einzige, das er von Rose hatte, denn sie hatte immer herumgezappelt, wenn jemand sie fotografieren wollte. Sie schien die Kamera nicht zu mögen und drehte sich immer weg.

Ein schwarzrot gemusterter Teppich polsterte den Raum und dämpfte das Knarzen und Knacken des zerkratzten Eichenparketts. Im Winter saß Rose am Kamin, und wenn es ihr dort zu heiß wurde, spazierte sie zu ihrem Hundekorb neben dem Holzofen hinüber. Sie kroch auch gerne unter den blauen Polstersessel. Er bot ein perfektes Versteck. Man sah nur noch ihre Nasenspitze, sie selbst hatte aber den ganzen Raum im Blick. Von dort aus überwachte sie das Haus, und wenn Sam zur Hintertür ging und Jacke und Stiefel anzog, kroch sie schnell darunter hervor.

Sam rückte mit dem Feuerhaken die brennenden Scheite zurecht, dann setzte er sich hin und schloss mit einem Seufzer die Augen. Alle Knochen taten ihm weh, seine Knie schmerzten, und seine Zehen waren noch immer taub von der Kälte. Er lauschte dem Heulen des Windes und dem Geräusch des Schnees, der gegen die Fenster flog und vom Dach rutschte. Er rief Rose ins Zimmer, und sie trabte herein und legte sich auf den Boden. Dabei behielt sie ihn genau im Auge.

Hin und wieder ließ sich Sam dazu hinreißen und streichelte Rose. Was war auch dabei, einen braven Hund zu streicheln. »Dieser Sturm ist schlimm. Er wird uns viel kosten«, sagte er. »Manchmal wünschte ich, du könntest reden.«

Obwohl draußen der Schneesturm wütete, war es im Zimmer warm und gemütlich. Die Tischlampe neben dem Sofa tauchte den Raum in rötliches Licht. Zum ersten Mal seit Tagen spürte Sam eine gewisse innere

Ruhe. Ihm war klar, dass es wahrscheinlich das letzte Mal für lange Zeit war.

»Wenn das hier vorbei ist, besorge ich dir eine Frisbeescheibe«, sagte er. »Vielleicht auch noch ein bisschen mehr Spielzeug. Wir sollten mehr Spaß haben.« Er sah Rose an und musste lächeln. Es war unwahrscheinlich, dass er Rose jemals hinter einem Frisbee herjagen sehen würde. Sie hatte einzig und allein an der Arbeit Spaß.

Sie sah ihn immer noch an, hielt den Kopf schief und schlug leicht mit den Schwanz auf den Holzboden. Er gab den Versuch auf, sie zu streicheln. Heute würde es keine Schmusestunde auf dem Sofa geben. Rose sah ihn mit glänzenden Augen an, und er lächelte. Dann griff er in seine Tasche und warf ihr einen alten Keks zu, der dort schon eine Weile gelegen hatte. Sie starrte darauf, als wäre es ein Stein. Sam schüttelte den Kopf. »Was bist du eigentlich für ein Hund?«, fragte er sanft und schloss dann die Augen für ein Nickerchen.

Rose war von Sams Verhalten verwirrt. Er stand dort, wo Katie immer gestanden hatte, und goss Wasser in eine Tasse, die sie oft benutzt hatte. Rose erkannte Katies Namen, wenn Sam ihn nannte, und sie machte sich auf die Suche nach ihr. Sie suchte überall. Rose konnte nicht verstehen, dass Sam Katies Namen aussprach und sie sie trotzdem nicht finden konnte. Auf Roses innerer Blaupause waren die meisten Sachen klar verzeichnet. Nur Katie nicht mehr.

Dann setzte er sich aufs Sofa vor dem Kamin und rief sie zu sich. Er redete mit ihr, aber er gab ihr keine vertrauten Befehle und benutzte nur wenige Worte, die sie kannte. Seine Stimme war weich, und sie spürte die Zuneigung darin. Er sah dauernd aus dem Fenster in den Schnee hinaus, und Rose fühlte, dass er mit ihr über den Schnee sprach und versuchte, ihr etwas klarzumachen.

Sie konnte sich nur schwer konzentrieren. Überall im Wald und auf den Weiden richtete der Sturm Schäden an. Bäume, Scheunen und das Farmhaus waren unter den Schneemassen begraben. Für Rose war der Wind beinahe ohrenbetäubend und manchmal schien es ihr, als wollte er die ganze Farm verschlucken.

Immer wieder hörte sie ein Schneebrett vom Dach des Farmhauses abgehen. Das Geräusch ging ihr auf die Nerven. Sam konnte es in diesem Sturm noch nicht einmal hören. Rose war sich der Gewalt dieses Sturms voll bewusst. Er war anders als die Unwetter zuvor, und sie spürte die Bedrohung, die von ihm ausging, und die Reaktionen der anderen Tiere darauf. Das war eine gefährliche Situation.

Sie hörte, wie die Schafe einander Mut machten und die Kühe muhten, wie um sich zu versichern, dass noch alle da waren. Die Hühner gackerten leise im Schlaf. Carol prustete, während sie im Schnee nach Heu suchte. Mitten in diesem Sturm hörte Rose die Kojoten, die draußen im Wald auf der Jagd waren. Am meisten Angst machte ihr das Geräusch des Schneefalls, und sie wäre am liebsten nach oben gelaufen und hätte sich unter Sams Bett verkrochen. Das tat sie immer bei Gewitter. Aber sie konnte Sam jetzt nicht allein lassen. Sie betrachtete ihn genau, drehte ihre Nase zu ihm und witterte Traurigkeit und Sorge, die Trauer, die vor einiger Zeit von ihm Besitz ergriffen hatte. Er streckte seine Hand nach ihr aus, und sie wich instinktiv zurück. Sie mochte es nicht, berührt zu werden, und Sam versuchte es eigentlich auch nie. Katie war da anders gewesen. Sie hatte immer Roses Kopf und Rücken gestreichelt, und das hatte Rose nach einiger Zeit sogar gefallen.

Sie wusste, dass Sam von ihr sprach, aber sie verstand nicht, warum gerade hier und jetzt, obwohl sie die Anerkennung aus seinen Worten, an seinen Augen und seiner Körperhaltung ablesen konnte. Sie spürte, dass er etwas vermisste, aber sie konnte es ihm nicht geben.

Dennoch, es gab ihr Kraft, schuf eine Verbindung zwischen ihnen. Sie legte vorsichtig die Ohren zurück und wedelte beinahe unmerklich mit dem Schwanz. Mehr Gefühl konnte sie nicht zeigen. Sie saß da und hielt Wache, während er einschlief, und lauschte seinem leisen Schnarchen und Seufzen.

Rose kam näher und beobachtete, wie sich Sams Körper bewegte, wenn er atmete, die Stellung veränderte oder zuckte. Sie lauschte seinem Herzschlag und den Geräuschen in seinem Magen, hörte das Blut durch seine Adern rauschen. Sie spürte seine Träume, auch wenn sie sie nicht sehen oder verstehen konnte. Sie kannte ihn in- und auswendig.

Nach einer Weile kam sie leise näher und ließ ihren Kopf in seine Hand sinken, die ausgestreckt auf dem Sofa lag. Sie schloss die Augen, blieb so sitzen, während er schlief, und horchte auf die Geschichten, die der Wind ihr zutrug.

Der Nachmittag verschwamm zu einem Traum. Rose war das Nichtstun nicht gewöhnt und versank im Haus in einem Dämmerzustand. Sie schloss die Augen, ruhte sich aus und träumte, genau wie Sam.

Wenn sie im Schlaf Bilder vor sich sah, entsprangen sie normalerweise ihrem Leben: Sam, Katie, die Farm.

Aber manchmal, ganz selten, kamen die Bilder auch von woandersher, aus dem tiefsten Schlaf oder äußerster Erschöpfung. Manchmal waren es Bilder der Angst.

Als sie jetzt an diesem langen, sonderbaren Tag die Augen schloss und sich treiben ließ, veränderten sich die Bilder vor ihrem inneren Auge. Im Ofen rumorte es, und draußen heulte beständig der Wind. Inzwischen hatte sie sich schon beinahe an den rhythmischen, fast hypnotisierenden Klang gewöhnt, wenn der Schnee gegen die Fensterscheiben trommelte. Es war fast, als würde sie sich selbst eine Geschichte erzählen. Sie ging dabei immer weiter und weiter zurück, ihr Verstand glich einer Filmrolle, die sich so schnell drehte, dass alles verschwamm. Alles sah verändert aus, roch verändert. Häuser, Straßen, Maschinen verschwanden, und es gab nur noch den üppigen, ursprünglichen Duft von Wald, Gras, Tod und Blut. Die Luft war voller Düfte, das Licht klar, beinahe blendend, und die Dunkelheit war schwärzer als jede Nacht, die Rose je erlebt hatte, die Sterne funkelten heller und waren näher.

In dieser Geschichte war Rose ein kleiner Welpe, der bei seiner Mutter lebte. Ihre Welt bestand aus einer kleinen Höhle, die in Schmutz und Fels gegraben war. Dann wurde sie plötzlich von Gebrüll, Knurren und Kampfgeräuschen geweckt. Sie fühlte, wie sie in den Wald geschleudert wurde, und sah den Schatten eines großen Tieres aufblitzen – dieses Bild blieb undeutlich – und ihre Mutter, wie sie davongezerrt wurde. Knurren, Kampf, der Welpe, vor Verwirrung und Angst wie gelähmt. Als sie sich wieder rühren konnte, sah sie um sich herum ihre toten Geschwister liegen. Sie spürte Hunger.

Sie blieb still liegen, unbeweglich, aber als der Hunger unerträglich wurde, stand sie auf und stolperte auf ihren kurzen Beinen aus dem Versteck heraus auf eine Wiese. Als sie dort ihre Nase in den Wind hielt und nach ihrer Mutter suchte, konnte sie keine Spur von ihr finden.

Sie nahm einen neuen Duft wahr, der sie in seinen Bann schlug, und sie lief durch das Gras auf ihn zu. Um sich herum hörte sie Ameisen, Käfer, Ratten und größere Tiere. Sie verhielt sich genau so, wie sie es gelernt hatte, war ganz ruhig, blieb beim kleinsten Geräusch wie erstarrt stehen und wartete geduldig.

Sie war hungrig und ganz durcheinander, aber gleichzeitig fühlte sie sich wie verzaubert. Sie musste sich vor Adlern, Vögeln, Füchsen, Wölfen und Katzen verstecken, doch sie wusste ganz genau, wann sie innehalten musste und wann sie sich weitertrauen durfte. Doch war sie völlig ausgehungert, und das machte sie unvorsichtig. Spät am zweiten Tag kam sie an den Rand einer Lichtung. Dort sah sie zu ihrem Erstaunen strahlend gelbe Flammen vor sich auflodern. Sie vermisste die Wärme ihrer Mutter, das hier war eine andere Art von Wärme, und sie konnte sie von ihrem Versteck in den Büschen aus spüren. Zum ersten Mal in ihrem Leben sah sie diese merkwürdigen Wesen – Menschen. Ein paar große und ein kleiner. Intuitiv hatte sie Angst vor diesen Wesen, sie waren so anders als jedes Geschöpf, das sie je gesehen hatte, so anders als ihre Mutter und ihre Geschwister.

Sie saßen um die gelbliche Wärme herum, und von der Mitte der Wärme kamen ein knackendes Geräusch und auch der Duft, den ihr der Wind zugetragen hatte, ein unerträglich köstlicher Duft, der ihr das Wasser im

Mund zusammenlaufen ließ. Es war der Duft, dem sie durch Wälder und Wiesen gefolgt war.

Sie sprang nach vorne, magisch angezogen von dem Duft. Die Geschöpfe drehten sich nach ihr um, und zwei von ihnen standen auf, aber da gab das kleine einen Ton von sich, und die beiden großen setzten sich wieder hin, sahen sie aber immer noch misstrauisch an.

Nach einer Weile nahm das kleine Geschöpf etwas aus dem warmen Feuer und warf es ihr zu. Dabei gab es weiche Laute von sich. Es klang nicht gefährlich. Der Brocken landete wenige Meter vor ihr, und zuerst sprang sie erschrocken ins hohe Gras zurück. Genau das war es, was sie gerochen und gesucht hatte. Ihr Hunger war stärker als ihre Angst und ihr Instinkt. Sie nahm es ins Maul. Es war etwas ganz anderes als die Milch ihrer Mutter, und der Geschmack und Duft berauschten sie. Die Menschen schwiegen und beobachteten sie, nur der kleine nicht. Es war ein Mädchen, und es warf noch einen Brocken Fleisch ins Gras. Rose stürzte sich darauf, packte es und rannte damit in den Wald, wo sie es hungrig verschlang.

In ihrer Geschichte schlief und verbarg sich Rose im Wald, grub sich eine Höhle, verhielt sich ruhig. Aber jeden Morgen wagte sie sich wieder zum Rand der Wiese und sah, wie die Menschen kamen und wieder gingen. Das kleine Mädchen näherte sich ihr langsam und warf ihr Fleisch hin, ehe sie wieder fortging. Dieses Ritual wiederholten sie mehrere Tage. Das Mädchen kam näher, hatte Futter dabei, warf es Rose hin, während es in beruhigendem, liebevollem Ton mit ihr redete. Am dritten Abend kam das Mädchen zum Rand der Wiese und setzte sich dort auf den Boden. Es hatte Futter in der Hand und gab warme, seltsam kehlige Laute von sich. Rose fühlte sich in ihrer Gegenwart sicher, dieser Platz war sicher, diese Höhle am Hügel, diese Wärme, dieses Fressen.

Rose brachte jetzt beinahe Tag und Nacht damit zu, die Menschen zu beobachten und darauf zu warten, dass das Mädchen ihr Futter brachte. Das Mädchen kam jedes Mal ein wenig näher, manchmal spielte es direkt vor Rose und warf kleine Ästchen in die Luft. Die anderen Menschen deuteten auf sie, lachten und warfen Rose Futterbrocken zu.

An jenem Abend hielt das Mädchen Futter in seiner Hand und warf es nicht wie sonst ins Gras oder in den Wald. Rose sprang nach vorne. Dann kroch sie verspielt weiter – langsam, vorsichtig –, bis sie schließlich dem Mädchen aus der Hand fraß. Sie leckte die Hand des Mädchens ab, und das Mädchen redete sanft mit ihr und strich ihr leicht über Nacken und Rücken. Rose legte ihren Kopf in die Hand des Mädchens und jaulte leise.

Am nächsten Tag brachte das Mädchen ihr wieder ein Stück Fleisch und hielt es fest, während Rose am anderen Ende kaute. Rose freute sich darauf, wenn das Mädchen kam, wedelte mit dem Schwanz und genoss die Aufmerksamkeit.

Es führte Rose zu den anderen Menschen, die sie ebenfalls fütterten und sanft mit ihr redeten. In dieser Nacht schlief sie am Eingang der Höhle dieser Menschen, und in der nächsten Nacht auch und auch in der darauffolgenden. Eines Nachts hörte sie, wie sich draußen Tiere näherten, und fing an zu knurren und zu bellen. Die Menschen lobten sie, gaben ihr zu fressen und streichelten sie. Von da an bellte sie jedes Mal, wenn sie ein seltsames Geräusch hörte oder sich ein Tier näherte. Es wurde ihre Aufgabe, die Menschen zu beschützen.

Sie fing an darauf zu achten, was diesen fremden Wesen an ihrem Verhalten gefiel, was sie tun musste, damit sie sie lobten und ihr eine Extraportion Futter gaben. Manchmal roch oder spürte sie die Anwesenheit von anderen Hunden, aber sie lief nicht fort, um sich ihnen anzuschließen. Stattdessen knurrte sie, wenn sie sich näherten, und stellte sich zwischen sie und das kleine Mädchen.

Sie begleitete die Menschen auf deren Futtersuche oder zum Schwimmen, sie legte sich zu ihnen, wenn sie aßen oder schliefen. Es gab keinen Grund, woanders hinzugehen, denn hier gab es Futter. Sie war wieder Teil eines Rudels. Sie hatte ein Dach über dem Kopf, das sie vor Regen, Hitze und Kälte schützte. Sie hatte Aufmerksamkeit und Zuneigung.

Eines Tages packten die Menschen ihre Sachen zusammen und brachen auf. Das Mädchen rief nach ihr. Rose hatte die Wahl, sie konnte bleiben oder mitkommen. Sie hielt inne und sah zuerst auf ihr Zuhause und dann zu dem Mädchen. Dann folgte sie ihm. Das war die wichtigste Entscheidung, die sie jemals getroffen hatte. Und an diesem Punkt war ihre Geschichte zu Ende.

Rose schreckte aus ihrem Traum hoch. Sam war fort, aber sie hörte ihn im oberen Stockwerk atmen. Er lag im Bett. Es war ungewöhnlich, dass sie nicht aufgewacht war, als er aufgestanden war. Ihre Beine schmerzten von der Anstrengung, als sie durch den hohen Schnee gewatet war, und die Kälte schien noch tief in ihren Knochen zu sitzen. Ihre Pfoten waren angeschwollen und wund vom eisigen Untergrund, und ihr Fell war stumpf und zottig.

Während Rose geschlafen hatte, war es wieder Nacht geworden. Der Wind heulte immer noch, und Sam war hinauf ins Bett gegangen. Sie wanderte zur völlig eingeschneiten Haustür hinüber, dann zur Hintertür. Mit einiger Mühe konnte sie sich gerade noch durch die Hundeklappe zwängen. Auch die Weidetore waren von Schnee und Eis bedeckt. Das Heu in den Futterraufen lag unter dem Schnee begraben, und die Tränken waren zugefroren.

Noch vor Kurzem hatten sich die Tiere frei über ihre Weiden zu den Futterraufen und Tränken bewegen können. Jetzt machten Schnee und Eis ein Durchkommen unmöglich. Die Geografie der Farm, ihre Karte, hatte sich verändert. Die Kühe waren auf der hinteren Weide gefangen, die Hühner in der Scheune eingeschlossen, die Ziegen konnten nicht mehr aus ihrem Gehege klettern und hatten Hunger, obwohl Sam jeden Zentimeter der Futterraufe mit Heu vollgestopft hatte. Rose konnte nicht anders, sie musste das Haus verlassen. Sie stieß die kleine Klappe auf und wurde beinahe von Schnee und Eis überwältigt. Gleich hinter der Tür kletterte sie zur harten, windgepeitschten Oberfläche hinauf, die jetzt ganz mit Eis bedeckt war. Sie rutschte und schlitterte zum Weidetor und begann, sich auf die andere Seite durchzugraben.

Acht

Draußen im Sturm verlor Rose die Orientierung. Die Luft war kälter, als sie es jemals erlebt hatte, sie konnte es gar nicht fassen. Der brutale Wind und der starke Schneefall hatten eine fremdartige Landschaft geschaffen – an manchen Stellen ragten riesige Schneeberge auf, woanders lagen nur leichte Schneeverwehungen.

Obwohl der Schnee beinahe die ganze Öffnung der Scheunentür ausfüllte, konnte sich Rose noch hindurchzwängen. Drinnen saßen die Hühner auf ihren Stangen. Der wilde Hund lag auf einem Strohballen und hob kurz den Kopf, als sie hereinkam. Das Lamm, dem Sam und Rose am Vorabend des Sturmes auf die Welt geholfen hatten, hielt Zwiesprache mit seiner Mutter. Sie waren die einzigen Schafe in der großen Scheune. Sam hatte die anderen oben in dem zu drei Seiten geschützten Offenstall gelassen, denn das Gebäude war neuer und hielt größere Belastungen aus. In der unteren Scheune hätten nicht alle Platz gehabt. Sie war zwar größer, war aber vollgestopft mit Gerätschaften. Außerdem waren Fundament und Dach in schlechtem Zustand.

In der Scheune schien alles in Ordnung zu sein, doch dann nahm Rose einen neuen Geruch wahr und hörte einen klagenden Laut. Irgendetwas stimmte nicht, ein Mutterschaf blökte, und die anderen Schafe stimmten mit ein. Ihre Nackenhaare stellten sich auf, und sie hörte sich selbst knurren. Der wilde Hund versuchte auf die Beine zu kommen. Die Hühner und der Hahn schraken auf, und Rose war wie der Blitz auf der Schneewehe und zur Tür hinaus. Sie hinterließ eine Öffnung, die groß genug war, dass der wilde Hund ihr folgen konnte, und er kletterte hinter ihr her.

Wieder hatte sich die Farm vollkommen verändert, seit sie zuletzt draußen gewesen war.

Der Schnee blies ihr ins Gesicht, und sie konnte kaum etwas sehen. Verzweifelt versuchte sie, auf der vereisten Oberfläche, die den Schnee überzogen hatte, festen Halt zu finden. Sie spürte die beißende Kälte in den Augen und in den Pfoten.

Hinter sich hörte sie den wilden Hund, wie er versuchte mit ihr Schritt zu halten. Immer wieder rutschte er aus und stürzte. Zuerst wartete sie auf ihn, dann wurde ihr klar, dass sie schneller vorankommen musste. Sie pflügte sich ihren Weg durch den Schnee den Hügel hinauf zum Offenstall.

Normalerweise hätten sie die trächtigen Schafe in den Gebärboxen untergebracht, aber Sam hatte sie laufen lassen, damit sie im Offenstall Schutz suchen konnten.

Rose konnte die Angst des Mutterschafes oben auf dem Hügel spüren und hörte nun auch deutlich das panische Blöken der anderen Schafe. Sie rannten verzweifelt im Offenstall hin und her. Rose war durch den hohen Schnee die Sicht versperrt. Der Offenstall war etwa dreißig Meter lang und sieben Meter breit. Seine Rückseite hielt Wind und Wetter ab, und die dicken, schrägen Eichenholzbalken konnten dem Gewicht des Schnees im Winter standhalten.

Weit hinter sich hörte Rose jetzt den wilden Hund bellen. Sie kämpfte sich weiter den Hügel hinauf zum Offenstall. Mit letzter Kraft warf sie sich durch den Schnee nach vorne. Die Schafe hatten sich alle in einer Ecke zusammengedrängt, wo es trocken war und sie vor dem eisigen Wind geschützt waren.

Rose sah, dass sie starr vor Angst waren, sie saßen in der Falle. Rechts von ihnen in der anderen Ecke des Offenstalls stand ein Mutterschaf. Sie zog die Nachgeburt hinter sich her. Der Geruch war noch ganz frisch, selbst durch Wind und Schnee hindurch.

Das Mutterschaf war in Panik. Es rannte hin und her und blökte nach seinem Lamm – ein besonderer Ruf, den Muttertiere ausstoßen, um ihre Jungen zu finden. Es warf sich in eine Schneewehe, prallte aber ab und fiel zurück. Rose erkannte das Schaf sofort. Es war eines der ältesten und friedfertigsten Tiere auf der Farm. Wenn Rose erschien, zog es sich oft in die Mitte der Herde zurück, es wollte keinen Ärger mit dem Hund. Aber dieses Schaf entwickelte immer einen sehr starken Beschützerinstinkt für seine Lämmer. Wenn Rose seinem Lamm zu nahe kam, senkte es drohend den Kopf und stellte sich schützend vor seinen Nachwuchs.

Als das Schaf Rose aus dem Sturm auftauchen sah, wich es nicht wie sonst zurück oder senkte den Kopf, sondern schaute Rose auf eine Weise an, wie sie es noch nie erlebt hatte – es war ein flehender Blick. Es lag nichts Herausforderndes darin, auch keine reine Verzweiflung. Rose konnte Schafe besser verstehen als Menschen, selbst Sam verwirrte sie oft. Die Schafe verwirrten sie nie.

Dieses Schaf hatte Angst um sein Baby.

Rose blieb vor dem Offenstall in der Nähe des Schafes stehen. Sie atmete durch, schüttelte sich den Schnee aus den Augen, beugte sich hinunter und zerrte mit den Zähnen Eisklumpen von ihren Pfoten und Vorderbeinen. Dann streckte sie die Nase hoch in die Luft. Eine Vielzahl von Gerüchen strömte auf sie ein.

Der Geruch von Kojoten stach heraus. Rose wurde alles klar. Sie kämpfte sich nach rechts durch Schnee, Eis und Wind in die Richtung vorwärts, in die das Mutterschaf gebannt starrte. Eine Ewigkeit schien zu vergehen, bis sie die kurze Strecke hinter sich gebracht hatte, immer wieder brach sie durch das Eis und landete in einer Schneewehe. Sie keuchte vor Anstrengung, ihr Fell war voll Schnee, und das Gewicht zog sie zu Boden. Sie hörte ein Kratzen und Keuchen und war überrascht, als sie dicht hinter sich den wilden Hund durch diese furchtbare Nacht kommen sah.

Nach ein paar Minuten hatte Rose es mit hängender Zunge um die Ecke des Offenstalls auf einen Schneeberg geschafft, von wo aus sie den Hügel hinaufsehen konnte. Sie roch das Lamm und einen Kojoten, konnte aber zunächst keinen von beiden entdecken. Sie hörte nur das Heulen des Windes, das durchdringende Blöken des Mutterschafes und die ängstlichen Antworten der anderen Schafe.

Rose kannte Angst, aber nur die Angst vor dem Versagen und nicht die Angst vor anderen Tieren, Verletzungen oder dem Tod. Als das Mutterschaf sie angesehen hatte, hatte sie etwas Seltsames und Neues gefühlt. Sie konnte dazu kein Bild abrufen, aber sie empfand es ganz deutlich, nicht in ihrer Nase oder in ihrem Kopf, sondern in ihrer Brust. Rose spürte die innere Not des Schafs, und das gab ihr neuen Antrieb, sich den Hügel hinaufzukämpfen. Es war schließlich ihre Aufgabe, die Schafe und ihre Lämmer zu beschützen.

Nach ein paar Metern roch sie das Blut. Ein paar Tropfen waren noch im Schnee sichtbar, der Geruch war deutlich von jedem anderen Geruch zu unterscheiden.

Blut war für Rose etwas Vertrautes – sie roch es oft, wenn sie irgendwo in den Wäldern unterwegs war. Aber das Blut eines Lammes hatte sie erst ein einziges Mal gerochen – als ein missgebildetes, halb totes Lamm geboren worden war und Sam sein Gewehr geholt und das Tier erschossen hatte. Dieses Erlebnis hatte sie sehr mitgenommen, sie war stundenlang ganz verwirrt und lethargisch gewesen. Sam hatte sie einen Tag lang in Ruhe gelassen, damit sie über diese Erfahrung hinwegkommen konnte. Aber jetzt erinnerte sie sich daran und erkannte den Geruch wieder.

Sie erstarrte. Da, nur ein paar Schritte vor ihr, stand der Kojote. Es war der Anführer, das Tier, das sie schon als Welpe gekannt hatte. Seine Augen loderten, im Maul hielt er ein totes Lamm. Er hatte es an der Kehle gepackt. Drei andere Kojoten standen in einem Halbkreis hinter ihm. Der Kopf des Lamms hing zu einer Seite hinunter, seine Augen waren geschlossen, sein noch warmer Körper hing schlaff zu Boden.

Rose hielt inne, um die Szene zu begreifen, Schatten zogen über sie hinweg, alles war eingerahmt von Schnee, Eis, Wind und Dunkelheit. Es war beinahe wie in einem ihrer Träume, aber ihre Nase sagte ihr, dass das hier die Wirklichkeit war.

Sie hielt still, doch innerlich bebte sie. So etwas war noch nie vorgekommen – es gab nichts dergleichen auf ihrer Blaupause –, obwohl sie sich durchaus an solche Szenen erinnern konnte. So etwas war schon geschehen, aber ihr selbst war es noch nicht passiert, nicht so.

Der Blick des Kojoten war unmissverständlich – er würde das Lamm nicht hergeben, er würde bis zum bitteren Ende darum kämpfen. Er wollte es in den Bau zu seinem Rudel bringen, damit sie etwas zu fressen hatten, er musste die Seinen schützen und in dieser Nacht durchbringen. In der tödlichen Kälte und dem heftiger werdenden Sturm kannten seine Instinkte genau wie die von Rose nur ein Ziel: fressen und Schutz finden. Schnell. Ohne frisches Fleisch konnten er und sein Rudel nicht überleben.

Die Geburt des Lammes war ruhig verlaufen, denn sonst hätte Rose es durch Wind und Schnee gehört und gewittert. Aber die Kojoten hatten oberhalb des Stalles gewartet und zugesehen – der Wind hatte günstig für sie gestanden. Der Anführer war um die Ecke in den Offenstall geschlüpft, hatte alle Schafe bis auf das Muttertier in eine Ecke gescheucht und das Lamm am Nacken gepackt. Er musste es schnell getötet und den Hügel mithinaufgenommen haben. Er hatte vorgehabt, den Kadaver dort zu zerteilen, denn er war zu schwer für ihn, und er hätte ihn nicht den ganzen Weg bis zum Bau tragen können. Zusammen mit den anderen Kojoten wollte er die Teile dann durch Wald und Sturm zu ihrem Rudel tragen.

Der wilde Hund kam um die Ecke des Offenstalls und knurrte. Mit gesträubtem, eisverkrustetem Fell nahm er die Verfolgung auf und setzte hinter Rose den Hügel hinauf, den Kojoten entgegen.

Eine Flut von Bildern rauschte Rose durch den Kopf. Auf einem kämpfte sie gegen den Kojoten, versuchte ihn davonzujagen und das Lamm zur Herde zurückzubringen. Aber das Lamm war tot. Der Kojote würde darum kämpfen. Die anderen Kojoten würden ihm zur Seite springen. Sie würden nicht davonlaufen und ein frisches Lämmchen im Schnee liegen lassen, nicht jetzt. Auf einem anderen Bild jagte sie zusammen mit dem wilden Hund den Hügel hinauf. Das Bild wurde ganz deutlich, die beiden Hunde forderten die Kojoten heraus, dann war die Szene plötzlich zu Ende. Der wilde Hund war entschlossen, aber nicht stark genug. Sie sah ihn tot vor sich. Rose stellte sich Sam vor, wie er Kommandos gab. Aber dann verblasste sein Bild. Er war nicht da. Vor Roses innerem Auge blitzten andere Tiere auf, die sie hatte sterben sehen – Schafe, die an Altersschwäche oder bei der Geburt ihres Lammes gestorben waren, Kühe, die an Krankheit oder einer Verletzung verendet waren. Sie erinnerte sich daran. Sie hatte dabei nie den Drang verspürt einzugreifen. All das hatte nicht in ihrer Verantwortung gelegen. Jetzt überfiel sie ein anderes Gefühl, eine Entscheidungsnot. Sie reagierte darauf.

Sie zeigte ihre Zähne, aber nicht den Kojoten, sondern dem wilden Hund. Überrascht blieb er stehen. Sie machte sich auf den Weg den Hügel hinunter und trieb ihn zurück, knurrend funkelte sie ihn an, drängte ihn mit Kopf und Schultern fort und sah, dass er den Kojoten nicht aus den Augen ließ.

Ohne sich umzudrehen, wusste sie, dass der Kojote sich mit dem Kadaver des Lammes auf den Weg den Hügel hinauf machte, Schritt für Schritt zurück, ohne die beiden Hunde aus den Augen zu lassen. Rose konnte sehen, dass der wilde Hund nicht verstand, was sie vorhatte und warum sie sich ihm gegenüber so verhielt, aber er begriff, wozu sie ihn bringen wollte. Er war ein Arbeitstier, er war bereit zu kämpfen. Dennoch fügte er sich. Sie wusste, dass er ihre Vorgehensweise nicht anzweifeln würde. Auch er hatte Entscheidungen getroffen – oft genug –, dies allerdings war ihre Entscheidung.

Rose drehte sich um und blickte zurück. Sie sah die Blutspur, tiefrote Flecken im Schnee. Im nächsten Augenblick waren der Kojote und das Lamm in Sturm und Dunkelheit verschwunden.

Sie lief weiter den Hügel hinunter, der wilde Hund war vor ihr. Beide waren müde und kämpften sich auf dem glatten Untergrund vorwärts, leckten sich ihre blutigen, schmerzenden Pfoten. Das Mutterschaf erwartete sie schon. Es hatte sich nicht in die Ecke des Offenstalls geflüchtet, sondern kam ihnen mit einem bittenden, erwartungsvollen Ausdruck in den Augen entgegen.

Rose legte den Kopf schief, spitzte die Ohren, streckte die Nase in die Luft und suchte nach neuen Hinweisen und Zeichen. Aber von überall bekam sie die gleiche Nachricht: Kälte und Angst. Und der grässliche Sturm.

Sie stand jetzt direkt vor dem Offenstall. Der wilde Hund hatte sich wieder in die Scheune verkrochen. Die Ziegen waren jetzt still. Rose fragte sich, wo Carol, der Esel, wohl sein mochte. Sie konnte ihn weder wittern noch hören. Sie musste auf so vieles achten, es war beinahe zu viel. Die Temperaturen waren weit unter den Gefrierpunkt gefallen, und der Wind heulte und schien die letzte Wärme und damit das Leben aus der Farm zu saugen. Es war gefährlich, in dieser Kälte zu lange stillzustehen. Sie spürte es in ihren Pfoten, Augen und Ohren. Bei diesem Wetter konnten Tiere, die sich nicht bewegten oder sich vor dem Wind schützten, schnell sterben – sie erfroren an Ort und Stelle.

Rose sah zum Wald und konnte die Panik zwischen Bäumen, Schnee und Unterholz spüren. Sicher starben dort gerade Tiere, einige Kadaver lagen schon im Wald herum, Kreaturen, die der Kälte und dem Wind ausgesetzt gewesen und vor Erschöpfung und Hunger verendet waren. Vielleicht würden sich die Kojoten an diese Kadaver halten und der Farm fernbleiben.

In dieser Kälte tat das Atmen weh. Der Sturm zehrte auch an Roses Kräften. Die Kälte kroch aus dem Boden in ihren Körper, durch ihr Maul, ihre Augen und Ohren. Aber sie konnte sich nicht dazu durchringen, wieder in den Schutz des Farmhauses zurückzukehren. Und Sam würde so bald nicht rauskommen. Sie hatte gesehen, wie erschöpft er war.

Rose kannte ihre Grenzen. Sie konnte Sam nicht bei seinem Kampf gegen die Kälte helfen – eingefrorene oder kaputte Leitungen, der Ausfall von Maschinen, Öfen und Heizkörpern, das war nicht ihr Bereich, das gehörte zu den Aufgaben der Menschen –, aber für die Schafe war sie verantwortlich, nicht Sam.

Die Schafe und Rose waren ein eingespieltes Team. Deshalb schienen sie jetzt zu spüren, dass Rose sich nicht mehr auskannte, dass ihre ganze Welt auf dem Kopf stand. Sie versuchten, sich gegenseitig zu beruhigen und gegen die aufkommende Panik anzukämpfen. In ihrem Leid und ihrer Verwirrung hatten sie die Verbindung zu Rose verloren. Sie waren geschwächt und spürten die Gefahr, sie verloren Kraft, hatten furchtbare Angst vor den Kojoten und drängten sich dicht aneinander, versuchten sich gegenseitig zu wärmen.

Rose kämpfte sich wieder hinauf zum Offenstall. Der eisige Wind blies ihr die Ohren nach hinten, und sie musste die Augen schließen. Dann stand sie vor den Schafen. Die erschraken, als sie direkt vor ihnen wieder aus Schnee und Kälte auftauchte. Rose bedeutete ihnen mit einem Blick, sich nicht von der Stelle zu rühren. Sie gehorchten.

Rose zitterte vor Kälte, ihre Pfoten schmerzten. Ihre Augenlider waren beinahe zugefroren, aber sie schüttelte den Kopf und ließ den Blick durch den Stall wandern. Zwei oder drei Schafe standen auf, es sah wie eine respektvolle Geste aus. Die anderen waren zu sehr mit sich selbst beschäftigt. Rose rührte an die uralte Verbindung zwischen Schafen und Hütehunden. Ihre Anwesenheit bedeutete: Vertraut mir. Sonst nichts. Wir tun, was wir können. Sie starrte die Schafe an, ihre Botschaft war eindeutig.

Blackface stand auf, und eines nach dem anderen folgten die Schafe seinem Beispiel und begegneten Roses Blick. Sie standen sich gegenüber auf diesem verschneiten Hügel.

Dann beruhigten die Schafe sich, weil Rose da war, und legten sich wieder hin.

Dabei konnte sie ihnen nichts garantieren, weder Futter noch Wasser, Sicherheit oder Überleben. Aber sie wollte unbedingt, dass sie sie respektierten, dass sie ihre lange gemeinsame Vergangenheit nicht vergaßen und dem Schicksal gemeinsam mit ihr ins Auge sahen, wenn es so weit war. Diese Geschichte sollte nicht in Angst, Einsamkeit, Verwirrung und Tod enden. Sie würde bis zum Schluss versuchen, die Schafe zu beschützen.

Rose lief weiter in den Offenstall hinein, um in einer

Ecke Schutz vor dem eisigen Wind zu suchen. Sie fand sich Auge in Auge mit einem Mutterschaf und dessen neugeborenem Lamm wieder. Das Lamm zitterte vor Kälte. Die Milch der hungrigen, unterkühlten und müden Mutter war sicher wenig gehaltvoll. Rose war zwar erschöpft, aber dennoch aufmerksam. Sie näherte sich dem Mutterschaf und beschnupperte das Lamm. Das Baby kannte die Umgangsformen zwischen Schafen und Hunden noch nicht. Es stolperte zu Rose hinüber und berührte ihre Nase mit seinem Mäulchen. Hinter ihnen begrub der Schnee die Welt unter sich.

Das Lamm kroch zu seiner Mutter, um sich zu wärmen, und das Muttertier beschnupperte es zärtlich. Rose wandte sich ab und trat den kalten, nassen Weg zurück zur Scheune an.

Sie war erschöpft. Nicht nur körperlich, sondern noch auf eine Art, die sie bisher nicht gekannt hatte. Natürlich kannte sie das Gefühl von Erschöpfung, aber dieser Zustand der völligen Ausgebranntheit war ihr neu, sie war nie zuvor mit so vielen ungewohnten und verstörenden Situationen konfrontiert worden. Und es war noch nicht vorbei.

Ein düsterer, grauer Morgen brach an. Es war der dritte Tag mit dichtem Schneegestöber. Rose blieb stehen und blickte auf die seltsame Szenerie, rief ihre Blaupause auf, konnte sie aber nicht abgleichen. Dort unten, auf der rechten Seite, lag das Farmhaus in der Dunkelheit, die Rückseite war beinahe ganz im Schnee versunken. Es sah aus, als wäre Sam nun darin gefangen.

Daneben die große Scheune mit den Hühnern und dem aufgeblasenen, stolzierenden Hahn. Dann das Ziegengehege. Die Rufe der sonst so spöttischen, lärmenden Kreaturen waren leiser geworden, gedämpft vom Sturm. Eines der Lämmer, das gerade erst in die Blaupause aufgenommen worden war, war jetzt fort, das andere blökte leise. Weiter auf der linken Seite starrten Brownie und ein paar Kühe verstört zu ihr hinauf.

Rose war verunsichert. Ohne Sam, der Anweisungen gab, war sie auf sich gestellt. Und wie es schien, verließen sich in diesem Moment alle Tiere – das geplagte Mutterschaf, der wilde Hund, die anderen Schafe, die Stiere und Kühe, sogar die lärmenden, unausstehlichen Ziegen – auf sie.

Ihre geliebte Blaupause war vollkommen unbrauchbar, alles veränderte sich zu schnell. Der Sturm war gewaltiger als jeder, den sie je erlebt hatte. Rose empfand gleichzeitig Ehrfurcht und Verwunderung vor dieser Naturgewalt, der Sturm erschütterte sie zutiefst. Bisher waren ihr Leben und ihre Arbeit meist nach der üblichen Routine verlaufen. Sie war von ihren Instinkten, von Sam und dem Rhythmus und den Jahreszeiten auf der Farm geleitet worden. Jetzt schien es, als würde ihre Welt in Stücke zersplittern, wie kleine Blutstropfen im Schnee.

Sam beobachtete Rose, wie sie sich mühsam zum Haus zurückarbeitete, es gab beinahe kein Durchkommen mehr. Schließlich erreichte sie die Hundeklappe, die vom Vordach geschützt war, und schleppte sich durch die Küche. Sam war inzwischen aufgestanden und angezogen, er saß auf dem Sofa, trank Kaffee und beobachtete sorgenvoll die weiße Landschaft vor den Fenstern. Er schien wie gelähmt. Der Schneesturm hatte sein ganzes Leben eingehüllt, alles, wofür er gearbeitet hatte. Aber die Tatenlosigkeit am Nachmittag des Vortages war nur eine kurze Pause in der Schlacht gewesen. So etwas würde nicht wieder vorkommen. Er durfte nicht aufgeben, musste kämpfen und retten, was er konnte – jede Wasserleitung, jedes Weidetor und jedes Tier.

Als Sam in den rückwärtigen Teil des Hauses gehen wollte, fiel der Strom aus. Die Lampen flackerten zwei-, dreimal, und Rose sträubte sich das Nackenfell. Dann war es dunkel. Einen Moment später fing eine Glühbirne im Wohnzimmer wieder flackernd an zu leuchten.

»Der Notfallgenerator«, sagte Sam, »er springt automatisch an.« Aber der Generator wurde mit Dieselöl betrieben und würde daher nur ein oder zwei Tage funktionieren. Zudem belieferte er nur ein paar Glühbirnen im Erdgeschoss und den Herd. Alles andere – die übrige Stromversorgung im Haus, die Stallgebäude, die Brunnenpumpe und das Heizungssystem – war tot. Die Versorgung durch den Notfallgenerator war besser als nichts, aber der Stromausfall war ein weiterer schwerer Schlag. »Ich bin überrascht, dass es erst jetzt passiert ist«, erklärte Sam Rose. »Wenn man bedenkt, was da draußen für ein Sturm tobt.«

Er zog seinen Mantel an, suchte nach trockenen Handschuhen und schlüpfte in seine Stiefel. »Ich kann nicht einfach hier im Haus bleiben und abwarten«, sagte er. »Lass uns nachsehen, wie viel Schnee inzwischen auf dem Scheunendach liegt. Sieht sicher schon schlecht aus. Vielleicht kann ich mit einer Leiter was ausrichten.«

Rose verstand nicht, was Sam sagte, und er klang auch anders als sonst, wenn er ihr Anweisungen gab. Aber trotz allem verstand sie, dass es Arbeit gab.

Sie folgte ihm, als er zur Hintertür hinauskletterte. Er zog den Kopf tief zwischen die Schultern, um sein Gesicht vor Wind und Schnee zu schützen, und machte sich auf den Weg zur Scheune. Rose folgte ihm dicht auf den Fersen.

Sam schob die Scheunentür auf und kletterte auf das Gestell, wo die letzten Heuballen gelagert waren. Er nahm ein langes Seil, band sich einen Ballen an den Gürtel und wuchtete ihn auf seinen Rücken. Dann drehte er sich um und wanderte in den Sturm hinaus, den Hügel hinauf zum Ziegengehege. Die verängstigten Ziegen hatten sich unter einem Unterstand zusammengedrängt, und Sam zog seine Handschuhe aus, nahm sein Messer und schnitt den Heuballen auf. Dann stopfte er das Heu in die Futterraufe unter dem Unterstand. Er stapfte wieder zur Scheune zurück und wiederholte den Vorgang. Auf diese Weise schleppte er so viel Heu zum Unterstand der Ziegen und in die angrenzende Futterraufe, dass sie zumindest ein paar Tage damit auskommen würden. »Sie müssen zumindest eine Chance haben«, sagte er zu Rose.

In den letzten Tagen hatte er immer häufiger mit ihr geredet, um gegen seine tiefe Einsamkeit und Verzweiflung anzukämpfen. Zu seiner Überraschung hatte es eine beruhigende Wirkung auf ihn, wenn er mit Rose sprach und ihr seine Pläne erklärte. Und obwohl er wusste, dass sie das meiste nicht verstand, schien sie es als Teil ihrer Aufgabe zu sehen, ihm zuzuhören.

»Dieser Sturm ist furchtbar«, sagte er zu ihr. »Wenn das so weitergeht, wird die Lage wirklich ernst. Ich hasse den Gedanken, im Haus sitzen und zusehen zu müssen, wie alle meine Tiere frieren und sterben. Aber inzwischen kann man sich ja kaum noch fortbewegen.«

Es war schwierig, den Wind zu übertönen, aber er hatte trotzdem nicht das Gefühl, Selbstgespräche zu führen. Rose hatte eine viel stärkere Präsenz, als er es bei einem Hund jemals für möglich gehalten hätte. Trotzdem kämpfte er um seine Fassung. Er fragte sich, ob er nicht langsam verrückt wurde. Rose war so beständig, sie war ihm eine große Stütze. Das machte Sam sich immer wieder klar. Und das war sie wirklich.

»Rose«, sagte Sam, »ich vermisse Katie jeden Tag, aber ich bin froh, dass sie das hier nicht erleben muss. Es wäre furchtbar für sie gewesen.«

Sam wusste, dass das Heu nicht mehr lange für alle Tiere reichen würde. Als das Unwetter losbrach, hatte er gerade eine Ladung erwartet. Er baute auf seinen Feldern selbst inzwischen profitablere Pflanzen an, Mais und Kartoffeln – und tauschte einen Teil davon bei anderen Farmern gegen Heu ein.

Die Tiere würden alles auf einmal fressen und nichts aufsparen. Es hatte ohnehin keinen Sinn, jetzt zu viel auf einmal bereitzustellen, denn das Heu würde sofort von Schnee und Eis bedeckt und damit ungenießbar werden. Aber die Ziegen waren zäh. Er hatte ihnen genug gegeben, dass sie eine Weile durchhalten konnten. Für die anderen Tiere wollte er das Gleiche tun.

Sam versorgte die Unterstände, Futterraufen und den Offenstall, so gut er konnte. Es würde nicht ausreichen, aber es war zumindest etwas.

Und jetzt musste er das Dach freiräumen.

Er schob das Tor auf und zwängte sich durch die Öffnung der Tür. Nasser Schnee fiel ihm in den Kragen. Die Katzen und die Hühner kamen in der Hoffnung auf Futter näher. »Bleib draußen, Rosie«, sagte er und holte eine Aluminiumleiter und einen langen Rechen, mit dem er immer den Schnee von den Schieferdächern räumte, mit denen alle Gebäude auf der Farm gedeckt waren. Dieses Ritual kannte Rose gut, sie hatte ihm oft genug dabei zugesehen. Sein ganzes Farmerleben lang hatte Sam schon Geschichten von Dächern gehört, die unter der Schneelast eingebrochen waren, weil sie nicht immer stabil genug und ausreichend abschüssig gebaut waren. Als er die riesigen Schneemengen sah, die sich überall auftürmten, packte ihn der Ehrgeiz. Er machte sich um die gesamte Farm Sorgen, aber im Moment konzentrierte er sich auf den hinteren Teil der großen Scheune. Dort war das Dach leicht abschüssig, sodass normale Schneemengen abrutschen konnten. Aber solche Schneemassen wie jetzt hatte Sam noch nie gesehen. Der Schnee lag schon beinahe zwei Meter hoch, an manchen Stellen hatte der Wind noch höhere Verwehungen aufgetürmt. Rose stand neben der Futterraufe und beobachtete Sam.

Er hatte die Leiter hinaus und hinter die Scheune geschleppt. Dann hatte er mit seinen Füßen und einer Schaufel den Schnee an einer Stelle flach getreten, um die Leiter dort aufzustellen. Zweimal fegte ihm eine Windböe die Leiter aus der Hand und warf sie um, doch dann baute er um die Füße der Leiter herum ein Schneepodest und beschwerte es mit einem großen Stein und ein paar Zementbrocken. Als die Leiter sicher stand, begann er den anstrengenden rutschigen Aufstieg, Sprosse für Sprosse. Auf jeder Sprosse kratzte er sich das Eis von den Schuhsohlen und zog mit der freien Hand den langen Rechen hinauf.

Es kostete ihn beinahe eine halbe Stunde, die oberste Sprosse zu erreichen. Jeder Schritt war ein Kampf gegen Kälte, Schnee und Wind. Zweimal schwankte die Leiter bedrohlich im Sturm, und Sam musste sich an der Dachrinne festklammern. Dabei fiel ihm der Rechen aus der Hand. Er musste ihn wieder holen und noch einmal von ganz unten hinaufsteigen.

Rose stand am Fuß der Leiter, sah hinauf und wartete auf Anweisungen. Als Sam das obere Ende erreicht hatte, konnte sie ihn kaum noch sehen, doch sie hörte, wie er vor sich hin schimpfte, und knurrte, während er versuchte, mit dem Rechen den schweren Schnee vom Dach zu schieben.

»Lieber Himmel, ich habe noch nie so viel Schnee gesehen«, schrie er ihr zu. »Geh zurück, Rosie.«

Rose erkannte den Befehlston in Sams Stimme, schüttelte sich und ging ein Stück zurück, als die Schneeklumpen vom Dach rutschten.

Ihre Ohren zuckten nach vorne, und ihre Nackenhaare sträubten sich, als sie einen ängstlichen Schrei hörte. Dann rutschte mit einem Dröhnen eine große Ladung Schnee vom Dach, und sie sah Sam von der Leiter fallen. Sie sprang auf ihn zu, als er im Schnee landete, musste aber schnell wieder zurückweichen, als ein weißer Berg vom Dach stürzte und erst Sam und dann auch sie unter sich begrub. Alles wurde schwarz.

Neun

Rose war wie betäubt. Sie lag unter dem Schnee begraben, nahe am Rand der Lawine. Weder konnte sie etwas sehen noch riechen. Aber die Hauptlast der Lawine hatte Sam getroffen. Rose hatte Angst und war verwirrt. Sie schüttelte sich, um einen klaren Kopf zu bekommen, und grub sich dann aus dem Schneehaufen aus.

Sie konnte Sam weder sehen noch hören, aber sie sah ein Ende der Leiter aus dem Schnee herausragen. Ein riesiger Schneeberg war vom Dach gerutscht, ein nasses, schweres Schneebrett. Der wilde Hund kam, aufgeschreckt durch den Lärm, aus der Scheune gehumpelt und starrte Rose an.

Einen Augenblick lang war sie wie erstarrt. Sie wurde niemals panisch, behielt immer das Ziel ihrer Arbeit vor Augen. Ihr erster Instinkt war, Sam zu suchen und ihn herzuholen, obwohl er ja da war. Tatsächlich lief sie erst einmal Richtung Haus. Sie war verunsichert, ihr Arbeitsplan war durcheinander. Sie hatte Sams Spur verloren.

Schließlich hielt sie inne und erinnerte sich daran, dass Sam gar nicht im Haus war. Sie sah zum Dach hinauf, dann zur Leiter hinüber und schließlich zum wilden Hund. Sie lief in die Scheune, wo Sam die Leiter geholt hatte, und jagte dann zurück nach draußen an die Stelle, wo sie Sam zuletzt gesehen hatte. Sie inspizierte die Leiter.

Rose konzentrierte all ihre Sinne auf den Schnee und schloss die Augen, in der Hoffnung, dass sie vielleicht etwas hören oder riechen konnte oder dass ihr ihre Intuition weiterhelfen würde, wenn sie sich nur stark genug konzentrierte. Der wilde Hund verhielt sich ruhig und sah ihr zu, sein schwarzbraunes Fell war schneebedeckt. Die Schafe im Offenstall riefen nach ihr, so als ob Rose sie auf die Weide und zu Futter führen könnte, aber Rose beachtete sie nicht. Sie sah zu Blackface hinauf und bedeutete ihm mit einem eindeutigen Blick, sich nicht von der Stelle zu bewegen.

Dann wandte sie sich wieder dem Schneehaufen zu. Sie hörte Vögel draußen im Wald, Eichhörnchen, die an Nüssen knabberten, Hasen in ihren Schneehöhlen, Waschbären, die sich unter Baumwurzeln durchgruben, Mäuse, die in den Ecken der Scheune herumtrippelten, und die Katzen, die über die Scheunenbalken balancierten. Sie hörte den Wind heulen und den Schnee ächzen, nicht nur auf dem Scheunendach, sondern auch auf Dächern, die Kilometer weit entfernt waren. Sie hörte das Ticken der Wanduhr im Farmhaus und das satte Geräusch von schwerem, nassem Schnee, der zu Boden fiel.

All das nahm sie in sich auf – den Sturm, die Scheunen, die Tiere, den Wind, die Laute und Farben –, und dann bildete sich auf einmal in ihrem Kopf eine Vielzahl von Bildern heraus, und sie konzentrierte sich auf die Geräusche und Schwingungen ganz in ihrer Nähe. Sie hörte eine Reihe von Lauten – ein Ächzen, ein Stöhnen, Atmen –, es kam von einer Stelle neben der Leiter. Rose richtete all ihre Aufmerksamkeit auf diesen Punkt. Dann fing sie an, wie verrückt zu graben. Sie stützte sich mit den Hinterbeinen im Schnee ab und grub mit beiden Vorderpfoten. Ab und zu beugte sie sich nach vorne und biss einzelne Schneeklumpen mit ihren Zähnen auseinander. Ihre Vorderbeine wurden zu einem Windrad und pflügten sich Stück für Stück durch den Schnee. Blindwütig grub sie mit Pfoten und Krallen immer weiter und weiter.

Bald hechelte sie, die Zunge hing ihr aus dem Maul. Schnee und Eis flogen ihr ins Gesicht und aufs Fell. Sie hielt nur kurz inne, um sich zu schütteln, und nur ein- oder zweimal machte sie eine Pause, um ein wenig Schnee hinunterzuschlucken, weil sie überhitzt und durstig war. Ihre Pfoten bluteten schon, und die Schneeklumpen, die sie hinter sich warf, waren rot verfärbt. Sie machte immer weiter, grub und grub, zur Hälfte war sie schon im Schnee verschwunden und fiel beinahe vornüber in das immer tiefer werdende Loch. Zum Glück war der Schnee noch weich und machte ihr das Graben leichter.

Sie wusste, dass die Sinne des wilden Hundes nicht so scharf waren wie ihre eigenen, aber er hatte sie beobachtet und wusste, auf welche Stelle sie sich konzentrierte. Ohne jede weitere Verständigung führte Rose ihn mit den Augen auf die linke Seite der heraus-stehenden Leiter. Der wilde Hund war zwar schwächer als sie, hatte aber noch immer einen eisernen Willen, und so begann er neben ihr zu graben. Wie ein Schwall flog der Schnee hinter den beiden Hunden auf den Boden und bildete dort lockere Hügel. Carol, der Esel, schaute neugierig über den Zaun und war verblüfft von dem Schauspiel, das sich ihm bot. Die beiden Hunde konnten sich in Sturm und Schnee kaum sehen.

Nach ein paar Minuten bemerkte Rose, dass der wilde Hund schwächer wurde und genau wie sie an den Pfoten blutete. Sie verwies ihn mit einem strengen Blick zur Seite, und er gehorchte und setzte sich hin.

Plötzlich bellte Rose, einmal, dann noch einmal und schließlich in anhaltendem Rhythmus. Der wilde Hund und die anderen Tiere waren ratlos. Ein solches Bellen verstanden sie nicht. Es galt auch nicht ihnen.

Unter dem Schnee wachte Sam langsam auf. Er war kaum bei Bewusstsein, spürte aber die Kälte und die Schwärze. Er konnte sich nur erinnern, wie der Schnee auf ihn zugerutscht war und ihn von der Leiter gefegt hatte, dann der lange, schwarze Sturz auf den schneebedeckten Boden und schließlich das Gefühl, erschlagen zu werden, als der Schnee auf ihm landete. Er war ohnmächtig geworden, aber jetzt erinnerte er sich wieder daran, wo er war und was passiert war. Er spürte einen Anflug von Panik, doch er blieb ruhig. Lieber Gott, dachte er, wie tief unten bin ich?

Sein rechter Arm war nach hinten gebogen und tat furchtbar weh. Er konnte weder Arme noch Beine bewegen und fühlte wieder Panik in sich aufsteigen. Um sich zu beruhigen, begann er den 23. Psalm vor sich hinzumurmeln. Er vermutete, dass Rose auch unter dem Schnee begraben worden war. Die arme Hündin.

Er versuchte mit aller Macht, sich nach oben zu drücken und mit seinem gesunden linken Arm und schließlich auch mit einem Bein den Schnee wegzuschieben. Er rührte sich keinen Zentimeter. Und es war niemand in der Nähe, der ihn hören konnte oder nach ihm suchen würde. Es gab keine Möglichkeit, aus der Lawine herauszukommen. Bald würde er erfrieren.

Das ist also das Ende, dachte er. Er erinnerte sich, wie sein Vater ihn immer ermahnt hatte, niemals panisch zu reagieren. Eine Farm steckt voller Gefahren, pflegte er zu sagen, und Panik bringt einen niemals weiter. Sam dachte an Katie und daran, wieder mit ihr zusammen zu sein. Und er dachte an Rose.

Es war das Beste, ruhig zu bleiben und Kälte und Dunkelheit ihr Werk tun zu lassen. Er konnte sich nicht selbst aus diesen Schneemassen ausgraben und würde wohl das Tageslicht nie mehr sehen. Wieder spürte er die Angst in sich aufsteigen und kämpfte dagegen an. Er stellte sich vor, wie er mit Katie redete, er dachte an die Farm, an seine Eltern und Brüder. *Der Herr ist mein Hirte. Mir wird nichts mangeln.* »Rose«, flüsterte er. »Rose.«

Oben wurde es langsam dunkel, und die Tiere auf der Farm bereiteten sich auf die Nacht vor. Sie waren Zeugen des Dramas geworden und doch gleichgültig. Sie hatten gesehen, wie die Lawine kam, wie sich Rose herausgekämpft hatte und Sam darunter verschwunden war. Aber nichts von all dem war für sie von Bedeutung. Ihr Leben drehte sich jetzt nur noch um Futter und Wasser und ihren Überlebensinstinkt.

In ihrem Schneeloch hörte Rose auf zu graben und spitzte die Ohren. Sie hatte etwas gehört. Ihren Namen. Sams flüsternde Stimme. Sie wurde langsam müde und kam nicht mehr ganz so schnell voran, aber nun fing sie noch einmal mit neuer Kraft an. Sie sah nichts außer dem Loch, das sie grub, und hinter sich die verschneite Silhouette des wilden Hundes, der immer wieder aufstand und ihr beim Graben half, bis es wieder zu viel für ihn wurde und er eine Pause einlegen musste. Rose ließ ihn sein eigenes Tempo machen, aber wenn er zu lange grub, knurrte sie ihn an oder warf ihm einen Blick zu. Dann zog er sich zurück.

Alle paar Minuten bellte Rose und hielt dann inne, um zu horchen. Sie versuchte sich zu konzentrieren und das Stöhnen und Atmen aus der Kakofonie von Bildern und Gerüchen und Geräuschen herauszufiltern, die in ihrem Kopf herrschte.

Die Wunden an ihren Pfoten bluteten jetzt stärker, und sie schmerzten heftig. Ihre Glieder waren steif, und sie war durchgefroren und hungrig. Aber der Rest der Welt war buchstäblich aus ihrem Bewusstsein verschwunden, und sie sah nur das Loch vor sich. Einzig den wilden Hund bemerkte sie noch, der inzwischen erschöpft war und nicht mehr graben konnte. Allein seine Anwesenheit gab ihr Kraft.

Rose besaß kein Zeitgefühl. Sie konnte nicht wissen, dass dies der dritte Abend im Schneesturm war. Sie bemerkte nur, wie es dunkel wurde, die schlimmer werdende Kälte, den Wind und die Schneemassen, und sie hörte es über sich seltsam knarren und ächzen. Ab und zu warf sie einen Blick nach oben, um zu sehen, ob sich wieder ein Schneebrett vom Dach löste.

Sam hatte keine Ahnung, wie lange er schon unter dem Schnee lag und wie lange er ohnmächtig gewesen war. Er fühlte, dass seine Glieder taub wurden, und war dankbar, weil er genug Platz hatte, um zumindest seinen Kopf zu bewegen und zu atmen. Lieber wollte er erfrieren als ersticken.

Nach einer Weile bildete er sich ein, ein Bellen zu hören, aber er konnte nicht glauben, dass es wahr sein sollte. Er glaubte zu träumen. Er betete immer noch den 23. Psalm vor sich hin, nicht weil er besonders gläubig war, sondern weil es das einzige Gebet war, das er auswendig kannte. Danach ging er im Geiste die Rechnungen und Aufgaben durch, die Dinge, die auf der Farm repariert werden mussten, welche Schafe und Kühe er auf den Markt bringen wollte, die neuesten Preise. Die lange Liste der Aufgaben, die auf der Farm anfielen, war nun ein Segen, denn er hatte etwas, womit er sich geistig ablenken konnte.

Sam litt unter Platzangst und fürchtete, einen hysterischen Anfall zu bekommen. Der Schmerz in seinem Arm wurde langsam unerträglich. Er hatte kein Gefühl mehr in Fingern und Zehen.

Er hatte davon gehört, dass der Tod durch Erfrieren eine vergleichsweise angenehme Art war zu sterben, denn seltsamerweise hatte man wohl ein Gefühl der Wärme und schlief einfach ein. Lebendig begraben zu werden war eine andere Sache, aber er zwang sich, an etwas anderes zu denken. Wenn er nun Katie wiedersehen würde? Wenn Rose auch da sein würde? So viele Menschen glaubten daran, seine Eltern hatten auch daran geglaubt, vielleicht war es ja wahr? Kommen Hunde in den Himmel? Und er? Katie war sicher im Himmel, das wusste er. Würde es im Himmel Arbeit für ihn und Rose geben? Er liebte seine Farm, aber sein Leben war ein einziger Kampf, vielleicht …

Sams Gedanken wurden von aufgeregtem Bellen unterbrochen, ganz nah. Etwas kratzte ganz nahe an seiner Brust.

Rose kannte nur noch ein einziges Ziel. Alles andere war aus ihrem Bewusstsein verschwunden. Sie grub und grub und grub, fühlte weder Schmerz noch Kälte, dachte nur noch an Sam, der unter ihr im Schnee lag. Jetzt wusste sie genau, wo er war, hörte ihn atmen, seinen Herzschlag, spürte seine Verzweiflung. Sie waren wieder zusammen, nur noch dieser Schnee trennte sie. Er lebte. Ihre Aufgabe war nie eindeutiger gewesen, nie hatte sie ein Ziel so deutlich in sich gespürt. Der Schnee schoss in regelmäßigen Schauern hinter ihr in die Luft. Sie war wie besessen. Die Schafe beobachteten dieses unheimliche Schauspiel mit Verwunderung und Ratlosigkeit.

Plötzlich spürte Sam den Wind im Gesicht. Er sah nach oben und erkannte dicke Schneeflocken, die durch die dunkle Luft über ihm wirbelten. Er spürte, wie eine Zunge ihm wild über das Gesicht leckte. Rose jaulte aufgeregt, lief im Kreis, leckte ihn ab und zwickte ihn ins Ohr.

Sam hob den Kopf, stemmte sich mit seinem linken Arm ein Stück nach oben und tauchte in die süße kalte Luft auf. Immer wieder spürte er, wie sein Gesicht abgeleckt wurde. Rose, die sonst so zurückhaltend war, war außer sich vor Aufregung. Sie zwickte ihn noch einmal ins Ohr. Das hatte sie immer so gemacht. Wenn Sam einmal gestürzt war, war Rose herbeigesprungen und hatte ihn ins Ohr gezwickt, bis er aufgestanden war, und das tat sie auch jetzt. Aufstehen, aufstehen!

»Hallo, mein Mädchen«, sagte Sam und versuchte einen klaren Kopf zu bekommen. »Hast du mich ausgegraben? Geht es dir gut?«

Er rollte sich auf seine linke Seite, und Rose kam näher und leckte ihm Eis und Schnee aus dem Gesicht.

Sam zog sich langsam aus dem Loch hoch und schrie vor Schmerz auf, während Rose jaulte und um ihn herumlief. Selbst inmitten dieses Schneesturms war er nun sehr erleichtert, wieder an der frischen Luft zu sein. Er konnte nicht fassen, was Rose getan hatte –

dass sie einen Plan gefasst und ausgeführt hatte, um ihn zu retten. Noch unglaublicher erschien ihm der riesige Schneehaufen jenseits der Stelle, an der sie gegraben hatte.

Er sah zu dem wilden Hund hinüber, der hechelnd im Schnee lag, die alten Pfoten blutig. Also hatte er auch gegraben. Sam nickte ihm dankbar zu. Dann sah er hinauf zum Scheunendach. Die Dachrinne war abgerissen, zusammen mit ein paar Schieferholzplatten.

Als er versuchte, sich zu bewegen, schrie er wieder vor Schmerz auf. Rose sprang zurück. Sie war wieder ganz konzentriert. Sam wusste, dass er ernstlich verletzt war.

Und er sah, dass auch Rose verletzt war. Er entdeckte das Blut im Schnee und bemerkte dann ihre geschundenen Pfoten. Er schüttelte den Kopf.

»Danke, Rose. Danke. Braves Mädchen.« Rose wedelte mit dem Schwanz. Aber für Lob war jetzt keine Zeit. Vor ihr lag noch eine Menge Arbeit. Der Schnee fiel jetzt in dichten Flocken, der Wind heulte, und es herrschte eine erbarmungslose, bittere Kälte. Und Sam konnte sich nicht bewegen.

Sein rechter Arm war unnatürlich schlaff, und sein rechtes Knie tat so weh, dass er sich kaum rühren konnte. Es würde lange dauern, bis er zum Haus zurückgekrochen war. Aufstehen und laufen konnte er auf keinen Fall, aber er musste irgendwie zurück ins Haus kommen und Hilfe holen. Hier draußen würde er nicht lange überleben.

Sam schaute auf seine Uhr. Es war kurz nach acht abends. Er musste ins Haus, weil ihm sonst Zehen und Finger abfrieren würden. Nach seiner Schätzung musste er beinahe eine Stunde unter dem Schnee gelegen haben. Wahrscheinlich hatte Rose ebenso lange gegraben. Sie humpelte. Er lehnte sich zu ihr hinüber und streichelte ihr den Kopf. Sie leckte ihm die Hand.

Sam bewegte sich ganz langsam, zog sich durch den Schnee, bis er die Schmerzen nicht mehr aushielt und eine Pause einlegen musste. Aber er musste weiter, durfte nicht auf dem eiskalten Untergrund verweilen. Im Badezimmer hatte er einen Verbandskasten. Dann fiel ihm der Notfallplan ein, den die Bezirkspolizei für Krisenzeiten ausgearbeitet hatte. In der Speisekammer bewahrte er eine Leuchtkanone auf. Der Notfallplan sah vor, dass die Wachleute morgens, mittags und abends nach Leuchtraketen Ausschau hielten. Für die Abendrunde war es wahrscheinlich schon zu spät, er würde wohl bis morgen früh durchhalten müssen. Jeder Farmer kannte den Notfallplan. Und manch einen hatte er schon gerettet, bei Überschwemmungen, Bränden, wenn ein Traktor umgekippt war, irgendwelche Gliedmaßen einem Mähdrescher zum Opfer gefallen waren oder Kühe jemanden getreten und dabei am Kopf getroffen hatten.

Die Leuchtpistolen waren stark, die grellen Raketen konnte man kilometerweit sehen, auch durch Wolken und Schnee hindurch. Es war seine einzige Chance. Er wollte vorsichtshalber eine Runde noch in der Nacht abfeuern, vielleicht sah sie ja doch jemand, und eine am Morgen. Trotz seiner Verletzung war er nicht bereit, die Farm und die Tiere ihrem Schicksal zu überlassen. Vielleicht ... vielleicht konnte er irgendwie noch eine Ladung Heu zu den Tieren hinausschaffen, ehe man ihn abholte.

Rose folgte Sam langsam, als er durch den Schnee kroch, immer wieder zusammenbrach und dann weiterkroch. Meter für Meter arbeitete er sich zum Farmhaus vor. Mit seiner gesunden Hand und seinen Füßen zog und schob er sich über den Schnee. Vor Jahren hatte er sich bei einem Sturz vom Traktor ein Band gerissen, und jetzt spürte er, wie sich diese alte Verletzung im Bein wieder meldete. Auch die Schmerzen in seinem Arm waren heftig, aber er hoffte, dass er trotzdem würde aufstehen können, wenn er erst einmal im Haus war, Schnee und Eis hinter sich gelassen hatte und das Bein bis dorthin nicht zu sehr belastete. Die Schneeverwehungen waren hoch, aber es waren nur noch etwa siebzig Meter bis zum Haus.

Als er die Haustür erreicht hatte, konnte er die Uhr in der Küche durchs Fenster sehen. Es war beinahe neun Uhr. Rose war ihm die ganze Zeit gefolgt, manchmal hatte sie ihn umrundet und war vorneweg gelaufen, dann war sie wieder zurückgekommen, um ihn von hinten anzutreiben.

»Rose, wir müssen das zusammen durchstehen«, sagte er. »Wenn wir Glück haben, kommt morgen früh Hilfe.« Es kam ihm vor, als würde Rose ihn neugierig ansehen. Sie hielt den Kopf schief. Mein Gott, dachte er, wie muss das für sie aussehen, wenn ich hier durch den Schnee krieche? Ist es möglich, dass sie weiß, wie schwer verletzt ich bin?

Rose beschnupperte das Blut auf dem Boden, die Spur, die sie beide auf ihrem Weg von der Scheune zum Haus im Schnee hinterlassen hatten. Dann folgte sie Sam hinein.

Der Notfallgenerator versorgte die Glühbirnen im Flur, in der Küche und im Wohnzimmer. Sam wühlte in einer Schublade herum und fand ein Feuerzeug. Er zündete eine dicke Kerze an.

Rose wartete vor dem Badezimmer, in das Sam sich geschleppt hatte. Doch als sie ihn schreien hörte, lief sie hinein. Sam lehnte am Waschbecken und hielt ein Handtuch zwischen den Zähnen. »O Gott«, stöhnte er. Rose legte den Kopf schief, und ihr Körper spannte sich an, als sie seine Schmerzensschreie hörte. Sie sah seine gebeugte Körperhaltung. Ihr entging nichts. Die schmerzverzerrte Grimasse auf seinem Gesicht. Das Stöhnen und Ächzen und Schreien. Sie roch seine Verletzungen, den zerquetschten Arm, nahm die Kälte der Erfrierungen wahr. Sie hatte solche Laute schon ein- oder zweimal vorher von ihm gehört, als er vom Traktor gestürzt war und sich die Schulter verletzt hatte, und noch einmal, als Katie das Haus zum letzten Mal verlassen hatte. Jetzt redete er mit ihr, sah sie an. Sie verstand seine Schmerzen, die Angst. Sie erkannte zwar nur ein paar Worte, »Heu«, »Schafe« und »Arbeit«, und dann ihren Namen und den von Katie. Aber was Sam da sagte, machte für sie keinen Sinn, Sam war ganz anders als sonst.

Rose konnte nicht wirklich zwischen körperlichen Schmerzen und Trauer unterscheiden. Für sie klang beides gleich, von beidem ging eine starke Witterung aus, die sie beunruhigte und ihre eigenen Ängste weckte. Sie hatte keine Ahnung, wie sie darauf reagieren sollte.

Als Sam es endlich geschafft hatte, seinen Anorak und den Pullover auszuziehen – eine grauenhafte Prozedur –, sah er, dass sein Arm gebrochen war. Unterhalb des Ellbogens ragte der Knochen aus der Haut. Er brauchte eine Ewigkeit, bis er einen Verband um seinen geschundenen, blutigen Arm gewickelt hatte. Dann knotete er aus einem langen Handtuch eine

Armschlinge und zog sie mit seinen Zähnen fest. Er blieb ruhig, denn er wusste, dass sein Leben davon abhing. Er fand eine Rolle Klebeband, die er mit seinen Zähnen abrollte und damit die Schlinge befestigte. Dann nahm er ein halbes Dutzend Schmerztabletten und schluckte sie mit ein wenig Wasser aus seiner hohlen Hand hinunter. Dank des kleinen Notfallgenerators kam noch fließendes Wasser aus dem Hahn, und im Tank war noch immer Druck.

Auf Sams Stirn bildeten sich Schweißperlen. Rose kam näher und roch seine Angst. Aber sie konnte nichts tun.

Mit seiner gesunden Hand griff Sam nach seinem Handy, nur um es gleich darauf wieder beiseitezulegen. Es war tot. Er war froh, dass er zumindest den Generator gekauft hatte. So würde er wenigstens Licht haben bis zum nächsten Morgen. Auch der kleine Ofen heizte noch und strahlte ein wenig Wärme aus. Sam konnte unmöglich Holzscheite zum Kamin schleppen. Er zitterte. Er wusste, dass er neben sich stand und wahrscheinlich einen Schock erlitten hatte und dass sich sein Zustand nur noch verschlimmern würde.

Rose hatte Sam noch nie so elend gesehen. Sie konnte seine Verletzungen riechen, den Schmerz fühlen, seine Verwirrung und Verzweiflung spüren. Sie jaulte aufgeregt und verunsichert. Schließlich lief sie in den hinteren Teil des Hauses, um nach Geräuschen von der Scheune oder der Weide zu horchen. Sie hörte nichts.

Dann legte sie sich hin und leckte ihre Wunden, ihre zerrissenen, blutverschmierten Pfoten. Bei jedem Schritt auf Schnee und Eis war ihr der Schmerz in die Beine geschossen. Sie sah auf, als Sam sich mit verzerrtem Gesicht auf dem Badezimmerboden hinkniete und nach ihr rief. Er befahl ihr stillzuhalten und stäubte dann etwas Puder auf ihre blutigen Pfoten.

Es dauerte eine Weile, bis Sam und Rose es ins Wohnzimmer in die Nähe des Ofens geschafft hatten. Sam schleppte sich langsam über den Boden, öffnete mit einer Hand die Tür des Ofens und warf ein Scheit hinein, dann schloss er das Türchen wieder, holte eine Flasche Scotch vom Regal an der Wand und nahm ein paar kräftige Schlucke. Schließlich legte er sich auf das Sofa. Den Arm in der improvisierten Schlinge hielt er eng an den Körper gepresst.

Er hatte noch immer seine durchnässten Hosen und keinen Pullover an, aber er hatte einfach keine Kraft mehr. Stattdessen zog er die Decke über sich, die auf dem Sofa lag. Beinahe augenblicklich fiel er in eine Art unruhigen Schlaf, atmete schwer, murmelte vor sich hin und schrie ab und zu auf, wenn er aus Versehen seinen Arm bewegte.

Rose tapste zu ihm hinüber und legte ihre Nase auf seinen ausgestreckten Arm, der vom Sofa hing. Er langte zu ihr hinunter und ließ sie seine Hand ablecken. »Tja, mein Mädchen«, sagte er, »ich bin ganz schön in Schwierigkeiten. Wir müssen beide raus hier. Vielleicht ... wenn es aufhört zu schneien ...«

Rose horchte. Sams Herz war stark, er atmete regelmäßig. Aber sie konnte spüren, wie sich die Schmerzen ausbreiteten und seine Traurigkeit wuchs. Sie roch das Blut, schnupperte an dem gebrochenen Arm, dem Knochen und fühlte den Schockzustand, in den Sam allmählich verfiel. Bilder jagten ihr durch den Kopf.

In ihren Gedanken hütete sie Schafe, Kühe, hielt nach Kojoten Ausschau. Aber keines dieser Bilder half ihr weiter und sagte ihr, was sie tun sollte. Hilflosigkeit war ihr fremd. Sie jaulte und schnupperte an Sams halb erfrorener Hand.

Sie beschloss, bei ihm sitzen zu bleiben, aufzupassen und abzuwarten.

Zwischendurch lief Rose zu ihrer Wasserschüssel und trank sie halb leer, dann fraß sie ein wenig von dem Trockenfutter, dass Sam ihr hingestreut hatte. Sie hinkte mit dem rechten Bein, wo sie sich eine üble Verstauchung, vielleicht einen Sehnenriss zugezogen hatte, als sie sich durch den Schnee gekämpft hatte. Ihre Pfoten taten weh, aber die Wunden hatten aufgehört zu bluten. Ihre Beine schmerzten.

Auch die Nase hatte sie sich am Eis blutig gerieben. Ab und zu schüttelte sie den Kopf, um den Schmerz abzuschütteln. An ihrem Schwanz und in ihrem Fell hingen immer noch Schnee- und Eisklumpen. Sie legte sich auf den Boden und schloss die Augen. Halb im Schlaf rief Sam nach ihr. »Rose, Mädchen … wo bist du?« Ihre Ohren schossen nach vorne, und im selben Augenblick war sie neben dem Sofa. Sie berührte seine Hand mit der Schnauze. Er hatte die Augen geschlossen, seine Brust hob und senkte sich im Rhythmus seines Atems.

Nachdem Sam wieder eingeschlafen war, setzte sich Rose vors Küchenfenster. Der Sam von früher, dessen Gewohnheiten und Befehle jeden Tag ihres Lebens bestimmt hatten, schien vom Sturm davongeweht worden zu sein, zusammen mit dem berechenbaren, klar umrissenen Leben, das sie gekannt hatte.

In den letzten paar Tagen vor seinem Unfall war er immer zum Fenster gegangen, manchmal war er hinausgelaufen, um Heu in die Raufen zu bringen, auf den Wegen Schnee zu schaufeln, den Platz vor den Türen freizuräumen, die eingefrorenen Wasserleitungen mit dem Hammer zu bearbeiten, warmes Wasser zu den Tränken zu schleppen, auch wenn die Tiere nur ein paar Schlucke abbekamen, ehe das Wasser wieder gefroren war.

Rose hatte ihn noch nie in einem solchen Zustand gesehen, so niedergeschlagen, ohne jede Kraft. Je weniger er tat, desto mehr fühlte sie sich verpflichtet, etwas zu tun. Ihre innere Blaupause hatte sich wieder verändert, vielleicht so grundlegend wie noch nie. Wohl zum allerersten Mal nahm sie sich selbst unabhängig von Sam wahr.

Mit Ausnahme der ersten Wochen ihres Lebens, als sie noch auf einer anderen Farm zusammen mit ihrer Mutter und ihren Geschwistern gelebt hatte, war Rose immer allein gewesen, abseits von anderen Tieren, nur mit ihrem einen Menschen zusammen. Und dann mit Katie, aber die war jetzt auch verschwunden.

Im Farmhaus hatte Rose ihre Ecke in der Abstellkammer, wo sie ihre Knochen, Katies Turnschuhe, Essensreste oder einen Socken von Sam versteckte, und manchmal zog sie sich dorthin zurück. Dann verkroch sie sich da mit ihren Schätzen und rollte sich zusammen. In ihren Tagträumen spielte sie, tollte mit anderen Hunden herum und kugelte in der Sonne umher.

Jetzt war es so still, dass sie ihren eigenen Herzschlag hören konnte. Sie saß am Fenster, und auf einmal kam ihr die Welt so verwirrend, kompliziert und unüberwindlich vor. Obwohl sie diese Angst und Traurigkeit nicht in Worte fassen konnte, signalisierten ihr ihre Instinkte, dass sie nur ein klitzekleiner Fleck in einem Meer aus Schnee, Eis, Wind und Kälte war. Sie hatte das Gefühl, darin unterzugehen. Sie horchte nach Geräuschen aus der Scheune, aber da war nichts. Sie konnte nur den Schneesturm hören.

Rose sah zu Sam hinüber, der wieder im Schlaf redete.

Endlich zuckte er zusammen, öffnete die Augen und setzte sich mühsam auf. Er verzog das Gesicht vor Schmerz. Dann humpelte er langsam und mühsam mit einem Besen als Krücke zu Rose hinüber und sah mit ihr aus dem Fenster. Die Kerze war heruntergebrannt, und die Nacht draußen war schwarz. Die Dunkelheit wurde nur vom schwachen Schein aus den Fenstern des Farmhauses erhellt.

Sam wusste, dass bald alle Tiere hoffnungslos eingeschlossen sein würden, wenn sie es nicht bereits waren. Und er konnte nichts dagegen tun. Der Traktor war bei diesen Wetterverhältnissen nicht zu gebrauchen, es war unmöglich, Heu zu transportieren, und selbst wenn ihm das gelingen würde, wäre es in kürzester Zeit von Eis und Schnee bedeckt.

Sowohl sein Vater als auch sein Großvater hatten Freunde bei Arbeitsunfällen verloren, und sie hatten ihm beide immer wieder eines eingebläut: Wie sehr du deine Farm auch liebst, es gibt Situationen, in denen du dir selbst der Nächste sein musst.

Er musste überleben. Schließlich würde sich sonst niemand um die Farm kümmern.

Es war kein Ehrentod, hier allein in diesem furchtbaren Sturm und der Kälte zu sterben – das würde nur das sichere Ende der Farm bedeuten, das Ende einer über 200 Jahre alten Familientradition von harter Arbeit. Das Blut seiner Vorfahren war in diesen Grund und Boden gesickert.

Die Temperatur sank weiter, und die Tiere würden immer mehr auskühlen und schwächer werden, wenn sie sich nicht bewegten. Allein die Kälte konnte sie umbringen, vor allem wenn sie keinen Zugang zu frischem Futter und Wasser hatten. Aber daran durfte er jetzt nicht denken, er musste für sich selbst sorgen und Hilfe holen. Das war nun einmal das Schicksal von Tieren auf einem Hof, sie kamen nicht an erster Stelle, das konnte gar nicht sein. Er musste weiter denken, an die Zeit nach diesem schrecklichen Sturm. Er musste sich selbst und Rose retten.

Ihm fiel ein, wie er zu Katie gesagt hatte, dass Rose für ihn inzwischen mehr war als nur irgendein Tier. Das hätte er niemals einem anderen Farmer gegenüber zugegeben.

Rose hatte in ihrem ganzen Leben noch nie eine solche Trostlosigkeit empfunden. Sie legte sich vor der Hintertür auf den Boden und schloss kurz die Augen. Eine Erinnerung wurde in ihr wach, wie sie mit ihren Geschwistern im Schnee herumtollte. Ihre Mutter saß oberhalb von ihnen auf einem Hügel und sah abwechselnd zu den Schafen hinauf und zu ihren Welpen hinunter. Einen kurzen Moment lang hielt Rose im Spiel inne und sah ihrer Mutter in die Augen. Sie folgte dem Blick ihrer Mutter – hinüber zum Farmhaus, zum Farmer, den Schafen, den Kühen und wieder zurück zu ihren Geschwistern. Roses Kopf war voller Bilder. Nie zuvor hatte sie diese Farben gesehen, diese Wirbel, die penetranten und feinen Gerüche, von denen jeder seine eigene Geschichte erzählte.

Für einen Moment schloss ihre Mutter die Augen, wie um all das in sich aufzunehmen. Rose erinnerte sich, wie sie in diesem Augenblick die Einsamkeit spürte, die in der Liebe ihrer Mutter zu all dem lag, was ihrer Wachsamkeit und Verantwortung unterlag. Dieses Gefühl hatte sich ihr tief eingeprägt. Es hatte ihre Mutter nie mehr losgelassen, und von diesem Moment an empfand Rose genauso.

Auch jetzt in diesem Sturm überfiel sie wieder dieses Gefühl, auf dieser Farm, mit ihrem Farmer, ihren Tieren. Zugleich waren Unsicherheit und Schmerzen wie fortgeblasen. Auch die Angst war fort.

Sam schlief auf einem Stuhl in der Küche ein und schlug mit der Stirn auf die Tischplatte. Rose wollte arbeiten. Sie lief durch die Hundeklappe nach draußen, um nach dem wilden Hund zu sehen. Sie hatte sich an die Schneemassen gewöhnt und bewegte sich jetzt sicherer und behänder durch die verschneite Landschaft. Sie hatte sich angepasst. Schnee wirbelte vom Dach der großen Scheune und türmte sich überall auf. Bevor Rose in die Scheune hineinlief, schaute sie sich um. Rechts erkannte sie die dunklen Schatten der Stiere und Kühe. Sie standen bei ihrem Unterstand, ihr Fell war von Schnee und Eis bedeckt. Dann sah sie den Hügel hinauf zum Offenstall. Dort drängten sich die Schafe in einer Ecke zusammen, noch immer ganz verstört vom Angriff der Kojoten.

Rose betrat die Scheune durch die Seitentür. Es war dunkel und bitterkalt. Der Wind pfiff zwischen den Holzlatten hindurch. Der Hahn und die Hühner saßen irgendwo im Dunkeln, Rose konnte sie im Schlaf leise glucken hören. Der wilde Hund war wach, er atmete mühsam vor Schmerz, Angst und Hunger. Plötzlich schoss ihr ein Bild durch den Kopf – in der Scheune gab es noch einen Sack mit Kraftfutter für die Kühe. Sie hatte Sam oft dabei zugesehen, wie er einen solchen

Sack mit einem Messer aufgeschnitten hatte und wie dann das Futter für die Rinder und Schafe herausgequollen war. Sie sah vor sich, wie sie einen dieser Säcke mit ihren Zähnen aufreißen würde. Dann sah sie den wilden Hund vor sich, der es möglicherweise nicht mehr ins Haus zur Futterschüssel schaffen konnte, wie er die Körner verschlang.

Sie trabte zu dem wilden Hund hinüber und hörte seinen schwächer werdenden Herzschlag. Schnell lief sie in die Ecke der dunklen Scheune, vorbei an den Hühnern auf ihren Hühnerstangen, vorbei an Winston, der sie aufmerksam beobachtete. Rose fand den Futtersack und fing an, daran zu reißen. Sie fühlte den Blick des wilden Hundes, als der Sack oben aufriss und dicke, süßlich riechende Pellets auf den Boden fielen. Sie verschlang ein Maulvoll nach dem anderen, bis ihr Bauch so dick war, dass es schmerzte. Dann lief sie zurück zu dem wilden Hund, der mühsam versuchte aufzustehen. Vor ihm würgte sie das Futter wieder heraus, die Pellets waren unversehrt. Der wilde Hund lehnte sich vor und leckte Roses Gesicht sauber, dann setzt er sich auf und sah ihr in die Augen. Schließlich stand er auf und fraß zwei, drei Happen. Rose war zufrieden und schob sich wieder zur Tür hinaus. Sie trat den Pfad mit ihren Pfoten breiter und sah sich in der schrecklichen, trostlosen Umgebung um. Sie konnte die Kojoten hören, die schon den ganzen Tag und die Nacht zuvor in der Nähe gewesen waren und oben auf dem Hügel geheult hatten.

Rose hatte an der Seite von Sam schon viele Dramen auf dieser Farm miterlebt. Das alles betraf sie nun genauso wie ihn.

Nachdem sie einen Weg zueinander gefunden hatten, hatte Rose immer gewusst, wann Katie mit *ihr* sprach. Sie hatte die Zuneigung in ihren Worten und ihrem Tonfall verstanden. Katie und sie hatten ein Ritual. Wenn Rose nicht mit Sam bei der Arbeit war, kam sie herein, um nach Katie zu sehen, und Katie wandte sich dann dem Hund zu und fragte: »Fertig mit der Arbeit?« Rose wedelte dann immer mit dem Schwanz, wackelte ein wenig mit dem Hinterteil und lief zu den Stiefeln, die Katie bei ihren Spaziergängen durch den Wald trug. »Ich bin mit meinen Sachen hier auch fertig«, sagte Katie üblicherweise. »Wir Mädels machen jetzt eine Pause.« Alles, was irgendwie mit Menschen zu tun hatte und Muster oder Routine beinhaltete, wurde für Rose bald zur geliebten Arbeit. Wenn ein Mensch sich für etwas begeisterte, spürte Rose das sofort und ließ sich davon mitreißen.

Nach ein paar gemeinsamen Spaziergängen kannte Rose den Anorak und die Stiefel und all die vielen anderen kleinen Hinweise, die Katie ihr unbewusst gab – die Art, wie sie aus dem Fenster sah, zur Tür blickte, nach einem Schal griff, das Thermometer überprüfte oder sich vergewisserte, dass der Ofen aus war.

Ein Blick auf Katies Füße verriet Rose, was als Nächstes anstand, denn sie war inzwischen zur Expertin für Schuhe geworden. Sie kannte die Stiefel, die Katie bei der Arbeit auf der Weide und der Farm trug, und die Wanderstiefel, die sie auf ihren Spaziergängen durch den Wald anhatte. Die glänzenden schwarzen Schuhe bedeuteten meistens, dass Rose alleine zu Hause bleiben würde und es nichts für sie zu tun gab.

Die beiden waren auf ihren Spaziergängen durch ein unsichtbares Band verbunden. Katie benutzte keine

Leine, Rose war noch nie an einer Leine gelaufen, noch nicht einmal, wenn sie zum Tierarzt musste. Es war vollkommen undenkbar, dass Rose jemals davonlaufen würde. Obwohl die Versuchung groß war, jagte sie niemals den Streifenhörnchen oder dem Wild nach, dem sie begegneten. Rose behielt Katie immer im Auge, genau wie sie es bei Sam tat, wenn sie zusammen bei der Arbeit waren. Wie sollte sie das tun, wenn sie davonlief?

Auf ihren Spaziergängen trabte Rose immer voraus, kam dann in einem Bogen zurück, lief ein Stückchen neben Katie, schnupperte und horchte auf die Geräusche des Waldes – Kojoten, wilde Truthähne, Vögel, die ihre Nester bauten, Fledermäuse, die im Schlaf fiepsten, Streifenhörnchen und Eichhörnchen, die Nüsse knackten, Wild, das Beeren und Blätter fraß. Die verschiedenen Düfte und Geräusche überbrachten ihr ihre Neuigkeiten.

Ab und zu hob Katie ein Stöckchen auf und warf es für Rose. Rose sprang in die Luft, schnappte sich den Stock und brachte ihn zu Katie zurück. Sam hatte davon keine Ahnung. Mit Sam spielte Rose nicht.

Sie wanderten immer zum selben Ort: dem Stumpf einer einstmals riesigen Eiche, die mitten auf der Wiese einer seit Langem verlassenen Farm gestanden hatte. Bei schönem Wetter setzte sich Katie manchmal darauf und packte selbst gebackenes Brot aus. Sie aß selbst ein Stück und warf auch Rose einen Brocken zu. Dann saßen sie ein paar Minuten nebeneinander und genossen die Sonne.

»Das ist wahre Ruhe, nicht wahr, Rose?«, sagte Katie einmal. Etwas an Katie wirkte auf Rose beruhigend, und obwohl sie nicht verstand, was Katie sagte, liebte sie doch jedes ihrer Worte. Katies Ton sprach für Rose eine deutlichere Sprache als jedes Wort, sie nahm die Liebe und Freude darin wahr und spürte die Beschaulichkeit auf ihren Spaziergängen. Für sie war das eine befriedigende Beschäftigung.

Wenn es Abend wurde, saß Rose im Haus oft neben Katie auf dem Sofa, und dann redete Katie mit ihr und streichelte ihr über Rücken und Nacken. Das durfte sonst niemand tun.

Katie sagte oft zu ihr: »Jetzt sind wir Mädels unter uns.« Dann legte sich Rose neben sie, während Katie an ihren Quilts arbeitete oder Schals strickte. Rose saß unter dem Computertisch, wenn Katie dort arbeitete, oder sie lag in der Küche, wenn Katie kochte. Mit der Zeit verband Rose den Begriff »Mädels« mit Arbeit, aber es war eine andere Art von Beschäftigung als die, für die sie von Natur aus gemacht war. Es war etwas Neues für sie, und es war gut so.

»Ich hätte nie gedacht, dass ich das einmal sehen würde«, murmelte Sam oft leise, wenn er die beiden zusammen antraf. Er liebte es, sich »seine beiden Frauen« zusammen anzuschauen.

Einmal im Winter hatte Rose auf der Weide gesessen und auf die Schafe aufgepasst. Eisregen fiel, und der Hund war binnen Kurzem mit Eiskristallen bedeckt. Das Eis bildete eine Kruste an Augen, der Nase und auf ihrem Fell. Da rief Katie sie herein, und sie musste sich neben den warmen Ofen legen, während Katie ihr vorsichtig das Eis aus dem Fell bürstete. Rose hatte sich selten – vielleicht noch nie – so entspannt gefühlt. Kein anderer Mensch durfte ihr Gesicht berühren. Zu Sam, dem sie treu ergeben war, hatte sie ein anderes Verhältnis.

Sam fand, dass Rose sich verändert hatte, seit Katie auf dem Hof lebte. Das gefiel ihm. »Sie nimmt doch alles zu ernst«, sagte er oft zu seiner Frau. »Sie ist arbeitssüchtig.« Katie konterte immer mit den gleichen Worten: »Sam, das bist du auch!« Und er wusste, dass sie recht hatte.

Tagsüber dachte Rose oft an Katie, auch während der Arbeit. Besonders an einen Tag. Da war sie Katie im Haus nicht von der Seite gewichen. Sie war nur zögernd zur Arbeit hinausgelaufen. Katie hatte das gleich bemerkt und Sam auch. Rose hatte gespürt, dass etwas nicht stimmte. Irgendetwas war nicht in Ordnung.

Sie konnte es riechen, beinahe sehen.

In den nächsten Monaten war Katie immer stiller und ruhiger geworden, sie hatte sich verändert und war nicht mehr so lebensfroh. Sie roch nicht mehr wie früher, redete und atmete anders. Rose verstand nicht gleich, was los war. Katie war immer noch da, aber sie war anders.

Eines Tages legte sich Katie oben im Schlafzimmer aufs Bett, wo sie und Sam immer schliefen. Von da an verließ sie dieses Zimmer nicht mehr. Es gab keine morgendlichen Spaziergänge mehr, auch nicht am Abend, keine gemeinsame Zeit auf dem Sofa. Für ein paar Tage rief Sam Rose nicht hinaus zur Arbeit, sondern ließ sie bei Katie im Schlafzimmer ausharren.

Für Rose war es, als wäre sie bei der Arbeit, sie hatte eine Aufgabe. Sie sprang aufs Bett und legte sich still neben Katie, manchmal stundenlang.

Zuerst war Rose verwirrt. Sie hatte erwartet, dass Katie wieder aufstehen würde. Aber bald hatte sie sich an die neue Routine gewöhnt und ihre Blaupause angepasst. Wenn Katie morgens aufwachte, sah sie als Erstes Rose. Dann musste sie immer lächeln, was sonst nur noch selten vorkam. Normalerweise legte sich Rose neben ihr aufs Bett, mit offenen Augen, und sah sie an. Manchmal, wenn Katie entspannt und ruhig war, fiel Rose in einen leichten Schlaf. Aber meistens sah sie Katie einfach nur an, horchte auf ihren Atem und ihren Herzschlag.

Die beiden wurden unzertrennlich. Sam bemerkte das und unterstützte es. Er ließ Rose im Haus und ging allein hinaus, um die anstehenden Aufgaben selbst zu erledigen, außer er musste Schafe oder Kühe bewegen.

Rose bemerkte seine Zustimmung. Liebe war eine Art von Aufmerksamkeit, die Rose genau spürte und auf die sie deutlich ansprach. In der Zeit vor Katie hatte der Begriff Arbeit eine bestimmte Bedeutung für sie gehabt. Jetzt war damit etwas ganz anderes gemeint.

Katie war nur noch selten danach zu reden, nicht einmal mit Sam. Es war anstrengend, weil jeder wollte, dass sie glücklich war und bald wieder gesund wurde, und sie dann alle enttäuschen musste. Rose erwartete nichts von ihr, ihr reichte es zuzuhören. Und das tat sie auch. Es wurde zu ihrer Arbeit mit Katie, genauso wichtig wie Schafe hüten. Rose, dieses lebhafte und rastlose Wesen, war eine erstaunlich begabte Zuhörerin, ausdauernd und geduldig. Sie wurde nie müde, Katie zuzuhören, konzentrierte sich mit der ihr eigenen Intensität auf sie und fühlte sich immer mehr für sie verantwortlich. Wenn jemand anderes als Sam den Raum betrat, knurrte sie mit gesträubtem Nackenfell und musste von Katie oder Sam beruhigt oder sogar hinausgebracht werden. Oft hob sie ihre Nase, um Katies Geruch wahrzunehmen und ihren Körper zu lesen. Der Geruch hatte sich verändert, und Rose wusste, was das bedeutete. Es band sie noch stärker an Katie, machte sie noch aufmerksamer. Selbst wenn sie die Schafe draußen herumlaufen hörte – sie horchte immer auf sie –, musste sie einfach bei Katie bleiben. Sie spürte, dass ihre Gegenwart Katie beruhigte, sie bemerkte Sams Gesichtsausdruck, wenn er sie neben Katie liegen sah. Bei ihr wurde sie am meisten gebraucht.

Rose veränderte sich in diesem Zimmer, sie achtete genau auf jedes Geräusch und war nicht mehr nur der eifrige Arbeitshund von früher. Sie nahm Verbindung zu der Krankheit und dem Schmerz in Katies Körper auf – und Katie war klar geworden, dass Rose es sich zu ihrer Aufgabe gemacht hatte, sie zu heilen, ihr zu helfen, sie zu beruhigen.

Rose hörte, wie Katies Herzschlag unregelmäßig wurde, erst raste und sich dann verlangsamte. Sie nahm den Geruch und die Hitze dieses wachsenden Dings und der Medikamente wahr, die Veränderung der Hautfarbe, die Angst und Ruhelosigkeit, den Geruch von Schweiß und die grundlegende Störung im ganzen Körper. Sie sah, wie Katie die Kräfte verließen. Sie hörte das Stöhnen und die Schmerzenslaute, die Unregelmäßigkeit ihres Atems. Sie wusste über alles Bescheid, was in Katies Körper vor sich ging, sie reagierte darauf, blieb still liegen, kroch näher heran, leckte Katies Hand.

Vor ihrem inneren Auge sah sie andere Menschen, andere Bilder, aus anderen Zeiten, Menschen im Bett, in Zimmern, auf Feldern, die sich an sie wandten, an ihre Vorfahren, und die ihre Aufmerksamkeit brauchten, das Gefühl ihrer Nähe, ihre Konzentration.

»Bitte bleib«, hörte sie Katie eines Morgens zu ihr sagen. Sie verstand den Befehl »bleib« und fühlte die Inständigkeit, die in dieser Bitte lag.

Als Katie sie eines Abends in den Arm nahm, schien sie Rose etwas ganz Bestimmtes sagen zu wollen. Rose beobachtete sie genau, während Katie redete, und wunderte sich über die Traurigkeit und Rührung in ihrer Stimme. Sie spitzte die Ohren, sperrte verwundert ihre blauen Augen auf und fragte sich, ob das nun ein Arbeitsauftrag gewesen war.

Sie blieb im Zimmer, verließ es nur, wenn Sam sie hinausrief, und versuchte sie zum Fressen zu bewegen. Sie fraß kaum noch etwas. Ab und zu versuchte Sam sie zu überreden, nach draußen zu laufen, aber sie folgte ihm nur noch selten.

Eines Abends sperrte Sam Rose zusammen mit den Schafen in die Scheune und befahl ihr zu schlafen. Sie bellte, erst verwirrt, dann besorgt, als sie Menschen und Maschinen hörte, Geräusche von draußen und aus dem Farmhaus. Am Morgen ließ Sam Rose endlich aus der Scheune, und sie raste sofort nach oben ins Schlafzimmer.

Katie war fort. Ihr Geruch war noch da, ihr Geist, ihre Kleidung und Schuhe, aber Katie selbst war verschwunden. Rose begann nach ihr zu suchen, stürmte durchs Haus. Sie konnte sich nicht vorstellen, wohin Katie gegangen war. Nach vergeblicher Suche schlüpfte sie zurück in Katies Schlafzimmer und kroch unter ihr Bett. Sie rührte sich nicht von der Stelle, bis Sam endlich auf den Gedanken kam, dort nach ihr zu suchen.

Und die Trauer blieb. Das Gefühl einer großen Leere hatte sie ergriffen. Jeden Morgen suchte Rose im ganzen Haus nach Katie, auf den Wegen und in den Wäldern. Jeden Abend kehrte sie ins Haus zurück und lief nach oben ins Schlafzimmer. Sie konnte Katie nicht finden, keinen frischen Geruch von ihr ausmachen.

Rose hatte ihre Aufgabe verloren.

Katie war ein Teil von ihr geworden. Aber sie war nicht auf der Farm, nicht im Haus, nicht in den Wäldern oder bei Sam. Wie so viele andere Bilder in Roses Kopf zog sich Katie langsam zurück, mit den anderen Bildern in ihrem Bewusstsein. Und Rose akzeptierte das, wie sie es schon immer getan hatte. Sie blieb Katie treu, obwohl sie irgendwann, ohne darüber nachzudenken, zur Tagesordnung überging.

Von nun an machte Rose jeden Morgen und jeden Nachmittag alleine den Spaziergang, den sie früher immer zusammen mit Katie unternommen hatte. Und jeden Tag legte sie sich neben den Baumstumpf und wartete, dass Katie ihr ein Stück Brot bringen würde. Doch Katie kam nicht.

Es spielte keine Rolle, dass sie Katie nicht finden konnte. Rose würde für den Rest ihres Lebens jeden Tag nach ihr suchen, vielleicht noch viel länger. Manchmal träumte sie von Katie, von einem Spaziergang durch den Wald oder wie sie bei ihr in der Küche saß oder unter der Nähmaschine lag.

Sam hatte nach dem ersten Besuch des Arztes gewusst, dass Katie nicht mehr lange zu leben hatte. Zuerst hatte er sich gewundert, wie sehr sich Rose um seine sterbende Frau kümmerte, aber wenn er richtig darüber nachdachte, dann ergab das durchaus einen Sinn. Auf die eine oder andere Weise schien Rose alles zu wissen, und ihre Treue war grenzenlos. Er hatte gemerkt, dass ihr Verhältnis zu Katie immer enger geworden war. Natürlich wusste Rose, was los war.

Und wie so oft ließ Sam Rose auch jetzt in Ruhe ihre Arbeit erledigen. Worte und Gefühle waren noch nie seine Stärke gewesen, und obwohl er Katie wirklich liebte, wusste er oft nicht, was er sagen sollte. Gegen besseres Wissen versuchte er immer wieder, Katie aufzumuntern und ihr Mut zu machen. Er konnte nicht anders. Doch sie ließ sich nicht täuschen. Es gab keine guten Nachrichten, und es würde auch keine mehr geben.

Deshalb war Sam Rose von Tag zu Tag dankbarer, denn ihre Anwesenheit übte auf Katie keinen Druck aus. Sie gab ihr Liebe, linderte das Leid und war einfach da, während Sam sich um die Farm kümmerte. Als Katies Zustand schlechter wurde, schien Roses Pflichtbewusstsein nur noch zu wachsen. Zum Ende hin war ihre Hingabe ergreifend.

Katie machte sich Sorgen um Rose und erzählte Sam davon. Sie mutete sich so viel zu, würde sie nicht daran zerbrechen? Würde sie das Gefühl haben, dass sie versagt hatte und alles ihre Schuld war? Würde sie wissen, dass sie ihr Bestes gegeben hatte?

Sam versuchte Katie zu beruhigen. »Sie ist ein Hund«, sagte er. »Ein wundervoller Hund, aber eben doch ein Hund. Hunde machen einfach weiter. Das tun sie immer.«

Später machte er sich Vorwürfe, dass er Rose in die Scheune gesperrt hatte, als Katie gestorben war. Er hatte sie schützen wollen, hatte sie davor bewahren wollen, ihre geliebte Katie sterben zu sehen, damit sie nicht das Gefühl hatte, versagt zu haben. Doch es war ein Fehler gewesen. Sam hatte immer darauf geachtet, dass Rose alles mitbekam, was auf der Farm geschah. Nur so konnte sie den Überblick behalten. Jetzt befürchtete er, dass Rose nie aufhören würde, nach Katie zu suchen, und immer glauben würde, dass sie doch noch irgendwann nach Hause kam. Und er sollte recht behalten.

In dieser schrecklichen Winternacht nun hielt Rose bei Sam Wache. Sie sah ihn in seinem Elend auf dem Sofa liegen, spürte, dass es ihm immer schlechter ging, dass er auf irgendeine Weise Schaden genommen und große Schmerzen hatte.

Doch es waren andere Bilder, die sie jetzt beschäftigten. Immer wieder sah sie vor sich, wie das Lamm davongeschleift worden war und wie das Mutterschaf nach Hilfe rief. Die Gefahr lauerte draußen. Und es zog ein neuer Tag herauf.

Rose hörte das Brüllen. Die Kühe. Sie hatte ihnen in der letzten Zeit wenig Beachtung geschenkt, weil sie zu sehr mit den Kojoten und Sam beschäftigt gewesen war. Rose hatte beobachtet, dass Tiere unterschiedlich auf Kälte reagieren. Schafe haben einen dicken, wolligen Pelz und drängen sich dicht zusammen, um sich zu wärmen. Kühe bieten der Kälte viel Angriffsfläche und müssen in Bewegung bleiben, um nicht zu erfrieren. Rose hatte gesehen, wie sie auch bei Unwetter und Sturm hin und her laufen und dabei immer Schutz vor dem Wind suchen.

Sie sprang zur Hintertür des Hauses hinaus und lief um die Scheune herum. Dieser Weg war windgeschützt. Sie zwängte sich durch das Tor. Brownie muhte leise. Er stand mit drei Kühen draußen im Freien. Rose sah, dass der Unterstand, wo die Kühe normalerweise bei schlechtem Wetter Schutz suchten, unter der Last der Schneemassen zusammengebrochen war.

Sie lief los, um Sam zu holen, doch dann hielt sie inne. Ein Bild schoss ihr durch den Kopf, wie er vor Schmerzen stöhnte. Sie hörte, dass einige Kühe nur noch schwach atmeten, und spürte, dass eine bereits tot war, an Ort und Stelle erfroren. Auch die anderen wurden immer schwächer. Sie mussten sich bewegen. Obwohl sie selbst erschöpft war, jagte Rose durch den Schnee und kniff eine Kuh von hinten ins Bein. Die Kuh muhte, drehte sich um und stieß dabei mit den beiden anderen Kühen zusammen. Brownie und die übrigen Rinder wichen erschrocken zurück, als die drei Kühe an den Resten des Unterstands vorbei durch den Schnee preschten und dabei eine eingefrorene Futterraufe umrannten, in der noch ein wenig Heu steckte.

Rose griff wieder an, schnappte nach einer der kleineren Kühe, sodass sie blutete. Sie konnte den Herzschlag der Rinder rasen hören, spürte, wie das Blut durch ihre Körper schoss. Brownie entdeckte das ausgeleerte Heu als Erster und trabte hinüber. Rose war zu sehr damit beschäftigt, ihn zu beobachten, um zu bemerken, wie die Kuh hinter ihr ihren schweren Vorderhuf hob und nach ihr trat. Sie traf Rose seitlich am Kopf.

Zehn

Rose war in einen schwarzen Nebel eingehüllt. Alles um sie herum drehte sich. Sie lag ausgestreckt auf einem kleinen Schneehügel. Ihre Sinnesorgane waren lebenswichtig für sie, und noch nie war sie so vollkommen von ihnen abgeschnitten gewesen. Die Schmerzen beim Atmen wurden bald unerträglich, und ihr Kopf tat ihr furchtbar weh. Sie zappelte mit den Beinen, dann fing sie reflexartig an zu bellen, immer schwächer, bis sie schließlich ganz still wurde.

Sie schloss die Augen, atmete ruhiger und versuchte zu verstehen, was gerade mit ihr passierte. Sie konnte das Meer von Schwarz, auf dem sie dahinzutreiben schien, nicht begreifen, sie war ganz benebelt von den flimmernden Bildern in ihrem Kopf und dem Klang ihres schwächer werdenden Herzschlags, von der dunklen Wolke, die sie einzuhüllen schien.

Rose teilte Zeit nur in Licht und Dunkelheit ein, in den Rhythmus ihrer Mahlzeiten und den der anderen Tiere auf der Farm, in das Vogelgezwitscher am Morgen, das Schreien der Käuzchen und das Heulen der Kojoten. Jetzt war sie vollkommen durcheinander, ihre Anhaltspunkte und ihre Sinne waren gleichermaßen nutzlos. Schnee und Eis hatten keinen Geruch, und sie war so benommen, dass sie um sich herum nichts als tiefschwarze Dunkelheit wahrnahm.

Rose verfiel nicht in Panik. Sie fühlte, wie sie immer tiefer in die Erde hineinsank, und gab resigniert jeden Widerstand auf. Der Tod war weder etwas Gutes noch etwas Schlechtes, aber er war etwas ganz Besonderes. Sie spürte, wie der Tod zu ihr kam, genau wie sie es bei Katie gespürt hatte. Sie nahm den Tod hin und träumte von der Arbeit, verfiel beinahe in eine Art Trancezustand – eine Ebene jenseits von Gefühl und Angst. Rose wusste nicht, wie lange sie so dalag. Nach einer Weile war sie zu schwach, um zu kämpfen, konnte sich nicht mehr bewegen. Sie spürte nur Hunger und Durst.

Sie schloss die Augen. Die Bilder in ihrem Kopf zogen nun langsamer vorbei – ihre Geschwister, ihre Mutter, die Schafe, die Farm, Sam. Sie fing an zu träumen. Sie sah Schafe, die grasten und umherliefen. Sie witterte Tiere in den Wäldern, Knospen an Bäumen und Blumen, den Duft von Lämmern. Sie träumte davon, wie sie streitlustige Widder zur Vernunft brachte, wie sie mit dem Farmer einen Spaziergang über die Felder machte. Sie träumte von dem süßen Gefühl, wenn sie abends die Schafe zurück in den Stall oder auf die Weide trieb, wenn die Sonne unterging und der Farmer das Tor schloss und wie zu sich selbst »Gute Arbeit, Mädchen« sagte. Wie warm und gut das klang und wie erleichtert sie war, wenn sie die Schafe sicher zurückgebracht hatte und sich jetzt bei Sam im Farmhaus hinlegen und ausruhen konnte. Sie hörte, wie Sam nach ihr rief, wie Katie mit ihr redete, sah ihre eigene Mutter vor sich, wie sie ihr das Fell leckte.

Sie träumte davon, ein Welpe zu sein, träumte von fiependen Fledermäusen, von Bienen in ihren Bienenstöcken, von Würmern im Boden, und dann hatte sie einen seltsamen Traum von dem wilden Hund, einem jungen Hund, der Kühe aus dem Stall trieb, zwischen ihnen herumlief, gelegentlich nach ihnen schnappte und sie umrundete. Er war ein starker Hund, selbstbewusst, und er hatte so viel Kraft. Dann sah sie sich selbst, weit weg. Die Schafe hielten ihre Köpfe gesenkt und grasten auf der Weide. Rose blickte auf und sah, wie die Sonne allmählich hinter dem Hügel unterging. Sie machte kehrt und umrundete die Herde in einem weiten, ausholenden Bogen, den Schwanz erhoben, der Wind streifte durch ihr Fell. Die Geräusche und Gerüche der Wiese strömten auf sie ein. Dann kehrte sie wieder zu den Schafen zurück. Sie sahen auf, drehten um und zogen langsam über die Weide. Rose war dicht hinter ihnen, lief immer wieder vor und zurück, mit Staub, Gras und Schlamm im Gesicht. Reine Freude erfüllte sie.

Nachdem sie lange gerannt war und auch das letzte Schaf und den letzten Nachzügler durch das Tor getrieben hatte, setzte sie sich mit hängender Zunge hin. Wenn es heiß war und gerade ein großer Wasserzuber herumstand, sprang sie zur Abkühlung hinein. Danach wartete sie wie üblich am Tor, bis Sam kam, um es zu schließen. Das bedeutete, dass ihre Arbeit getan war. Es war das beste Gefühl, das sie kannte, und jetzt klammerte sie sich daran fest.

Langsam empfand sie etwas wie Erleichterung. Sie konnte die Arbeit, das Leben, die Verantwortung und Sorgen, ja, sogar die Liebe loslassen. Sie war auf der Schwelle zu einem anderen Ort, wo es keine Zeit gab, keine Grenzen, nichts als Ruhe.

Rose betrat einen Ort, an dem es so ruhig war, wie sie es noch nie erlebt hatte. Sie befand sich an einem Sandstrand im Schatten von Bäumen. Es war kühl. Sie stand am Ufer eines riesigen, klaren Sees. Seine Oberfläche lag vollkommen ruhig da. Nicht die kleinste Welle war zu sehen. Es musste früh am Morgen sein, kurz vor Sonnenaufgang.

Auf der anderen Seite des Sees leuchteten blaue Lichter, so weit das Auge reichte, unzählige Lichter. Sie schwamm darauf zu, ohne jede Anstrengung, so als ob das Wasser keinen Widerstand bieten würde. Sie glitt hinüber, und dort nahmen die blauen Lichter sie auf.

Als sie näher kam, erkannte sie, dass es sich bei den blauen Lichtern um die Seelen anderer Hunde handelte. Einige saßen, andere schienen zu warten, einige überquerten den See in die andere Richtung, zurück. Die Lichter waren fließend, durchlässig, körperlos, nahmen die Form von Hunden an, dann waren es wieder Lichter, dann Hunde.

Am anderen Ufer lagen weite Wälder und Wiesen, Rose hörte Hundegebell und Vogelgesang. Eine Hündin und ein paar Welpen warteten auf sie, und erst als Rose ans Ufer glitt, erkannte sie sie. Es waren ihre Brüder und Schwestern, zusammen mit ihrer Mutter. Sie war ein schöner Hund, größer als Rose, mit leuchtenden braunen Augen, schwarzem Fell und einer weißen Blesse auf der Stirn, ein reinrassiger Bordercollie. Sie war ganz ruhig, freundlich, beim Anblick von Rose wedelte sie leicht mit dem Schwanz. Ihre ganze Haltung war zurückhaltend, sie wirkte sanft, liebevoll, herzlich, erfreut, ihre Tochter zu sehen.

Sie berührten sich mit der Schnauze, schnupperten aneinander. Rose leckte ihrer Mutter schnell ein paarmal übers Gesicht. Ihre Geschwister waren noch immer Welpen, und sie erkannten sie, waren ganz aufgeregt, tobten und fiepten herum und schleckten sie ab. Sie waren genau so, wie Rose sie zuletzt gesehen hatte. Und vielleicht war sie selbst auch ein Welpe. Sie wusste es nicht.

Zum ersten Mal in ihrem Leben fühlte Rose ein gewisses Maß an wirklicher Ruhe und Gelassenheit. Sie hatte immer nur an Arbeit und Verantwortung gedacht, Entspannung oder Ruhe waren ihr nie in den Sinn gekommen.

Um sie herum sprangen Hunde ins Wasser und schwammen über den See hin und zurück, in Tierform auf der einen Seite, als funkelnde Lichter und Bilder auf der anderen. Manche ruhten sich aus, andere warteten darauf, dass sie an der Reihe waren hinüberzuschwimmen. Sie bewegten sich in einem zeitlosen Rhythmus über den See. Rose empfand das alles beinahe als schmerzlich schön und beruhigend. Es war intensiver als alles, was sie auf der Farm oder in den Wäldern erlebt hatte, sosehr sie es auch geliebt hatte, dort herumzustreunen.

Nach ein paar Minuten verscheuchte ihre Mutter die anderen Welpen und setzte sich zu Rose. Sie legten sich nebeneinander auf den Boden und ruhten sich aus. Ihre Mutter ließ sie an ihren Bildern, Gefühlen und Erfahrungen teilhaben. Rose zeigte ihrer Mutter den grausamen Sturm, Sam, Katie, die Angst, die Kojoten, den Tod und die Gefahr, in der die Farm schwebte, mitten im Schneesturm. Sie vermittelte ihr das Gefühl der Hilflosigkeit und Ohnmacht, das sie empfunden hatte, und die ständige Belastung, die richtige Entscheidung treffen zu müssen. Und jetzt dieser schwarze, eisige Nebel, der alles erstickte.

Rose spürte, dass ihre Mutter all ihre inneren Bilder

sehen konnte, auch wenn sie ihr keinen Trost spendete. Rose erwartete das auch nicht, ein solcher Gedanke kam ihr gar nicht in den Sinn. Ein Hund sollte arbeitswillig sein, lernen und geben, was er hatte. Er war nicht zum Trösten da oder für gute Ratschläge. Ihre Seelen waren unabhängig voneinander, beide hatten ein eigenes Leben und Schicksal.

Dies hier war ein Ort des Wartens, vermittelte ihr ihre Mutter, wo die Seelen der Hunde verweilten, bis sie zurückgerufen wurden. Sie selbst war schon viele Male hin und zurück gegangen, und auch Rose würde das tun. Sie würden sich immer wieder hier treffen, denn das taten alle Hunde, die einander verbunden waren. Ihre Mutter machte ihr klar, dass es nun für Rose an der Zeit war zurückzukehren. Das war das Schicksal eines Arbeitshundes – jedes Hundes –, er wurde zur Arbeit gerufen, wieder und wieder. Dieser Zustand der Ruhe war nicht von Dauer. Dies war ein Ort der Heilung, ein Ort, um Geist und Willen wieder aufzurichten, Kraft und Durchhaltevermögen für das harte Leben auf der anderen Seite zu geben. Ein Ort der Erneuerung.

Rose spürte, wie ihr Geist aufklarte, ihr Wille und ihr Pflichtbewusstsein kamen zurück, ihre Instinkte waren geschärft und gestärkt. Nach einer Weile stand ihre Mutter auf, berührte Rose mit ihrer Schnauze an der Nase und verschwand im blau schimmernden See. Irrlichter glitzerten um sie herum. Die Welpen waren mit ihr verschwunden. Es gab kein Abschiednehmen.

Rose schaute zurück und sah sich an diesem schönen Ort voller Gerüche, Lichter, Geräusche und Farben um – alle ihre Sinne waren hellwach und doch ganz ruhig. Dann tauchte sie wieder in den See und glitt mühelos hinüber ans andere Ufer zurück. Rose spürte, wie ganz in der Nähe die Farm und der wütende Schneesturm auf sie warteten.

Sie versuchte die Augen zu öffnen. Sie war sich nicht sicher, wo sie gewesen war oder ob sie überhaupt fort gewesen war. Sie versuchte sich zu bewegen, zu atmen, verfiel aber bald erneut in diesen seltsamen Zustand der Resignation und Widerstandslosigkeit. Sie schloss die Augen, und wieder wurde alles schwarz. Dann zuckte sie zusammen. Plötzlich spürte Rose eine Bewegung über sich, einen Druck, hörte einen Eselsschrei und fühlte ein weiches Maul an ihrer Nase. Der Boden schien zu beben, und sie wurde unsanft umgestoßen. Rose war schwindlig. Ihr Kopf dröhnte noch immer von dem Tritt der Kuh. Ihre Rippen schmerzten nach der harten Landung im Schnee, und sie keuchte. Noch dazu war sie völlig durchnässt, jeder Atemzug war ein Kampf. Sie schüttelte den Kopf, und ihr kam es vor, als würde sie sich langsam aus einem tiefen Loch hocharbeiten.

Wieder spürte sie das weiche Maul und hörte einen Esel schreien. Jemand stieß sie an und wollte sie dazu bringen aufzustehen. Sie öffnete die Augen und sah in das Gesicht von Carol, dem Esel.

Carol und sie hatten nie viel miteinander zu tun gehabt. Rose mochte Esel und Pferde nicht, sie waren zu unabhängig und flatterhaft, und sie mochten Rose auch nicht. Carol hatte sogar einmal nach ihr getreten, genau wie diese Kuh – und sie hatte es mehrmals versucht.

Doch jetzt war Carol sanft und ermutigte Rose, genau wie Rose selbst es tat, wenn Sam gestürzt war. Die

Botschaft des Esels war klar: Steh auf! Sie hatte ihr warmes Maul und ihre Hufe dazu benutzt, um Rose in Bewegung zu bringen.

Rose kam nach und nach zu sich. Langsam stand sie auf und sah zu den Kühen hinüber. Als sie wieder voll bei Bewusstsein war, fand sie sich plötzlich mitten im Schneesturm wieder, auf dem Schneehügel, den die Dachlawine vom Scheunendach hinterlassen hatte. Sie versuchte sich zu orientieren. Aber es gelang ihr nicht ganz. Bilder gingen ihr durch den Kopf – Sam, der wilde Hund, die Schafe, der Sturm, das Eis, die Kühe und Stiere, die Ziegen, Winston. Dann wurde das Bild von den Kühen deutlicher. Sie sah sich nach ihnen um und hörte ihren Herzschlag, sah den Dampf aus ihren Nüstern aufsteigen. Es ging ihnen gut.

Der wilde Hund kam aus der Scheune und setzte sich hinter sie. Er kletterte über den Schnee, als wollte er sie in eine Richtung führen, und sie folgte ihm mühsam. Er hielt inne, drehte sich um und leckte ihre blutigen Pfoten, schnupperte an ihr und schob sie sanft vorwärts. Sie ließ es zu. Er brachte sie zur Scheune und durch die Tür. Sie folgte ihm hinein, wo sie vor dem ärgsten Wind und Schnee geschützt waren, und schlief auf einem Heuballen ein.

Rose überlegte nicht, warum Carol durch den Schnee gelaufen war und sie geweckt hatte. Es spielte keine Rolle.

Als Rose später wieder erwachte, war sie ganz aufgewühlt und völlig erschöpft. Sie erschrak über das, was sie sah. Es war inzwischen heller Tag, und sie befand sich in der großen Scheune. Aber sie hatte keine Ahnung, wie lange sie aus dem Haus fort gewesen war, draußen im Schnee, und wie lange sie geschlafen hatte.

Alles tat ihr weh, vor allem die Rippen. Sie schmerzten bei jedem Atemzug.

Es schneite noch immer, aber nicht mehr so stark. Der Wind war schwächer. Rose spürte, dass der Sturm für den Moment an Gewalt verlor, doch sie wusste, dass er noch nicht vorbei war. Sie spürte auch, dass das Leben noch für eine lange Zeit nicht wieder normal sein würde, weder für sie noch für die anderen Tiere auf der Farm und in den Wäldern. Durch die Seitenwände der Scheune war Schnee eingedrungen. Zwei Drittel des Daches waren eingestürzt, die Trümmer lagen auf dem Boden verstreut. Es war still, ein schwarzes Durcheinander von Maschinen, Futtersäcken, nassem Heu, Mist, sogar verrotteten Eiern. Die Kälte schwächte den Gestank ein wenig ab. Aber auch wenn es in der Scheune kaum warm war, bot sie doch Schutz vor dem ärgsten Sturm, Schnee und Eis draußen.

Für den Moment war die Scheune für Rose eine Zufluchtsstätte, wo sie wieder Kräfte sammeln und sich auf das vorbereiten konnte, was noch kommen würde. Sie fühlte beinahe so etwas wie Dankbarkeit und Anerkennung für den Esel, der sie aufgeweckt hatte. Die schwarze Dunkelheit war über sie hereingebrochen, und dann war es ganz plötzlich wieder hell geworden.

Jetzt hörte sie es in den Scheunenwänden krachen – die beheizten Wasserleitungen, die im Winter das Wasser durchschleusen sollten, waren geplatzt. Doch es tropfte nur wenig Wasser aus der Wand, und die Tiere beruhigten sich bald wieder. Im Vergleich zu der Kälte und dem heulenden Wind draußen war dieses Geräusch nicht weiter beunruhigend.

Die Situation in der Scheune hatte sich verändert. Rose merkte, dass sich die Tiere nicht bewegten oder nach Futter suchten. Alles war still. Normalerweise nahmen sich die Farmtiere, vor allem die Schafe, vor Rose in Acht, doch heute hatte keines Angst. Die Tiere – Hühner, Katzen und eine Kuh, die sich durch die offene Tür hereingezwängt hatte – sahen sie an. Das war ungewöhnlich. Roses Blaupause formatierte sich neu.

Entweder hatte sie sich verändert, oder alle anderen Tiere reagierten nun anders auf sie. Rose hatte eigentlich keine besondere Beziehung zu diesen Tieren – Katzen, Hühnern und Kühen. Im Gegensatz zu den Schafen waren sie unabhängig, und man musste selten auf sie aufpassen. Normalerweise konnten sie mit ihr genauso wenig anfangen wie sie mit ihnen. Doch jetzt war alles anders, hier in dieser Scheune mitten in einem wütenden Schneesturm zusammen mit einer bunten Mischung von Tieren, die sich unter normalen Umständen niemals so eng zusammengefunden hätten.

Es war eine merkwürdige Versammlung, vielleicht in dieser Form noch nie dagewesen. Wie seltsam Sam diesen Anblick empfunden hätte, wenn er das hätte sehen können. Die verschiedenen Tierarten auf der Farm lebten zwar zusammen, doch sie hielten sich immer in ihrer eigenen, gewohnten Umgebung auf, blieben stets unter ihresgleichen. Ihre Art der Selbstwahrnehmung überstieg das Vorstellungsvermögen von Sam und den meisten anderen Menschen.

Sam hätte sich über einiges gewundert. Er hätte gesehen, wie Rose neben dem wilden Hund lag, wie sie sich gegenseitig ihre Wunden leckten, das Fell säuberten und einander verbunden waren, wie nur sie beide es hier sein konnten. Hinten in der Scheune steckte Brownie, der Stier, seinen Kopf durch eines der Fenster herein, das der Sturm aufgedrückt hatte. Er versuchte Heu von einem schütteren Ballen zu zupfen. Die anderen Heuballen lagen außerhalb seiner Reichweite. Genau wie die Schafe hatten auch die Kühe und Stiere kein Futter mehr, denn alle Futterraufen waren inzwischen in Schnee und Eis versunken.

Sam hätte sehen können, wie eine der Katzen, Eve, leise schnurrend nahe bei Winston lag, während der aufgeblasene Hahn unter den Hühnerstangen herumstolzierte. Hier in der Scheune gab es für die Hühner immer noch Futter, doch allmählich ging auch das zur Neige. Und die Hühner hätten sich niemals bei einem solchen Sturm hinausgewagt. Die Wassereimer waren alle gefroren. Der Wind blies Schnee zu den Fenstern herein. In der großen Scheune war es nach dem Stromausfall dunkel, nur der weiße Schnee auf dem Boden reflektierte ein wenig Licht.

Ab und zu sah Rose auf, wenn eine mutige Maus über einen Heuballen huschte.

Rose spürte, dass der wilde Hund ihre Aufmerksamkeit und Zuwendung am dringendsten brauchte. Er wurde immer schwächer und ließ den Kopf hängen. Es war nass und kalt, Rose durchfuhr ein Schauer, und sie zitterte. Sie waren einander in diesem Moment auf ganz eigene Weise verbunden, wie es nur zwischen Hunden möglich ist. Sie verständigten sich in einer Sprache, die dem Menschen verschlossen bleiben musste. Der Wind heulte noch immer, und sie nahmen die Gerüche in der Scheune genau wahr und hörten, wie Mäuse und Ratten in den Ecken herumhuschten.

Den wilden Hund umgaben eine tiefe Traurigkeit und ein großer Ernst. Trotz seines zottigen Fells und der vielen Narben und Wunden war er ein hübscher, stolzer Hund, der sein einsames Leben ohne Arbeit und Sinn leid war. Diese Farm war jetzt auch sein Revier. Solange er konnte, war er dankbar, wenn er wieder eine Aufgabe hatte. Er empfand tiefen Respekt vor diesem kleinen, starken Hund, und er mochte ihn sehr. Rose war pflichtbewusst, ernst und klug, genau wie er es einmal gewesen war – und es für den Rest seines Lebens bleiben würde.

Rose war jünger als er, sie hatte nicht die gleichen Dinge durchgemacht. Trotzdem waren sie einander ebenbürtig. Sie waren auf sich selbst gestellt, mussten sich auf ihre Instinkte verlassen, ohne menschliche Anleitung, und es gab noch so viel zu tun.

Rose zitterte noch immer. Sie kämpfte sich durch Schnee und Eis zum Haus hinüber, um nach Sam zu sehen. Sie fand ihn auf dem Sofa, wie er seinen Arm wiegte. Er nahm noch mehr Tabletten aus einem Fläschchen und fiel gleich darauf wieder in einen unruhigen Schlaf.

Als Rose zur Scheune zurückkehrte, war es dort still. Die Hühner gluckten leise im Schlaf, der große Stier kaute auf dem Heu herum, und der Tag zog sich in die Länge, obwohl in diesem furchtbaren Schneesturm der Unterschied zwischen Tag und Nacht eigentlich keine Rolle mehr spielte. Rose konnte spüren, dass der Sturm noch lange nicht vorbei war, sondern bald mit neuer Gewalt über sie hereinbrechen würde. Die Schafe blökten aus dem Offenstall herunter, sie waren unruhig und hungrig. Das Mutterschaf schrie noch immer nach ihrem verlorenen Baby. Die Kojoten würden sicher zurückkehren, noch hungriger, besser vorbereitet, stark und zahlreich. Auch die Füchse würden Hunger bekommen.

Wenn es Abend wurde, würden die Tiere verzweifelt nach Futter und Wasser suchen und nichts finden. Die Schafe würden nach Roses Beistand verlangen, damit sie sie beruhigte und vielleicht die Kojoten vertrieb. Und sie würden von ihr erwarten, dass sie sie zu einer Futterquelle führte, so wie sie es ihr ganzes Leben lang erlebt hatten.

Die Scheune wirkte in warmes Licht getaucht, und diese Wärme schien sich direkt aus dem Blut der Tiere zu nähren. Das Scheunendach, die Balken und Wasserleitungen ächzten, knackten und zischten in einer seltsamen Sinfonie. Die Tiere schauten alle auf Rose, denn sie fühlten, dass sie ihre Anführerin war.

Brownie hörte auf zu kauen, die Ziegen hörten auf zu meckern, die Hühner auf ihren Stangen öffneten die Augen und legten den Kopf schief. Alle sahen Rose an, als würden sie irgendwelche Anweisungen von ihr erwarten. Der wilde Hund stieß einen Seufzer aus und hob den Kopf. Eve, die Katze, legte sich vor ihr auf den Boden. Selbst das gierige Heulen der Kojoten oben auf dem Hügel schien leiser zu werden.

Rose war verunsichert. Ihr gefiel diese Aufmerksamkeit nicht. Sie wusste nicht, was von ihr erwartet wurde. Die Bilder in ihrem Kopf wurden langsamer, anders, sanfter. Einen Augenblick lang spürte sie die überwältigende Gegenwart des Sturmes, und er war beinahe schön, zeitlos.

Rose und die anderen Tiere verharrten lange so.

Doch dieser Moment der Ruhe verging. Die Stimmung schlug um, der Augenblick des gemeinsamen Innehaltens war vorüber. Kälte, Hunger und Angst schlichen sich wieder in Roses Bewusstsein. Wie die anderen Tiere hatte auch Rose einen starken Selbsterhaltungstrieb. Was auch immer gerade in der Scheune zwischen den Tieren geschehen war, jetzt waren all ihre Instinkte wieder einzig und allein auf ein Ziel gerichtet: Überleben.

Im Verlauf des Vormittags fiel der Schnee dichter, der Wind heulte, und die Kälte sickerte durch jede Spalte in der Scheunenwand. Die Mäuse raschelten in den Ecken, und die Tiere fanden wieder zu ihrem normalen Verhalten zurück. Eve verschwand auf die Balken, Brownie suchte hungrig weiter nach Heu, und Winston ließ noch einmal sein ohrenbetäubendes Krähen hören.

Gegen Mittag hörte Rose einen Knall, dann ein Zischen. Sie trabte nach draußen und sah, wie ein leuchtend blauer Ball vom Farmhaus aus hoch in den Himmel schoss. Er brannte heller als Mond, Sonne und Sterne zusammen. Sie begriff nicht, was das sein sollte, und starrte es an, als es immer höher stieg und immer heller leuchtete, selbst durch Wolken und Schnee hindurch.

Die Schafe blökten, und Rose hörte noch, wie das seltsame Ding irgendwo in den Wäldern zischend zu Boden ging. In Roses Kopf überschlugen sich die Gedanken, ein Durcheinander von Bildern zog an ihrem inneren Auge vorbei, doch keines wollte so recht passen. Es gab keine Weiden mehr, kein Heu in den Futterraufen, kein Wasser in den Tränken. Keinen Sam, der mit seinen Maschinen hantierte und alles bereitstellte.

Rose brauchte Sam. Von ihm bekam sie ihre Anweisungen, er stand am Anfang jeder Arbeit. Sie senkte den Kopf und machte sich auf den langen, beschwerlichen Weg über die Schneeverwehungen zurück zum

Haus. Jeder Schritt war mühevoll, ihr Fell war mit Schnee bedeckt, ihre Augen verkrustet, das Atmen tat ihr immer noch weh, und der Wind blies ihr genau ins Gesicht, während sie sich zum Haus vorarbeitete. Sie stand gerade vor dem Tor, als sie weit hinter sich den wilden Hund böse knurren hörte. Sie sah auf und fand sich zu ihrer Überraschung Auge in Auge mit drei Kojoten wieder, die sie umzingelten. Der Kojote, den sie kannte, war nicht dabei, und als sie in die Augen dieser Tiere sah, war ihr sofort klar, dass sie nicht wegen der Schafe oder Hühner gekommen waren. Sie waren ihretwegen gekommen. Sie hatten Hunger, waren wild entschlossen und bildeten zusammen ein tödliches Kommando. Sie fingen an, zu heulen und zu bellen, verständigten sich darüber, dass sie ein Opfer gefunden hatten. Jetzt riefen sie nach Verstärkung.

Rose rechnete sich ihre Chancen aus. Ihr blieb nur Flucht oder Kampf – aber sie war noch nie davongelaufen, nicht vor einem Schaf und auch nicht vor einem Widder oder einer Kuh. Sie hielt einfach nur die Stellung, legte die Ohren an und fletschte die Zähne, als einer der Kojoten ihr genau in die Augen starrte.

Sie wusste, dass der Angriff von den anderen beiden ausgehen würde, dass dieser eine Kojote nur die Aufgabe hatte, sie abzulenken. Sie bereitete sich auf einen Kampf vor und war genauso erschrocken wie die Kojoten, als plötzlich ein lauter Knall ertönte und ein blauer Blitz aus einem der Fenster des Farmhauses schoss. Noch ehe sie sich bewegen konnte, waren die Kojoten schon auf der Flucht den Hügel hinauf und in die Wälder.

Sam schrie etwas vom Fenster aus, und Rose drehte sich um und versuchte zu verstehen, was geschehen war. Dann sprang sie zur Hintertür und in die Küche hinein. Dort an der Tür stand Sam, in Verbandszeug gewickelt, hinkend und mit schmerzverzerrtem Gesicht, sein Gewehr in der Hand.

Sams Puls raste, das Adrenalin in seinem Blut betäubte die Schmerzen in seinem Arm. Er war nach draußen gegangen, um den Horizont nach der Rettung abzusuchen, auf die er hoffte. Da hatte er Rose Auge in Auge mit drei Kojoten gesehen. Jetzt, wo sie im Haus war, befahl er ihr zu bleiben. Sie legte sich auf den Boden und schloss die Augen, um sich auszuruhen. Als Sam aufstand und zur Tür humpelte, wachte sie auf.

»Rose«, sagte er, »ich muss raus. Ich habe einen Hilferuf abgesetzt, das bedeutet, dass ich für ein paar Tage fort sein werde. Ich muss den Tieren Heu geben. Sie werden verhungern, wenn ich ihnen kein Futter beschaffe.«

Sie sah zu, wie er sich unter Stöhnen den Parka über die Schultern warf, folgte ihm zur Hintertür und stellte sich in den Türrahmen.

»Rose, geh aus dem Weg. Ich muss da raus«, sagte er. »Ich kann ja kriechen, wenn es sein muss –«

Sam sah sich und Rose inzwischen als Einheit. Er musste ihr nur selten überhaupt eine Anweisung geben – sie kam ihm oft zuvor. Doch wenn er ihr einen Befehl gab, gehorchte sie sofort. Er liebte sie dafür.

Was er jetzt sah, versetzte ihm einen Schock. Rose stand mit gesenktem Kopf da, beinahe in Lauerstellung. Sie stieß ein leises Knurren aus und zeigte ihm die Zähne. Sie bewegte sich keinen Millimeter.

Zuerst dachte er, sie würde auf etwas hinter ihm reagieren oder auf etwas, was sie draußen gesehen oder gehört hatte. Doch als er genauer hinsah, merkte er, dass sie ihm genau in die Augen starrte. Sie knurrte ihn an.

»Rose!«, konnte er schließlich hervorstoßen. »Was machst du da? Böser Hund! Geh mir aus dem Weg! Was ist denn mit dir los?« Er wollte nach der Türklinke greifen und stieß einen überraschten Schrei aus. Rose hatte sich nach vorne geworfen und nach seiner linken Hand geschnappt. Er taumelte zurück, und die Tür fiel ins Schloss. Als er wieder nach der Türklinke greifen wollte, schnappte Rose wieder nach seiner Hand. Sam schrie auf und wich wieder zurück.

»Rose! Lass mich raus! Was ist denn mit dir los? Hat dich ein tollwütiges Tier gebissen?« Aber bei jedem Versuch, die Tür zu öffnen, sprang sie ihn knurrend an und versuchte nach ihm zu schnappen. Endlich gelang es ihm, die Tür einen Spaltbreit zu öffnen. Er sah Rose lange an. War sie verrückt geworden? Sie hielt seinem Blick stand. Die beiden starrten sich einen langen Augenblick an. Sam musterte diese übel zugerichtete Kreatur mit dem verfilzten Fell. Sie senkte den Kopf, ließ ihn aber dabei nicht aus den Augen. Sie war nicht verrückt. Sie war mit ihm den ganzen Weg bis hierher gegangen, hatte jede Minute dieses Sturms mit ihm durchgemacht. Sie hatte die Ziegen und Kühe zusammengetrieben, als sie ausgebrochen waren, sie hatte die Schafe beruhigt. Überrascht sah er die Schwellung an der rechten Seite ihres Kopfes. Die Beule war so groß wie eine Birne. Irgendetwas hatte sie getreten oder war ihr auf den Kopf gefallen.

Und sie hatte ihn aus dem Schnee ausgegraben. Ohne sie wäre er jetzt tot, im Schnee erfroren. Er erinnerte sich, wie er nach ihr gerufen hatte, und irgendwie hatte sie ihn tatsächlich gehört. Jetzt versuchte sie ihm etwas zu sagen. Er war es ihr schuldig zuzuhören.

Sam erinnerte sich an Roses Treue und Liebe zu Katie während ihrer Krankheit. Rose war nicht nur irgendein Tier, das er bei seiner Arbeit auf der Farm unbedingt brauchte. Sie war alles, was er noch hatte.

Er sah ihr in die Augen, die von Schnee und eisigem Wind ganz wässrig waren. Ihm wurde klar, dass sie niemals nachgeben oder ausweichen würde. Er hätte es niemals fertiggebracht, sie zu schlagen. Und er konnte sehen, dass die Strapazen des Sturms sie arg mitgenommen hatten. Bisher war er zu sehr mit seinen eigenen Problemen beschäftigt gewesen, um das zu bemerken.

Bald würden sie beide die Farm im Stich lassen müssen. Er musste sich damit abfinden. Er konnte Rose unmöglich in diesem Wahnsinn alleine zurücklassen.

Rose gab nicht nach. Solange er stillhielt, war auch sie ruhig, aber sobald er sich auch nur einen Zentimeter nach vorne bewegte, kam ein Knurren aus ihrer Kehle. Sie lässt mich nicht hinaus, dachte er. Er sah auf das Blut an seinen Händen und auf der Armschlinge. Sein Arm und das Bein schmerzten. Er erinnerte sich daran, was sein Großvater gesagt hatte: Du musst die Farm lieben, aber du musst auch dich selbst lieben.

Er schloss die Tür, humpelte zurück ins Haus und legte sich auf das Sofa. »Okay«, murmelte er, »lass uns auf Hilfe warten.«

Rose verstand seine Worte nicht, erkannte aber die Resignation in seiner Stimme, die Bereitschaft, sich unterzuordnen. Sie wartete, bis er sich auf das Sofa gelegt hatte, dann machte sie sich selbst wieder auf den Weg auf den Hof hinaus.

Elf

Am späten Nachmittag dieses Tages setzte der heftige Schneefall aus – dafür wurde die beißende Kälte noch schlimmer. Rose spitzte die Ohren, als sie das Geräusch eines starken Motors hörte. Das Geräusch kam von oben und war noch sehr weit entfernt. Sie verband es intuitiv sofort mit Sam. Sie lief aus der Scheune und begann über die Schneeverwehungen zu klettern. Mühsam bahnte sie sich ihren Weg zurück zum Haus.

Ihre Pfoten taten weh. Ihr Kopf schmerzte noch mehr. Viele verschiedene Bilder rasten ihr durch den Kopf. Die Kühe und Stiere waren immer noch in Gefahr, an Ort und Stelle zu erfrieren, wenn sie sich nicht bewegten und etwas fraßen. In der letzten Nacht war es schon beinahe zum Äußersten gekommen. Doch das Bild wurde von dem Geräusch eines Hubschraubers verscheucht. Er näherte sich, kam durch Nebel und Schnee durch das Tal geflogen. Er flog genau auf die Farm zu, und Rose ließ ihn nicht aus den Augen.

Seit Sam die Leuchtrakete abgeschossen hatte, musste er immerzu daran denken. Er fragte sich, ob jemand sie gesehen hatte. Er vermutete, dass sich sein Arm inzwischen entzündet hatte, und hoffte, dass er nicht amputiert werden musste. Sein ganzer Körper wurde von krampfartigen Schmerzen und Fieber geschüttelt.

Einige Stunden zuvor hatte er sich mit seiner Leuchtkanone in den Hof vor dem Haus geschleppt und rechtzeitig zum festgelegten Zeitpunkt die kleine Leuchtrakete abgeschossen. Zufällig hatte der Schneesturm genau in diesem Moment innegehalten. Die Rakete hatte eine Rauchsäule hinterlassen. Er wusste, dass die anderen Farmer nach Leuchtraketen Ausschau hielten. Vielleicht waren Hubschrauber unterwegs, die über die eingeschlossenen, isolierten Farmen flogen, um auf Leuchtsignale zu achten. Wenn es nicht funktioniert hatte, würde er in ein paar Stunden noch einmal eine Rakete abfeuern.

Sam hatte versucht, eine Tasche mit den nötigsten Dingen zu packen. Er versuchte, trotz seiner Müdigkeit und des Schüttelfrosts wach zu bleiben, und rief immer wieder nach Rose, damit sie hereinkam. Er durfte sie auf keinen Fall alleine auf der Farm lassen, sie musste mit ihm kommen. Doch falls irgendetwas schiefgehen sollte, wollte er sicherstellen, dass sie genug Futter hatte. Also zog er mit seinem gesunden Arm eine große Tüte Trockenfutter aus dem Regal und leerte den Inhalt an der Hintertür auf den Boden. In der Hintertür befand sich auch die Hundeklappe, sodass Rose zumindest Futter haben würde, wenn sie aus irgendeinem Grund getrennt würden. Die Anstrengung war übermenschlich und kostete viel Zeit. Doch er tat all das nur zu seiner eigenen Beruhigung. Er war fest entschlossen, Rose dazu zu bringen mitzukommen. Sie würde auf ihn hören. Das hatte sie immer getan. Bis auf dieses eine Mal am Morgen.

Die Tiere hörten den Helikopter lange vor Sam. Als er näher kam, schoss er Leuchtraketen ab, um Sam auf seine Ankunft aufmerksam zu machen. Der Motorenlärm ließ die Tiere unruhig werden, das Dröhnen jagte ihnen Angst ein. Auch Rose sprang erschrocken zur Seite, als sie das Knattern hörte.

Sie lief ängstlich zur Hintertür. Sie konnte sich auf diese Ereignisse keinen Reim machen. Sie kroch durch den Windschutz, schlüpfte durch die Hundeklappe und erschrak beim Anblick des Hundefutterhaufens auf dem Boden und der vielen Wasserschüsseln. Auf einer hatte sich bereits eine dünne Eisschicht gebildet.

Leise knurrend und mit gesträubtem Fell machte sie sich auf die Suche nach Sam.

Er wartete an der Eingangstür. In seiner gesunden Hand hielt er eine Tasche. Rose nahm die Hitze wahr, die von ihm ausging, den Schweiß und das sonderbare Benehmen. Sie erkannte sofort, wenn ein Tier oder ein Mensch krank war. Er war verwirrt, er war nicht mehr er selbst.

Der Motorenlärm kam näher, bis er schließlich direkt über dem Haus zu schweben schien. Rose ging in Lauerstellung, bellte und wich ein wenig zurück, bis Sam sie rief und vorwärtsdrängte.

Der riesige grüne Hubschrauber sah für Rose aus wie ein monströser, bösartiger Vogel. Er sank mit brüllendem Wirbel tiefer und ließ den Schnee nur so davonstieben, als er tief über der Erde schwebte. Sam stand in der Tür und duckte sich vor der Druckwelle des Propellers und dem herumwirbelnden Schnee. Draußen auf dem Hof fiel eine Strickleiter vom Himmel. Der Lärm war für Rose beinahe ohrenbetäubend. Sie hatte Angst, aber Sam rief nach ihr, schrie, dass sie kommen sollte. Sie sah sein aschfahles Gesicht, seine rot umrandeten Augen, roch seinen Schmerz und seine Angst.

In den sieben Jahren ihres Lebens war Rose immer gekommen, wenn Sam sie gerufen hatte. Höchstens ein- oder zweimal hatte sie ihn nicht gehört, wenn sie gerade ein Schaf oder einen Widder verfolgte – oder einen Traktor auf der Straße –, doch wenn sie ihn gehört hatte, hatte sie immer gehorcht.

Bis jetzt.

Sam sah ihr direkt in die Augen und sagte laut und deutlich: »Rose, komm. Komm zu mir. Jetzt. Ich bin verletzt. Wir können nicht hierbleiben. Wenn ich jetzt nicht gehe, komme ich nicht mehr weg. Rose, komm. Wir müssen gehen.«

In diesem Moment kam Sam zum ersten Mal der Gedanke, dass Rose die Farm vielleicht nicht verlassen würde. Er wusste, dass sie große Angst hatte. Erst fiel eine Leiter vom Himmel, dann standen plötzlich zwei Männer in blauen Uniformen und mit grünen Helmen im Hof, die ihr Gesicht verdeckten. Sie knurrte, bellte und sprang im Kreis herum. Dann machte sie einen Satz nach vorne, um die Eindringlinge zu vertreiben, die sie wahrscheinlich gar nicht als Menschen erkannte. Sam befahl ihr, ruhig zu sein und zurückzubleiben.

Er streckte seine gesunde Hand nach ihr aus, flehte sie an, befahl ihr, zu ihm zu kommen. Er wandte sich zu den beiden Männern um und bat um etwas Zeit. Er sagte, dass er diesen Hund nicht alleine zurücklassen könne. Sie sahen zum Himmel hinauf, wo sich wirbelnde Wolken auftürmten. Dann schüttelten sie den Kopf und kamen auf ihn zu. Sie nahmen ihn in die Mitte, der eine fasste ihn behutsam an seinem gesunden Arm und führte ihn vorsichtig, aber bestimmt zur Tür hinaus. Sam hatte so große Schmerzen, dass er gar nicht daran denken konnte, sich zu widersetzen.

Er sah die riesigen Schneeverwehungen auf dem Hof und drehte sich zu seinem Hund um. Er musste sich dabei unter den Rotorblättern wegducken.

»Rose«, sagte er. »Komm. Bitte.« Er hatte Tränen in den Augen. Das war ihm nicht oft in seinem Leben passiert. Er dachte an Katie. Er sah, wie Rose fragend den Kopf schief legte. Sie ging ein paar Schritte zurück auf die Hintertür zu. Er konnte von ihren Augen ablesen, dass sie nicht mitkommen würde.

»Warten Sie«, schrie er dem einen Offizier über das Getöse des Hubschraubers hinweg zu, »ich habe das Foto meiner Frau vergessen. Ich muss ein Bild von ihr mitnehmen. Katie. Es steht gleich dort!« Er deutete auf ein Foto von Katie auf dem Flurtischchen. »Ich muss es mitnehmen. Ich muss etwas von ihr bei mir haben«, flehte er.

Der eine Offizier nickte und lief in den Flur, um das Foto zu holen. Rose wich zurück außer Reichweite und beobachtete, wie der Mann das Foto in seine Tasche steckte und zurück zu Sam rannte. Sam zögerte wieder, rief noch einmal nach Rose. »Komm her, Hund, wir bringen dich hier raus.« Aber sie knurrte und fletschte die Zähne. Dann lief sie ins Wohnzimmer und war damit vollkommen außerhalb seiner Reichweite. Sam sah sich um und versuchte zu verstehen, was gerade passierte. Wolken von Schnee wirbelten herum, das Dröhnen des Propellers übertönte beinahe jedes andere Geräusch. Sam hatte das Gefühl, in einem Albtraum gefangen zu sein.

Für Rose war das alles verwirrend, seltsam und beängstigend. Aber Sam sah, dass etwas anders war.

Rose hatte gehört, wie er Katies Namen gerufen hatte. In diesem Moment war sie ruhiger geworden, konzentrierter, so als hätte sie einen Befehl verstanden. Als hätte sie plötzlich begriffen, was vor sich ging, wie sie ihm bei seiner Arbeit helfen konnte.

Rose schien eine Entscheidung zu treffen. Sie drehte sich um und lief weg, verschwand im Haus. Sam war überrascht. Er konnte sich ihr Verhalten nur damit erklären, dass sie versuchte, dem Lärm des Helikopters zu entkommen. Er rief sie noch einmal, und als sie zurückkam, sah er, dass sie etwas im Maul hielt. Sie brachte es ihm nicht, sondern ließ es einfach auf den Boden im Wohnzimmer fallen, weit von der Tür entfernt.

Dann erkannte Sam, was es war: einer von Katies Turnschuhen, die sie immer auf ihren Waldspaziergängen mit Rose getragen hatte. War das für ihn?

Sam rief den Offizieren etwas zu, aber sie führten ihn weiter hinaus auf den Hof. Dann schrie er und gestikulierte, und einer der Männer rannte ins Haus und hob den Turnschuh auf. Rose knurrte und zitterte nicht mehr, sie duckte sich auch nicht und wich nicht aus. Aber sie blieb außer Reichweite und sah Sam einfach nur zu. »Rose«, schrie Sam, »danke!«

Er flehte sie in einem Ton an, den Rose noch nie bei ihm gehört hatte. Sie legte den Kopf schief, um genauer hinhören zu können. »Komm. Bitte. Komm mit.«

Sam wusste, dass er ihr jetzt nichts mehr befehlen konnte. Er konnte sie nur bitten.

Schließlich wandte er sich den beiden Männern zu. Sie legten ihm einen Gurt um und fixierten seinen Arm. Sie hatten ihm bereits Morphium verabreicht, und er spürte allmählich die Wirkung. »Sie wird nicht mitkommen!«, schrie er. »Sie wird niemals die Schafe im

Stich lassen, sie wird niemals die Farm verlassen!« Doch die beiden Männer hatten kein Interesse mehr an Rose, und wenig später hatten sie ihn an Bord gebracht. Jetzt verliere ich alles, dachte er. Ich habe schon Katie verloren. Und ich werde diesen Hund nie wieder sehen.

Er schüttelte den Kopf und versuchte sich zu sammeln. »Rose, ich komme zurück. Sobald ich kann. Ich habe Futter dagelassen.« Er kam sich albern vor und schämte sich – er wusste ja, dass sie ihn nicht verstehen konnte, aber die Worte schlüpften ihm einfach so heraus. Er war es nicht gewohnt, vor irgendjemandem so viel Gefühl zu zeigen, schon gar nicht vor zwei fremden Männern. Noch einmal flehte er die beiden an, dass sie versuchen sollten, Rose an Bord zu bringen, aber sie schüttelten den Kopf. Und er wusste, dass sie Rose ohnehin niemals einfangen könnten, wenn sie es nicht wollte.

Ihm wurde auf einmal klar, dass Rose niemals den Helikopter besteigen würde, nicht lebendig. Diesmal hielt sie seinem Blick stand, und die beiden, Farmer und Hund, sahen sich in die Augen.

Als sie abhoben, liefen Sam Tränen übers Gesicht. Er presste Katies Turnschuh an sich. »Pass auf dich auf. Pass auf alles auf.« Und dann einfach nur: »Rose.«

Sams Rufe wurden leiser, als er in der Luft verschwand. Es war das Letzte, was Rose von Sam hörte. Sie konnte nicht begreifen, was geschehen war. Er hatte nicht damit gerechnet, dass sie sich weigern könnte mitzukommen. Aber sie hätte sich niemals träumen lassen, dass er auf diese Weise verschwinden würde. Rose hatte Tränen in seinen Augen gesehen und verwundert den Kopf schief gelegt. Selbst durch Schnee und Wind konnte sie seine Trauer riechen.

Eigentlich fand sich Rose in ihrer Welt gut zurecht, doch manchmal geschahen Dinge, die sie nicht einmal ansatzweise verstehen konnte. Als der Helikopter davonflog, der herumwirbelnde Schnee sich allmählich legte und das Dröhnen des Motors leiser wurde, wagte sich Rose zum Fenster vor und sah hinaus. Das Motorengeräusch veränderte sich, als sich der Helikopter weiter entfernte und den wichtigsten Teil von Roses Welt mit sich nahm.

Sie sah sich um. Nachdem der Helikopter davongeflogen war, kehrte wieder Stille ein. Manchmal, wenn Sam mit seinem Wagen weggefahren war, war es auf der Farm ähnlich still geworden. Aber diesmal hatte die Stille nichts Vertrautes oder Alltägliches an sich. Sam war verschwunden, Himmel und Sturm hatten ihn verschlungen.

Jetzt gab es nur noch das Heulen des Windes und das Geräusch des Schnees, wenn er auf knarrende Dächer fiel. Sie spürte eine Leere, eine Stille, wie sie es noch niemals erlebt hatte. Überwältigt legte sie sich hin, als hätte sie plötzlich die Gewissheit, dass sie nun allein war.

Für einen kurzen Moment dachte sie, dass Katie im oberen Stockwerk wäre, aber sie konnte nichts riechen oder hören.

Sie hob den Kopf. Arbeit! Es gab viel zu tun.

Rose lief in die Küche zurück, schlang etwas Futter hinunter und trank ein wenig Wasser. Dann setzte sie sich wieder hin und horchte. Alles war ruhig. Die Wälder waren ganz still, und selbst hier im Haus konnte sie die Kälte spüren, als der Wind wieder auffrischte und der Schnee dichter fiel.

Sam war fort. Er war fort, sie konnte sich nicht mehr um ihn kümmern, ihm nicht mehr folgen, ihn nicht mehr im Auge behalten. Er war nicht mehr da, um sie zu unterstützen, sie anzuweisen oder Befehle zu geben.

Es war neu und merkwürdig für sie gewesen, sich Sam zu widersetzen. Es hatte ihr Angst gemacht. Nie hatte sie das getan, es war gegen ihre Natur, gegen ihre Instinkte, gegen alles, was sie wusste und gelernt hatte. Es hatte sie innerlich zerrissen. Sie war davon genauso überrascht gewesen wie Sam. Alles hatte sich dadurch verändert. Und doch war es eine eindeutige Entscheidung gewesen.

Sie konnte die Farm nicht verlassen. Sie konnte nicht mit diesen Leuten mitgehen und die Schafe und Kühe im Stich lassen. Und Katie.

Ihre Blaupause, ihre Sinne, ihr Verstand, alles war durcheinander. Die Geschichten in ihrem Kopf handelten nicht vom Alleinsein. Sie handelten nicht von der beispiellosen Erfahrung, wenn es keine Orientierung mehr gab, wenn man einsam war. Dafür hatte sie keine Bilder zur Verfügung.

Sie hielt inne und sah zur Haustür, dann lief sie die Treppe hinauf ins Schlafzimmer von Katie und Sam. Der zweite Turnschuh lag unter dem Bett. Rose hob ihn auf und brachte ihn nach unten. Einen Moment lang wanderte sie damit herum, dann ließ sie ihn auf den Küchenboden fallen. Sie schnupperte daran. Vorsichtig und zögernd leckte sie an der Schuhspitze, dann an der Seite entlang. Sie nahm den starken Geruch in sich auf, den die Feuchtigkeit wieder hervorbrachte. Als sie zu den Schnürbändern kam, kaute sie daran herum und zog eines heraus.

Im Haus war es ganz still. Nur der Schnee war zu

hören, wie er gegen die Fenster schlug und vom Dach rutschte. Die alten Balken knarrten und ächzten unter der Belastung der Schneemassen und des Sturms. Rose kaute langsam und bedächtig. Als sie damit fertig war, trug sie den Schuh ins Wohnzimmer und versteckte ihn unter dem Fußschemel vor dem alten schwarzen Sofa.

Danach machte sie sich auf den Weg zur Scheune. Der Himmel hatte sich verdunkelt, und der Schnee fiel dichter. Sie sah zum Himmel hinauf und hoffte, eine Spur von Sam zu entdecken, einen Hinweis darauf, wohin er verschwunden war oder ob er wieder herunterkommen würde. Aber es gab keine Spur.

In der Scheune humpelte ihr der wilde Hund entgegen, um sie zu begrüßen. Die Katzen schlichen herum und strahlten selbst in dieser Situation noch eine gewisse Überheblichkeit aus, die Ziegen riefen nach ihr, die Hühner pickten nach Fliegen, Krümeln, Heuresten und Körnern.

Rose pflügte durch den Schnee, der sich in der Öffnung der seitlichen Scheunentür aufgetürmt hatte, und grub sich den Hügel hinauf bis zum Offenstall. Zwei- oder dreimal blieb sie beinahe im Schnee stecken, der Wind blies ihr mit neuer Kraft ins Gesicht.

Die Schafe hatten Angst und liefen unruhig umher. Sie waren hungrig, gereizt und standen kurz vor einer Panik. Sie waren so verängstigt, dass nur wenige von ihnen Rose überhaupt zu bemerken schienen.

Rose wusste, was passieren würde, wenn es ihr nicht gelang, die Schafe zu beruhigen. Sie würden auseinanderstieben und in die Kälte hinausrennen, um dort entweder zu erfrieren oder den Kojoten direkt ins Maul zu laufen, die schon auf sie warteten. Sie hatten nur eine Chance, wenn sie hier im Stall blieben und sich gegenseitig wärmten.

Im notdürftigen Schutz des Offenstalls legte sich Rose auf den Boden. Sie musste sich jetzt konzentrieren und sich sammeln, doch die Bilder in ihrem Kopf veränderten sich zu schnell. Alles war rätselhaft. Es gab so viel zu tun. Und sie konnte so wenig ausrichten.

Aus der großen Scheune hörte sie den wilden Hund eindringlich bellen, dann ein panisches Eselsgeschrei. Sie sah zur Scheune hinunter. Dort stand der wilde Hund und bellte. Carol lag auf der Seite und stieß ein panisches Brüllen aus. Der Esel versuchte verzweifelt aufzustehen, konnte aber in Schnee und Eis keinen Halt finden.

Rose raste den Hügel hinunter.

Carol lag nun ganz still, verwirrt. Rose kam näher und horchte nach ihrem Herzschlag. Es war klar, dass Carol kurz vor einem Schock stand. Rose hatte das schon bei Schafen oder Kühen gesehen, wenn sie zu Tode erschrocken oder gefangen waren. Sie verfielen in eine Art Schockstarre. Normalerweise starben sie dann schnell. Rose sah schon aus einiger Entfernung, dass Carol am Ende war.

Sie konnte an den Spuren ablesen, dass Carol von der Scheune aus den Hügel hinaufgelaufen und dann wieder hinuntergerutscht war. Jetzt saß sie zwischen einem Schneeberg und der Außenwand der Scheune fest, sie lag beinahe auf dem Rücken, eine furchtbare und hilflose Position für jedes Tier. Rose konnte sehen, welch große Angst sie hatte.

Der wilde Hund stand oberhalb von ihr. Rose sah, dass er so etwas auch noch nie erlebt hatte. Aber er hatte nach ihr gerufen und sie dazu gebracht, schleunigst herzukommen.

Rose sah zu dem wilden Hund, dann zur Scheune. Sie blickte zurück zum Haus. Sie versuchte sich an etwas zu erinnern. Aber sie hatte wirklich keine Ahnung, was sie tun sollte, konnte auf kein eingeübtes Verhalten zurückgreifen. Sie zögerte. Sie hörte, wie Carol panisch brüllte und mit den Hufen gegen die Scheunenwand trat. Dabei schlug sie sich Knöchel und Beine blutig. Rose musste sie irgendwie beruhigen.

Rose kroch und schlitterte den Schneehügel hinunter und trabte zu Carols Kopf. Für einen kurzen Moment war der Esel ruhig, dann strampelte er wieder wild mit den Beinen und versuchte Halt zu finden, um aufstehen zu können. Vom Dach fielen dicke Schneeklumpen auf sie herab, und vom Schneehügel neben ihr rutschte der Schnee zu ihr herunter. Rose bellte einmal, um ihre Aufmerksamkeit zu gewinnen.

Carol erschrak, aber sie drehte ihren Kopf in Roses Richtung und sah ihr in die Augen. In den Augen des Esels sah Rose Dinge, die ihr noch nie begegnet waren – Träume, Erinnerungen, Carols Überdruss, den Schmerz in ihren alten Beinen. Sie sah Dinge, die nur Tiere untereinander wahrnehmen können. Sie beide waren ganz verschieden, und doch verband sie manches. In diesem Moment, als sie sich in die Augen sahen, knüpften sie ein ganz besonderes Band.

Carol war ein altes Mädchen. Sie hatte viel durchlitten und eine Menge gesehen. Als Rose in ihre Augen blickte, sah sie einen Teil von Carols Leben an sich vorbeiziehen. Sie sah Traurigkeit, aber auch Demut.

Rose kam näher. Sie versuchte Carol mit ihrem Blick zu beruhigen, und nach kurzer Zeit hörte Carol auf herumzustrampeln. Sie hielt den Blick fest auf Rose gerichtet, als ob ihr Leben davon abhinge, als ob dies der Trost wäre, den sie brauchte, um sich aufzurichten und den schweren Weg zu gehen, der vor ihr lag. Rose hatte immer noch keine Ahnung, wie sie Carol aufhelfen sollte. Der Esel war zwischen dem dichten Schnee und der glatten Scheunenwand eingeklemmt. Sie konnte dem Esel nicht in der gleichen Weise helfen, wie er ihr geholfen hatte. Auch Carol schien das zu wissen.

Bisher hatten sie sich instinktiv voreinander in Acht genommen. Sie waren zwei ganz verschiedene Wesen, auch wenn sie sich auf der Farm und unter Sams Pflege irgendwie zusammengehörig fühlten. Aber erst vor wenigen Stunden hatten sie zusammen eine Grenze überschritten, und Carol wusste, dass sie sich jetzt voll und ganz Rose anvertrauen musste.

Rose hatte einen unfehlbaren Instinkt dafür, was in ihrer Macht stand und was nicht. Doch in diesem Fall konnte sie auf keinerlei Erfahrungen zurückgreifen, keine Fähigkeit nutzen. Es galt keinen Kampf zu gewinnen.

Rose senkte den Kopf und horchte. Sie konnte hören, dass Carols Herz langsamer schlug und bald ganz stehen bleiben würde. Rose kannte dieses pochende Geräusch gut. Sie wusste, wann ein Schaf dem Tod nahe war, normalerweise noch bevor das Schaf es selbst fühlte.

Carols Herzschlag war sehr schwach, selbst Rose konnte ihn durch den Sturm kaum ausmachen. Die Kälte hatte den Esel geschwächt. Der Sturm rieb ihren müden alten Körper auf. Für Rose war das der Lauf der Dinge. Sie konnte sie nicht aufhalten.

Sie begegnete Carols Blick und sah, wie sie ihr Leben aushauchte. Ihre Seele stieg zum verschneiten Himmel hinauf – ein blauer Streifen, ein Dunst, aufgeladen mit Licht und Energie.

Carol schnaubte und seufzte. Rose stemmte sich gegen Schnee und Wind und beugte sich zu Carols Stirn hinunter. Vorsichtig schnupperte sie daran. Carol legte den Kopf zur Seite, ein Auge war von Schnee bedeckt, mit dem anderen sah sie Rose an, suchte ihren Blick.

Rose hatte ein ganz eigenes, tierisches Gespür für Trennungen und Abschiednehmen. Sie fühlte instinktiv, was es bedeutete. Carol hatte immer das Gefühl von Einsamkeit ausgestrahlt, und Rose konnte ihren Schmerz und ihre Trauer wittern. Rose wusste, dass Carol sich von ihr verabschiedete. Sie war das einzige Wesen auf der Farm, mit dem der Esel Kontakt aufgenommen hatte. Rose konnte in den Farben und Spiegelungen in Carols Augen lesen, dort waren die Bilder aus dem Leben des alten Esels aufbewahrt. Sie sah die frühen Bilder aus Carols Leben vor sich, als wäre es ihre eigene Vergangenheit – die Mutter des Esels, seine Geschwister, die auf einer Weide spielten und auf einer Wiese grasten. Sie sah Carol mit zwei ihrer Schwestern über ein weites Feld galoppieren, so schnell sie konnten. Sie warfen ihre Hinterhufe in die Luft und stießen freudige Eselsschreie aus.

Rose sah auch das Leid, das dann kam – der Verlust der Arbeit, die Einsamkeit, der Hunger und die Vernachlässigung. Carol hatte Baumrinde und Schilf gefressen, schmutziges Regenwasser getrunken und Tau geleckt. Jedem Wetter war sie ungeschützt ausgesetzt gewesen, Regen, Sturm, Kälte und Hitze.

Rose sah die Schläge, den Hunger, Angriffe von Hunden, sie konnte den Schmerz riechen und spüren, die Zecken und Fliegen, die Verletzungen und die wunden Hufe und Gelenke, und dann die große Veränderung: die Sicherheit auf Sams Farm, Heu, Stall und Kraftfutter, Frieden und Ruhe.

Sie sah Carols Gleichgültigkeit den Kühen gegenüber, ihre Liebe zu den Schafen, ihre Angst vor Rose. Carol sah in ihr nur eine andere Art von Kojote, eine selbstständige Jägerin, einen weiteren Fleischfresser, vor dem man sich hüten musste. Rose hatte beobachtet, dass Carol die meiste Zeit ihre Ruhe hatte und zu keinen Arbeiten herangezogen wurde. Es waren ihre friedlichsten und glücklichsten Tage gewesen. All das blitzte in Carols Augen auf, und Rose konnte es deutlich erkennen und gut verstehen.

Mit diesen Bildern verabschiedete sich Carol, es war ihre eigene Art, Lebewohl zu sagen. Und dann, als Rose es bereits wusste, wurde Carols Körper leblos, ihre Augen wurden leer, und ihre Seele war fort. Zurück blieben nur Geruch und Fleisch, beides hatte für Rose keinerlei Bedeutung.

Der wilde Hund hatte ruhig zugesehen. Rose sah zu ihm hinüber und schnupperte dann ein letztes Mal an Carols Kadaver. Der wilde Hund tat es ihr nach. Inzwischen hatte sich schon eine Schneeschicht auf Carols Kopf und Körper gebildet.

Ein weiteres Mal hatte sich Roses Blaupause verändert. Irgendetwas in ihr ließ sie aufmerken und trieb sie vorwärts. Sie akzeptierte den natürlichen Tod, stand ihm gleichgültig gegenüber. Doch das Leben bedeutete etwas für sie, und dieses Leben schrie überall nach ihr und forderte sie auf, ihre Arbeit zu tun.

Rose drehte sich um und sah zu den Schafen hinauf. Dann kletterte sie mühsam zum Offenstall zurück. Sie war müde, doch ein Teil von ihr fühlte sich wie neu. Sie lief von einer Station zur anderen und gewann immer mehr Sicherheit. Die Schafe standen immer noch zusammengedrängt im hinteren Teil des Stalls, wo sie durch Dach und Wände nach drei Seiten vor Wind und heftigem Schnee geschützt waren. Rose spürte, dass die Kojoten oben auf dem Hügel warteten. Wo die Füchse waren, wusste sie nicht. Kein Geräusch drang aus dem Wald zu ihr. Das Wasser in den Tränken war gefroren.

Ganz plötzlich wurde Rose klar, dass sie die Kühe und Stiere aus dem Blick verloren hatte. Ihr Instinkt trieb sie aus dem Offenstall hinaus auf die hintere Weide. Dorthin konnte sie nur durch den Seitenausgang der großen Scheune unten gelangen.

An der Tür hielt sie inne. Sie sah, dass ein paar Kühe um ihr Leben kämpften und beinahe im Stehen erfroren. Sie waren von hohen Schneeverwehungen und Eis eingeschlossen. Der anhaltende Futtermangel hatte sie geschwächt, und die grausame Kälte und der scharfe Wind hatten sie vollkommen ausgekühlt.

Nur Brownie und eine Handvoll Kühe schienen noch in Bewegung zu sein. Sie hatten sich an der Hintertür zusammengedrängt, der Dampf stieg ihnen aus den Nasen. Brownie bewegte sich vor und zurück, sein riesiger Körper diente den anderen Kühen als Windschutz. Sie lehnten sich aneinander und warteten geduldig darauf, dass ihnen jemand Heu an die Scheunentüren brachte.

Die Rinder durften nicht in die Scheune, sie hätten darin keinen Platz gefunden. Deswegen hatte Sam abseits von der Scheune einen Unterstand zum Schutz vor Sonne und Regen für sie gebaut. Er bot normalerweise ausreichend Schutz, doch für einen solchen Schneesturm war er nicht ausgerichtet. Das Dach war unter dem Gewicht der Schneemassen zusammengebrochen, und die Schneeverwehungen rundherum waren so hoch, dass die Tiere noch nicht einmal die stehen gebliebenen Mauern als Schutz gegen den Wind nutzen konnten. Als Brownie Rose ansah und brüllte, klang das wie ein deutlicher Hilferuf. Rose sah ihm in die Augen. Sie war erschöpft.

Sie kam an der Pumpe und dem Wasserhahn vorbei, die Sam zweimal am Tag bediente, um frisches Wasser zur Scheune zu bringen. Sie betrachtete beides eine kurze Weile. Oft war sie erschrocken, wenn in der Scheune ein Motor angesprungen war. Sam hatte dieses Ding Generator genannt, und es war für den Notfall gedacht. Es war eine kleine, mit Propan betriebene Maschine, die die Werkzeugkammer in der Scheune mit Licht und Wärme versorgte. Außerdem lieferte sie Strom für eine der Enteisungsanlagen, die jetzt draußen in einem Trog eingefroren war. Wenn bei Sturm manchmal im Haus der Strom ausfiel, sprang der Generator an, und es kam Wasser aus der Pumpe. Rose stellte gedanklich eine Verbindung zwischen der Maschine und dem Wasser her, konnte aber keine weiteren Schlüsse daraus ziehen. Sie wusste einfach nicht, wie man das Wasser zum Fließen bringen konnte. In ihrem Kopf gab es dazu keine Bilder, sie konnte sich auf keine Erfahrung oder Erinnerung stützen. Zum ersten Mal fühlte sie etwas wie Frustration. Sie wusste, dass in dieser Maschine irgendwo Wasser war, aber sie konnte sie nicht bedienen, damit sie das gewünschte Ergebnis lieferte. Rose blieb stehen, starrte wieder auf den Generator, dann auf die Pumpe.

Sie betrachtete beides eine Weile, schnupperte dann daran, konnte aber nichts Nützliches riechen. Sie berührte sie mit der Nase und zuckte vor dem eiskalten Metall zurück. Noch immer kamen keine Bilder.

Rose war an eine Grenze gekommen, von hier an war sie überfordert. Sie wusste nicht, was sie tun sollte, also ließ sie die Pumpe stehen. Die Tiere hatten sicher Durst, aber sie würden noch eine Weile ohne Wasser überleben. Sie konnten Schnee fressen, doch das entzog ihnen gleichzeitig wertvolle Körperwärme. Am meisten fürchtete Rose die Kälte und den Hunger.

Sie lief hinten um die Scheune herum und hinein. Rose konzentrierte sich jetzt ganz auf die Kühe – über Sam und die Frage, wohin er verschwunden war, dachte sie nicht mehr nach. Sie lief schnell in den hinteren Teil des alten Gebäudes. Auf der Zwischendecke lagen ein paar Heuhaufen, Wind und Sturm hatten Löcher in die Rückwand gerissen. Rose erinnerte sich daran, wie die Stallkatzen sich immer bewegten, und sprang von einem Ballen zum nächsten, dann mühelos hinauf auf den Heuboden.

Sie schnappte sich ein Maulvoll Heu und zog es aus dem Ballen heraus. Dann lief sie schnell damit zu einem der Löcher in der Wand und ließ es dort auf den Holzboden fallen. Anschließend schob sie es mit ihrer Schnauze durch das Loch hinaus. Es war nur ein kleines Büschel Heu, aber sie hörte, wie die Rinder draußen anfingen zu muhen, wie Leben in sie kam und sie sich schließlich zu dem Heu bewegten, das auf den Boden fiel. Rose lief zurück, um noch ein Maulvoll Heu zu holen, zog es aus dem Ball heraus, brachte es zu der Wandöffnung und schob es hinaus. Das wiederholte sie viele Male. Sie wusste nicht, wie oft sie hin- und hergelaufen war, doch am Ende war beinahe kein Heu mehr auf dem Speicher. Sie schaute hinaus und sah, wie die Kühe kauten und sich gegenseitig anstießen. Sie fraßen in aller Ruhe. Inzwischen lag ein breiter Streifen Heu auf dem Schnee. Die Kühe schienen sich durch die Bewegung und das Fressen zu erholen, sie gewannen wieder Kraft und damit ein bisschen Zeit.

In Roses Kopf liefen immer wieder dieselben Bilder ab. Sie musste die Kühe und das Heu zusammenbringen. Und sie musste auch die Schafe in die Scheune bringen.

Rose sprang vom Heuboden herunter und landete mit einem dumpfen Geräusch genau in der Mitte der dunklen Scheune. Damit brachte sie den friedlichen Ort zum Beben. Die Hühner gackerten, Winston plusterte sich auf und fing an zu krähen, und die Stallkatzen verschwanden auf den Heuboden zwischen die dunkelgrünen Ballen. Rose stupste den wilden Hund an, um ihn zur Mitarbeit aufzufordern. Er sah sofort, dass etwas an ihr anders war, und stand mühsam auf. Die beiden liefen in den hinteren Teil der Scheune zu der alten Schiebetür, die nur noch schief in ihren Schienen hing und einen kleinen Spalt im Türrahmen offen ließ. Die Tür war über hundert Jahre alt, und wie die meisten Farmer reparierte Sam nur die Sachen, die er wirklich dringend brauchte. Die Tür wurde eigentlich nie benutzt, deshalb war es egal, wenn sie kaputt war. Sam hatte oft im Spaß gesagt, dass ein kräftiger Wind die Tür in ein Segel verwandeln könnte und dann die ganze Scheune, alt und wackelig, wie sie war, über die Straße davonsegeln würde.

Die Tür lag an der Westseite der Scheune, deshalb hatte sich dahinter nicht ganz so viel Schnee angesammelt. Doch es war noch immer zu viel, als dass ein Schaf hätte darüberklettern können. Hinter der Scheune wütete der eisige Wind besonders heftig. An der Stelle, wo die Wasserleitung geplatzt und Wasser herausgeschossen war, hatte sich eine dicke Eisschicht gebildet. Rose begann an der äußersten Türlatte zu nagen. Das Holz war verrottet und weich. Rose riss ein großes Stück davon ab und steckte den Kopf durch die entstandene Lücke. Auf der anderen Seite stand Brownie.

Hinter Rose lag ein Heuballen. Sie wollte, dass Brownie ihn roch. Gemeinsam mit dem wilden Hund nagte sie noch ein Stück der Latte ab, und bald hatten sie ein Loch von ungefähr einem halben Meter in die Seite der Tür gebissen. Es war noch immer viel zu klein für eine Kuh, aber als Rose bellte, erschien Brownies Nase in der Öffnung. Genau das hatte sie erwartet. Rose hatte schon beobachtet, wie Kühe eine Scheunentür aufschieben konnten, wenn sie hungrig waren und wussten, dass dahinter Heu wartete. Sie waren neugierige Tiere, und wenn es ums Fressen ging, konnten sie schlau und schnell sein.

Aber auch Rose hatte nicht erwartet, was nun geschah. Ein lautes Krachen und das Bersten von Holz waren zu hören, als Brownies riesiger Kopf durch das Loch in der Tür brach und vier oder fünf Latten fortriss. Er konnte nur wenig Anlauf nehmen, aber es war ausreichend. Brownie – angezogen vom Duft des Heus – warf sich gegen die Tür, und sein über eine Tonne schwerer Körper brach einfach durch das Holz hindurch. Die Tür zerbarst und fiel zur Hälfte in die Scheune hinein, was Winston und die Hühner in die Flucht schlug. Brownie quetschte sich durch die Öffnung, und die vier überlebenden Kühe spazierten ihm hinterher. Dann rissen alle hungrig an den drei Heuballen herum.

Jetzt wandte Rose ihre Aufmerksamkeit den Schafen zu. Sie musste sie auch zum Heu bringen. Einige von ihnen waren trächtig, und Rose wusste, dass sie ohne Futter nicht überleben würden.

Rose führte den wilden Hund den langen, beschwerlichen Weg hinauf zum Offenstall. Sie liefen hinein und trabten hinter die Schafe. Rose begutachtete ihre schwächliche Verfassung und sah den ängstlichen und hungrigen Ausdruck in ihren Augen. Sie mussten von diesem Hügel herunter. Die Schafe und das Heu mussten zusammen sein.

Rose tauchte in den hinteren Teil des Offenstalls hinter die Schafe, die sich erschrocken nach vorne bewegten. Sie sprang auf ein Schaf zu, das direkt vor ihr stand, schnappte nach seinem Hinterteil, den Hinterbeinen und dem Schwanz. Sie erwischte ein Büschel Fell. Die Schafe wussten nicht, wohin sie flüchten sollten. Sie waren in Massen von Schnee versunken, und jetzt trieben sie auch noch zwei Hunde von hinten zusammen. Sie brachen in Panik aus. Sie sprangen vor und zurück, um diesen verrückt gewordenen Hunden zu entkommen, und flüchteten sich schließlich in die einzige Richtung, die ihnen blieb – direkt in die Wand aus Schnee hinein, die sich vor dem Offenstall aufgetürmt hatte.

Die beiden Hunde gingen ohne offensichtliche Zeichen der Verständigung zu Werke. Die Schafe bewegten sich den Hügel hinunter. Ihr eigenes Körpergewicht bahnte ihnen einen Weg durch die Schneemassen. Rose umrundete sie. Wo es notwendig war, drohte und schnappte sie, biss zu und schubste. Die beiden Hunde trieben die Herde unnachgiebig vorwärts und sprangen über die Schneeverwehungen in Richtung der großen Scheune.

Bei einem Schaf hatten die Wehen eingesetzt, und es war vor Hunger und Kälte zu schwach, um sich zu bewegen. Rose entschied sich dafür, das Tier zurückzulassen. Ein anderes Schaf sprang in eine Schneewehe und verdrehte sich dabei das Bein. Rose hörte, wie der Knochen brach. Das Tier stürzte zu Boden und versuchte sich aufzurappeln, brach dann aber unter Schock zusammen. Wenn Sam dagewesen wäre, hätte er sein Gewehr geholt und das Tier von seinem Leiden erlöst. Doch bei dieser Kälte und dem eisigen Wind würde es auch so nicht lange zu leiden haben.

Ein einziges Mal blickte sich Rose zu dem alten Mutterschaf und dem verletzten Schaf um. Dann bahnte sie sich ihren Weg hinter der Herde her.

Die Schafe bildeten eine Keilformation, ihr Gewicht und ihre Bewegung wirkten wie ein Pflug, der sich eine Schneise durch die Schneedünen grub. Der Schnee flog nur so zur Seite, während sie den Hügel hinunterdrängten. Rose hatte die Herde schon oft bei schlechtem Wetter in den Stall getrieben, doch nie durch solche Schneemassen. Nie waren der Wind so stark und die Temperaturen so eisig gewesen.

Die beiden Hunde arbeiteten wie besessen. Es dauerte beinahe eine Stunde, bis die Herde die hundert Meter zurückgelegt hatte. Doch dann rochen die Schafe auf einmal das Heu und liefen freiwillig weiter, ohne dass man sie antreiben musste. Schließlich hatten sie die Scheune erreicht und drängten durch die eingetretene Tür. Sie waren alle der Erschöpfung nahe.

Doch Rose war ein Fehler unterlaufen, was nicht oft vorkam. Brownie und die Kühe waren schon in der Scheune und machten sich über das Heu her. Als nun die Schafherde durch die wacklige Scheunentür brach und auf das Futter zustürmte, gingen die Rinder durch.

Der Raum war klein, und als Brownie sich schützend vor seine Kühe werfen wollte, traf er zwei Schafe mit seinen Hufen, und die beiden Tiere wurden gegen die Scheunenwand geschleudert. Die Schafe wurden panisch und versuchten davonzurennen, rissen dabei mehrere Boxen nieder und zerstörten die Regale in der Scheune. Das war zu viel für die Kühe, und sie versuchten nach hinten auszuweichen, während die Schafe an den wenigen verbliebenen Heuballen zu zerren begannen, die noch auf dem Boden lagen. Rose mochte weder Durcheinander noch Unruhe, deshalb ging sie entschlossen dazwischen. Doch die hungrigen Schafe und halb verhungerten Muttertiere waren vollkommen außer Kontrolle. Rose und der wilde Hund prallten zurück. Ein trächtiges Schaf begann sich im Kreis zu drehen und ruhelos herumzulaufen, die Wehen hatten eingesetzt. Die anderen Schafe ließen nicht vom Heu ab. Nach wenigen Minuten war alles aufgefressen. Brownie und die Kühe hatten zwei Ballen alleine vertilgt und standen nun wieder draußen hinter der Scheune. Ihr Fell war bereits mit Schnee bedeckt. Die Hälfte der Schafe war in der Scheune, die andere Hälfte stand noch draußen.

Es gab kein Heu mehr, außer oben auf dem Heuboden, und dort war es unerreichbar. Roses Blaupause lag in Trümmern. Einige Schafe legten sich vor Erschöpfung auf den Boden. Manche liefen in den Schnee hinaus, ihr dicker Pelz bot ihnen noch Schutz. Ein Schaf hatten die Kühe zu Tode getrampelt. Bei einem zweiten Schaf hatten die Wehen eingesetzt. Rose konnte seinen Herzschlag hören und den des Lammes. Sie fügte das Baby ihrer Blaupause hinzu und strich dafür das Schaf, das die Kühe getötet hatten.

Die Kühe standen bei Brownie hinter der Scheune. Rose betrachtete den wilden Hund. Er war mühsam zu einem Strohhaufen hinübergeklettert, dann zusammengebrochen und schließlich in einer Ecke der Scheune eingeschlafen. Rose versuchte die Situation einzuschätzen.

Sie dachte an Sam. Doch etwas an ihrer Erinnerung an Sam und an die Rolle, die er in ihrem Leben spielte, schien durcheinandergekommen zu sein. Er war fortgegangen, und dabei gab es noch so viel Arbeit.

Ihr ausgezeichneter Geruchssinn lieferte ihr neue Informationen. Auf dem Hügel lauerten Kojoten. Sie waren ganz in der Nähe, und sie waren hungrig. Heute Nacht würden sie kommen, um die Schafe und Lämmer zu holen. Und um Rose zu holen.

Rose sah den Hügel hinauf und hielt Ausschau nach dem Schaf, das in Wehen zurückgeblieben war. Sie hatte das Tier nicht vergessen und machte sich auf den Weg zurück den Hügel hinauf. Den wilden Hund ließ sie in der Scheune zurück.

Das Schaf kämpfte immer noch. Die Wehen waren fortgeschritten, und das Schaf drehte sich mitten in Wind und Schnee im Kreis, legte sich anscheinend dem Zusammenbruch nahe auf den Boden, ausgezehrt von Kälte und Hunger. Rose roch seine Angst und hörte den Kampf in seinem Bauch. Sie hörte keinen Herzschlag von dem Lamm im Bauch des Schafes, aber sie nahm den schwächer werdenden Herzschlag des Muttertieres wahr. Sie horchte seinem Klagen. Dieses Geräusch hatte sie auch ein paar Nächte zuvor gehört, als sie Sam geweckt hatte.

Rose umkreiste das Schaf und ließ es nicht aus den Augen. Instinktiv versuchte sie, es zum Aufstehen zu bewegen. Das war sonst immer ihre Aufgabe gewesen, wenn sie zusammen mit Sam ein Schaf bei der Geburt begleitete. Aufstehen, aufstehen!

Rose dachte an Sam und an seine Tasche. Sie dachte daran, wie er die Lämmer aus den Mutterschafen herauszog. Dieses Schaf wollte einfach nicht aufstehen. Rose wurde langsamer. Es war sinnlos, das Schaf weiter zu umkreisen. Auch Bellen oder Schnappen hatte keinen Sinn. Ihre Instinkte sagten ihr nicht, was sie tun sollte, auch in ihrer Erinnerung fand sie keinen Anhaltspunkt. Das Innenleben des Schafes, der Prozess der Geburt, war jenseits ihres Vorstellungsvermögens.

Rose wandte sich dem Haus zu und horchte nach Sam. In der Scheune war er nicht. Auf den Weiden war er auch nicht. Auch nicht in seinem Auto. Rose fühlte sich für Sam verantwortlich – noch mehr als für die Schafe. Sie konnte einfach nicht begreifen, wohin er verschwunden war, und sie konnte nicht aufhören, nach ihm zu suchen.

Das Schaf hatte große Schmerzen und war erschöpft. Inmitten von Schnee und Wind kämpfte es mit aller Kraft darum, sein Baby auf die Welt zu bringen. Es rief nach den anderen Muttertieren, suchte Trost. Es sah Rose an und stöhnte, sein Blöken wurde schwächer.

Immer wieder jaulte Rose leise. Dann war sie still. Es schien, als wären Rose und dieses Mutterschaf ganz allein in einem Meer von weißer Kälte.

Außer ihnen gab es nichts. Nur den Sturm.

Nach einiger Zeit verließen das Schaf sichtlich die Kräfte. Es seufzte. Es lag auf der Seite und hatte die Augen weit aufgerissen.

Dann spitzte Rose die Ohren und horchte überrascht auf. Sie hörte, wie der Herzschlag des Schafes wieder stärker und schneller wurde. Rose senkte den Kopf und konnte nun auch den Herzschlag des Lammes hören, schwach, aber regelmäßig. Um sie herum wütete der Schneesturm. In ihrer Vorstellung kämpften Leere und Leben miteinander.

Rose bellte, dann zwickte sie das Schaf ins Bein und sah, wie es mutig versuchte aufzustehen, langsam und bedächtig, es stöhnte und kämpfte. Einen Augenblick später glitt ein glitzerndes, nasses, neugeborenes Lamm aus ihm heraus auf den Schnee und zog die Nachgeburt in einem roten, feuchten Strom hinter sich mit heraus.

Das Mutterschaf drehte sich zu ihrem Baby um und stupste es an. Der Schnee wirbelte um sie herum. Das Lamm rappelte sich auf und fing an zu schreien. Es suchte sofort nach den Zitzen unter dem eisverkrusteten Fell der Mutter. Rose wusste, dass sie die beiden schnell an einen geschützteren Ort bringen musste, sonst würden sie in Schnee und Kälte erfrieren. Diese Aufgabe war ihr vertraut.

Erschöpft und halb erfroren fing Rose an zu bellen. Sie wich zurück und stellte sich zwischen den Offenstall und das Schaf. Das Muttertier war verwirrt von dem plötzlichen Sinneswandel des Hundes und begann verzweifelt, ihr Lamm den Hügel hinunter Richtung Scheune zu schubsen. Sie trieb ihr Neugeborenes den Pfad entlang, den die anderen Schafe wenige Minuten zuvor in den Schnee getrampelt hatten. Die beiden verschwanden in Schnee und Wind.

Es war ein langer Weg durch die eisige Kälte, und Rose konnte den beiden nicht helfen. Lämmer ließen sich nicht hüten, und wenn Rose zu nahe kam, würden

Mutter und Kind vielleicht Panik bekommen, sich trennen und im Schnee verschwinden. Rose hatte keine Ahnung, ob die beiden es schaffen würden.

Sie konnte nur dicht hinter dem Muttertier bleiben und es vorantreiben. Das Lamm musste folgen. Aber die beiden weigerten sich, in gerader Linie zu laufen, sie waren verängstigt vom Wind und der Schneelandschaft um sie herum. Rose musste weiter.

Alleine lief sie den Hügel hinunter und in die Scheune. Sie schüttelte sich den Schnee aus dem Fell und betrachtete die Hühner, die leise auf ihren Stangen glucksten. Rose legte sich neben den wilden Hund und schloss die Augen. Das Leben der Schafe war immer Risiken ausgesetzt, auch ein Hütehund konnte nicht alles vorhersehen. Rose war müde, erschöpfter als je zuvor in ihrem Leben.

Sie hörte den wilden Hund röcheln. Hoch oben auf den Dachbalken bewegten sich die Katzen, draußen auf der hinteren Weide muhten leise die Kühe. Rose fiel in einen traumähnlichen Zustand zwischen Schlafen und Wachen.

Nach einiger Zeit wurde sie von einem Geräusch geweckt. Draußen vor der Scheune wurde ein Tor geöffnet. Sie setzte sich auf und knurrte. Auch der wilde Hund hob den Kopf und fletschte die Zähne. Dann hörte sie eine Stimme nach ihr rufen, zuerst nur schwach, dann deutlicher. Es war eine vertraute Stimme, wenn auch vom Sturm verfremdet. »Rose, Rose, wo bist du, Mädchen?«

Es war Sam! Es war zurückgekommen!

Rose war außer sich vor Aufregung. Sie sprang auf, wedelte wie verrückt mit dem Schwanz und stürzte zur Scheunentür. Dort stieß sie beinahe mit Sam zusammen. Er trug seinen Arm noch immer in einer Schlinge. In seiner gesunden Hand hielt er eine braune Tasche.

Durch Schneetreiben und Nebel hatte er sich seinen Weg zur Scheune gebahnt. Rose berührte sein Knie mit der Schnauze, dann fing sie an, wild zu bellen, und stürmte an der Scheune entlang hinauf Richtung Offenstall zu der Stelle, wo das stark geschwächte Schaf sein Lamm bekommen hatte. Sie wollte Sam darauf aufmerksam machen.

Sie sah zu, wie Sam das Tor öffnete und den Hügel hinaufkletterte, dann seine Tasche auf den Boden stellte und mit sicherer Bewegung den Rest der Nachgeburt aus dem Schaf herauszog. Dann beugte er sich über das glitzernde Lamm und wischte es mit einem Tuch ab. Er legte das Lamm in seine Tuchschlinge. Rose trieb das Mutterschaf von hinten an, und so schafften es Mutter und Kind schließlich doch noch in den Schutz der großen Scheune.

Plötzlich hörte Rose Winston krähen. Dann rutschte ein Schneebrett vom Dach, und ein eisiger Wind fuhr zwischen die Balken der Scheunenwand.

Rose öffnete die Augen. Sie befand sich in der Scheune und war vollkommen durcheinander. Sie schüttelte sich, um den Kopf klar zu bekommen, dann lief sie zur Tür und sah in den Sturm hinaus.

Sam war nicht da. Er war nicht neben der Scheune und auch nicht oben auf dem Hügel. Sie hielt Ausschau nach ihm, schnupperte und horchte. Dann drehte sie sich um und machte sich auf den Weg durch den Schnee den Hügel hinauf zum Offenstall. Das Schaf und sein neugeborenes Lamm waren nirgends zu sehen.

Zwölf

Zum ersten Mal seit Tagen gab es für Rose keine Beschäftigung. Sie hatte getan, was sie konnte. Sie konnte keine Türen öffnen, Wasserhähne aufdrehen, Heuballen herunterwuchten oder den Sturm in seine Schranken weisen. Ihr war klar, dass dies nur eine kurze Atempause war.

Aus alter Gewohnheit hielt sie Ausschau nach Sam. Sie horchte. In manchen Momenten konnte sie einfach nicht glauben, dass er nicht da war, dass er nicht zurückgekommen war, dass er auf unerklärliche Weise in den Himmel aufgestiegen und verschwunden war. Manchmal stellte sie sich vor, wie sie versucht hätte, den großen grünen Vogel aufzuhalten. Aber Sam hatte nicht ängstlich ausgesehen, und er hatte sie auch nicht um Hilfe gebeten.

Brownie und die übrigen Kühe waren zwar immer noch der Kälte ausgesetzt und wurden immer schwächer, doch sie hatten zumindest etwas gefressen und waren so immer noch am Leben. Mehrere Mutterschafe waren erschöpft, doch auch sie hatten etwas gefressen. Die verbliebene Herde kämpfte sich zur vertrauten Umgebung des Offenstalls zurück. Dort waren sie zwar leichtere Beute für die Jäger, die sich oben auf dem Hügel versammelten, aber es war ihr Zuhause. Sie hatten nie unten in der Scheune gelebt, und dort oben hatten sie ihre vertrauten Ecken, Muster und Gerüche. Im Offenstall war auch mehr Platz.

Wie die meisten Tiere hielten sich Schafe an Gewohnheiten. Weder Rose noch der wilde Hund hatten die Kraft für den Versuch, sie alle unten in der Scheune zu halten. Dort war es dunkel, ein eisiges Schneeloch, überall nasses Heu, zerbrochene Balken und geborstene Wasserleitungen.

Der wilde Hund wurde immer schwächer. Kälte und Futtermangel setzten ihm zu. Er lag noch immer in seiner Ecke. Rose kam der Gedanke, ihn ins Farmhaus zu führen, damit er etwas fressen konnte. Doch sie war sich nicht sicher, ob er die Kraft für eine solche Wanderung hatte. Sie lief zu ihm hinüber und sah, wie mager er geworden war, wie flach sein Atem ging. Sie traf eine Entscheidung. Sie wusste, dass er es bis zum Farmhaus schaffen musste, sonst würde er an Ort und Stelle sterben. Sie sah vor sich, wie die Wärme seinen Körper verließ, hörte, wie sein Atem langsamer wurde und sich seine Lungen mit Flüssigkeit füllten. Es war besser, unterwegs zu sterben, als zusammengerollt in einer Ecke der Scheune auf den Tod zu warten.

Sie beugte sich zu ihm hinunter und berührte seine Schnauze. Er öffnete die Augen und sah sie an. Dann rappelte er sich langsam und mühevoll auf. Er hatte keine Ahnung, wohin sie gingen, aber Rose hatte jetzt die Rolle seines Farmers übernommen, sie war sein Verstand, sein Anführer. Nur von ihr ging noch so etwas wie Sinn oder Verheißung aus.

Sie führte ihn zu der Türöffnung und begann sich durch die Schneedünen zu kämpfen. Für ihn war es ein beinahe aussichtsloses Unterfangen. Es würde seinen schmerzenden Gliedern und Gelenken alles abverlangen und seine schwindende Kraft aufbrauchen.

Rose hatte auf ihren bisherigen Wanderungen zum Haus bereits eine Art Pfad geebnet, aber für den alten Hund, der schon von seiner Arbeit mit den Kühen und den Geschehnissen in der Scheune geschwächt war, war es trotzdem ein sehr beschwerlicher und aufreibender Weg. Er war so dürr, dass seine Rippen hervorstanden. Seine Lefzen waren gelblich fahl. Er roch nach Krankheit.

Rose lief langsamer. Ein Schritt nach dem anderen, dann wieder eine Pause, ein Blick zurück, wieder ein Schritt, wieder eine Pause. Die erste Verwehung war die höchste und am schwersten zu überwinden. Danach senkte sie den Kopf und pflügte mit Brust und Schultern einen Pfad durch den Schnee. Sie sah, dass sich der wilde Hund nur noch durch eiserne Willenskraft vorwärts bewegte.

Es war eine lange, kalte Wanderung, doch die beiden schafften es schließlich keuchend bis zur Hintertür des Hauses. Rose stieß mit der Schnauze die Klappe auf und führte ihren Kameraden hinein.

Er blieb stehen und starrte auf den riesigen Haufen Trockenfutter, den Sam zurückgelassen hatte. Dann sah er zu Rose hinüber, und als sie keine Anstalten machte, stürzte er sich auf das Futter. Er nahm vier oder fünf Maulvoll, beinahe zu viel für seinen Magen. Dann lief er hinüber zur Wasserschüssel und trank gierig. Schließlich führte Rose ihn ins Wohnzimmer, wo er vorsichtig zum Hundekorb lief, der dort auf dem Boden stand, und darin förmlich zusammenbrach.

Rose lief zu ihm und schnupperte an ihm. Sein Herzschlag war schon kräftiger geworden. Hier musste er bleiben. Sie wusste zwar nicht, ob er im Haus überleben würde, aber ihr war klar, dass er draußen in Kälte und Sturm keine Chance hatte. Sie horchte auf seinen Herzschlag und beobachtete, wie sich sein Bauch hob und senkte. Dann verabschiedete sie sich von ihm, falls sie ihn nicht lebend wiedersehen würde.

Rose hatte ihr Leben lang ein einfaches Verständnis von Tod gehabt. Tiere starben nun einmal, im Wald oder auf dem Hof. Sie strich sie dann einfach von ihrer Blaupause. Als Katie krank wurde, hatte Rose ihre Krankheit riechen können – an ihrem Schweiß, auf ihrer Haut. Sie sah, dass Katies Körper im Sterben lag, sie hatte so etwas schon vorher gesehen. Aber ihr plötzliches Verschwinden verwirrte sie, auf einmal war sie einfach weg gewesen.

Sie hatte nicht gesehen, wie Katie gegangen war, deswegen suchte Rose so unermüdlich nach ihr. Sie wollte nicht, dass mit dem wilden Hund dasselbe passierte.

Rose und der wilde Hund waren instinktiv verbunden, und sie wusste nun, was es bedeutete, jemanden oder etwas zu verlieren, mit dem sie sich verbunden fühlte. Trotzdem waren Trennung und Tod feste Bestandteile ihrer Welt. Sie fürchtete den Tod nicht, sie hatte keine Vorstellung davon, dass sie selbst eines Tages sterben würde. Sie stellte sich nur vor, dass sie zu dem Ort mit den blauen Lichtern gehen und ihre Mutter wiedersehen würde. Vielleicht sogar den wilden Hund.

Wenn für den wilden Hund seine Zeit gekommen war, dann war es nicht an ihr, dagegen anzukämpfen oder es zu beklagen. Rose bereitete sich auf ihre eigene Weise auf den Tod vor, indem sie die vertrauten Gerüche und Erinnerungen aufsog. Sie hatte das Farmhaus noch nie so still erlebt, so düster und kalt. So einsam.

Sie lief zum Fenster im Wohnzimmer und hielt nach Sam Ausschau. Dort draußen auf dem Hof hatte sie ihn zum letzten Mal gesehen, ehe er in die Luft gehoben worden war. Dann suchte sie im Nähzimmer nach Katie.

Rose erinnerte sich an ihr Leben in diesem Haus. Sie dachte an die Kiste in der Küche, in der sie als Welpe geschlafen hatte. Sie dachte an das Sofa, auf dem sie gelegen hatte, wenn Sam und Katie fernsahen. Sie dachte an die Knochen, die die beiden ihr gebracht hatten, an ihren Schlafplatz. Katie und Sam waren in den Zimmern anwesend wie Geister.

Sie erinnerte sich an jedes Geräusch, das sie im Haus gehört hatte – Fernseher, Radio, Talkshows, Gespräche, die Zubereitung von Essen, das Pfeifen des Teekessels, das Geräusch, wenn die Post durch den Briefschlitz geschoben wurde, das Zischen der Heizkörper, das Rumpeln der Wasserboiler im Keller, das Klicken der Lichtschalter, das Rauschen des Wassers in den Rohren, die Fliegen, die ihre Eier auf den Fensterscheiben ablegten, die knarzenden Holzböden, das ächzende Dach, wenn Schnee darauf lag, die Marienkäfer, Wespen und Bienen, die ihre Bienenstöcke und Nester bauten, die Ameisen, Termiten und Käfer, die in den Wänden und Holzdecken wohnten, die Motten, die durch das Haus flatterten.

Für sie war das Haus immer ein lärmender Ort voller Gefühle, Menschen und Geräusche gewesen, manchmal beinahe betäubend und immer faszinierend. Stundenlang hatte sie damals auf der Veranda gelegen oder vor dem Ofen zu Sams und Katies Füßen.

Im Halbschlaf hatte sie der Kakofonie um sie herum gelauscht.

Nachts war sie immer im Haus herumgelaufen, tagsüber war sie mal drinnen, mal draußen gewesen. Manchmal schlief sie vor Sams Bett, manchmal darunter, manchmal auch in Katies Nähzimmer. Ab und zu schlich sie sich mitten in der Nacht leise hinaus und lief zur Scheune hinüber, um dort nach dem Rechten zu sehen.

Es waren friedliche Erinnerungen – beruhigend. Rose trottete zur Haustür, legte sich davor hin und hielt noch einmal Ausschau nach Sam, ob er nicht vielleicht aus der Luft heruntersteigen würde. Er sollte ihr sagen, was nun zu tun war, sollte in die Scheune gehen und das Heu herunterwuchten, das Wasser aufdrehen und die Herde retten.

Rose spürte, dass sich die Kojoten auf dem Hügel zusammenrotteten, wie sie hungrig und beinahe verzweifelt das Sterben und das Chaos unten auf der Farm beobachteten. Verängstigte Schafe, geschwächte Kühe, ein müder, alter Hund, keine Menschen weit und breit, Rose.

Sie sah die Farm vor sich, wie ein Kojote sie sehen würde. Überall Beute, Nahrung im Überfluss. Die Farm konnte das Überleben seines ganzen Rudels garantieren, und keine Macht der Welt würde ihn aufhalten können.

Sie würden sich einen Plan zurechtlegen. Sie gingen immer nach einem Plan vor. Im Gegensatz zu Rose waren sie nur in der Gruppe stark und arbeiteten immer zusammen. Sie hielten sich nicht damit auf, ihre Beute durch Drohgebärden in die Enge zu treiben. Sie warteten, bis ihr Opfer verwundbar und schutzlos war, und überwältigten es durch ihre Überzahl, Schnelligkeit und die Todesangst, die sie verbreiteten. Sie töteten rasch und wild.

Der Kojote musste sein Ziel erreichen, oder sein Rudel war dem Tod geweiht – das konnte er ebenso wenig zulassen wie Rose die Tötung der Farmtiere.

Sie waren auf dem Weg, Rose konnte es fühlen. Sie sah sie vor sich, wie sie kreisten, sich versteckten, beobachteten, warteten. Der Kojote hatte sein Rudel inzwischen sicherlich versammelt, und sie hatten sich über die ganze Hügelkuppe verteilt, hinter den Schneedünen, in dem kleinen Wäldchen, hinter dem Zaun und unter den hohen Bäumen.

Rose schlüpfte zur Tür hinaus. Sie hatte sich noch immer nicht an die Realität des Sturms gewöhnt. Wenn sie nach draußen kam, war sie jedes Mal wieder von der bleichen, eisigen Landschaft überrascht. Jedes Mal sah diese Landschaft anders aus, und sie musste sich neu orientieren.

Sie drehte um und lief wieder hinein. Sie fand den wilden Hund genau da, wo sie ihn verlassen hatte, und legte sich neben ihn. Er war erschöpft und atmete nur noch flach. Aber jetzt hob er seinen Kopf und sah ihr in die Augen. Er gab ihr die Erlaubnis zu gehen. Sie wussten beide, dass sie gehen musste.

Er war dem Ende nahe.

Rose blieb noch etwas bei ihm. Beide lauschten dem Heulen des Windes, dem Geräusch des Schnees, wenn er vom Dach rutschte, und dem entfernten Blöken der Schafe.

Die Hunde machten ein kurzes Nickerchen. Sie hatten beide einen einfachen Traum – wie sie Schafe und Kühe hüteten und durch den Wald liefen. Diese Träume waren aufbauend, gaben Sicherheit. Sie speisten sich aus der Geschichte des Hundes, aus vollendeten Aufgaben und Erfolg.

Inzwischen war es Nacht geworden. Noch immer fiel Schnee, aber der Wind war ein wenig abgeflaut. Die Farm lag unter dem Schnee begraben, es gab kein Durchkommen.

Der wilde Hund lag auf der Seite und jaulte leise im Traum. Sein Bauch hob und senkte sich langsam. Rose sah ihn noch einmal an. Wieder berührte sie seine Schnauze. Am Anfang war dieser Hund nur eine weitere Kreatur aus dem Wald gewesen, eine weitere Gefahr für die Farm, etwas, das man im Auge behalten, verbellen und in Schach halten musste. Eines Nachmittags hatte Rose von der Weide aus gesehen, wie der wilde Hund sie beobachtete. Sie hatte ein Gefühl gehabt wie früher, als sie noch als Welpe bei ihrer Mutter gelebt hatte.

Er hatte nicht versucht, auf die Farm zu kommen. Er war nicht aggressiv oder herausfordernd gewesen. Er hatte sie einfach nur angestarrt, und vielleicht hatte sie es schon damals gewusst. Oder vielleicht erst, als sie ihn zum ersten Mal in die Scheune geführt hatte. Oder als er versucht hatte, ihr beizustehen, als die Kojoten sie angreifen wollten und als sie ihn beschützt hatte.

Vielleicht auch erst jetzt, da er so friedlich und ergeben neben ihr lag, seinem Lebensende nahe. Es war wohl eher eine ganze Reihe von Gelegenheiten gewesen als ein einziger Augenblick.

Sie wusste nicht, ob er in ihr seine Tochter wiedererkannte, aber sie hatte es von Anfang an gewusst oder zumindest geahnt. Er war ihr Vater.

Dreizehn

Rose ließ den wilden Hund schlafend in der Küche zurück und lief leise zurück zur Tür, dem Sturm entgegen. Sie schloss die Augen, senkte den Kopf und tauchte hinaus. Langsam und bedächtig bewegte sie sich auf die Scheune zu.

Rose hörte die Ziegen in ihrem Gehege kläglich meckern. Sie konnte nichts für sie tun. Sie mussten sich mit dem Heu begnügen, das Sam in ihre Futterraufen gestopft hatte, bevor er sich verletzt hatte. Durch Schnee und Nebel hindurch sah Rose Brownie. Atemwolken stiegen aus seinen Nasenlöchern auf, hinter ihm stampften zwei Kühe mit ihren Hufen.

Oben im Offenstall warteten erschöpft und ausgezehrt die Schafe und Lämmer. Sie konnte sie hören und riechen, aber kaum erkennen. Noch mehr Schnee war vom Dach gefallen und hatte die Tiere in unüberwindlichen Schneeverwehungen und Eisbergen eingeschlossen. Die Herde war zu schwach und müde, um sich zu bewegen, die Angst lähmte sie. Rose hörte Winston in der Scheune krähen, vielleicht rief er nach einem seiner Hühner, das in den Sturm hinausgeirrt und verschwunden war. Rose starrte durch Nebel und Schnee den Hügel hinauf und hielt inne.

Sie sah eine Reihe von Umrissen, die sich kaum gegen den Schnee im Hintergrund abhoben. Es waren

Kojoten, die nicht einmal mehr versuchten, sich zu verstecken. Sie rotteten sich zusammen. Und sie beobachteten sie. Sie hatten keine Maschinen zu befürchten, keine Menschen, nicht einmal einen zweiten Hund. Wenn der Schneefall dichter wurde, verschwanden die Kojoten außer Sicht, dann tauchten sie wieder auf. Das ließ sie noch geisterhafter und unheimlicher wirken. Rose kam es vor, als würden sie sich bewegen, obwohl sie still abwarteten und beobachteten.

Sie war ganz ruhig, die Bilder vor ihrem inneren Auge waren grau, beinahe ausgelöscht. Nie war sie so müde, schwach und durcheinander gewesen. Noch einen Tag zuvor hatte sie nicht gewusst, was sie zuerst tun sollte, doch jetzt gab es nichts mehr zu tun. Sie kämpfte sich weiter voran bis hinter die Scheune. Drinnen staksten Winston und die Hühner über den Boden und pickten Körner auf. Von allen Tieren auf der Farm waren sie vielleicht am besten dafür gerüstet, einen solchen Schneesturm zu überleben. Sie konnten beinahe alles fressen, und ihr Blut war so dünn, dass sie auch extreme Kälte aushalten konnten, wenn sie auch nur eine Andeutung von einem Dach über dem Kopf hatten. Rose schaute durch das Loch in der Rückwand der Scheune. Brownie stand noch aufrecht, sah aber schwach aus und bewegte sich kaum. Mit so wenig Futter würde er in dieser Kälte nicht mehr viele Tage überleben.

Doch für Rose gab es in der Scheune nichts mehr zu tun. Sie kannte ihre eigenen Grenzen und wusste, wann sie sie erreicht hatte. Dann nahm ein Gedanke in ihr Form an. Zwei Schafe hatten den Weg zum Offenstall hinauf nicht geschafft und waren im Schnee liegen geblieben. Zwischen ihnen ein zitterndes Lamm. Rose wusste, dass es das Lamm war, bei dem Sam und sie an jenem Abend, der nun schon eine Ewigkeit zurückzuliegen schien, Geburtshilfe geleistet hatten. Rose würde nicht zulassen, dass diese Schafe im Schnee erfrieren mussten.

Langsam kämpfte sie sich den Hügel hinauf. Es schneite noch immer, und die Kälte schmerzte an ihren Pfoten und fuhr ihr in die Knochen. An ihren Wimpern hatte sich eine Eiskruste gebildet, und sie konnte kaum etwas sehen. Sie pflügte sich bis zur Ecke des Offenstalls voran. Unter normalen Umständen wären die Schafe aufgesprungen und bereitwillig den Hügel hinauf auf die Weide oder hinunter zu den Futterraufen neben der Scheune gelaufen. Heute blieben sie still liegen. Zum ersten Mal in ihrem Leben würde sie sie nicht zum Aufstehen bewegen können, das wusste Rose. Es gab auch gar keinen Grund dazu, denn sie hätte sie nirgends hinführen können.

Die Herde war genauso erschöpft wie sie. Hungrige Augen starrten Rose hilfesuchend an. War sie gekommen, um sie auf die Weide zu führen? Alte Instinkte ließen sich nicht so einfach auslöschen. Ein oder zwei Schafe fühlten sich durch den Blickkontakt animiert und regten sich, aber Rose wandte den Blick ab und versuchte sich einen Überblick zu verschaffen, welche Tiere überlebt hatten. Die Blaupause in ihrem Kopf musste wieder neu geschrieben werden. Diesmal fiel sie trostlos aus, viel kürzer.

Rose lief um den Offenstall herum und ließ sich auf der anderen Seite nieder, wo die Kojoten sie vom Hügel aus sehen konnten. Dort, draußen im Schnee, würde sie warten.

Dies war ihr Platz, vor den Schafen, sie musste über

die Herde wachen und sie bis zum Ende schützen. Das war ihre Aufgabe, ihre Bestimmung, das machte sie aus. Sie musste an Katie denken, Katie mit ihrer ruhigen, sicheren Stimme. Auch Rose fühlte sich jetzt ruhig und am rechten Platz.

Sie musste die Schafe zur Weide führen, sie fressen lassen, sie schützen. Sie musste die Tiere davor bewahren, in eine Schlucht zu stürzen oder in einen Graben zu fallen, in einem Fluss zu ertrinken oder sich im Wald zu verlaufen. Sie musste sie vor Einbruch der Dunkelheit nach Hause bringen. Sie tat das alles für die Schafe und für die Menschen, mit denen ihr Geschlecht schon seit so langer Zeit arbeitete.

Sie beschützte die Schafe. Sie würde es auch jetzt tun, ob Sam nun da war oder nicht, ob es möglich war oder nicht.

Bis zu diesem Schneesturm hatte Rose noch nie ein Schaf oder einen Bock verloren, nie war eines der Tiere in eine Schlucht oder einen Fluss gestürzt, nie war eines einem Kojoten zum Opfer gefallen. Rose war immer ein perfekter Wachhund gewesen und hatte sich aufopfernd um die Herde gekümmert. Wäre Sam im Haus gewesen und hätte aus dem Fenster gesehen, wäre er wohl erstaunt gewesen über diesen einsamen Hund, der da mit schneebedecktem Fell den Hügel hinaufstarrte und dem Sturm, dem Schnee und den Kojoten ins Auge sah, dem Leben und der Welt zugewandt.

Er wäre erstaunt gewesen über Roses Pflichtbewusstsein, ihre Loyalität und ihre Tapferkeit. Rose war nie davongerannt, hatte nie aufgegeben und war nie gescheitert. Er hatte das schon so viele Male festgestellt – er hatte vor anderen mit ihr angegeben, als wäre sie sein Kind, wenn auch nie in ihrer Anwesenheit. Es wäre gönnerhaft gewesen, Rose überschwänglich zu loben, wenn sie dabei war. Das hätte sie gekränkt. Ihre Belohnung lag in ihrer Arbeit.

Aber niemand sah diesen Hund auf dem Hügel, und kein Mensch würde jemals erfahren, was sich auf diesem Hügel abspielen sollte.

Als sich immer mehr Schnee auf ihrem Fell sammelte, schloss Rose die Augen. Die Kälte kroch tiefer in ihre Knochen. Sie träumte von der Sonne, von frischem Wasser und davon, wie sie durch die Wälder lief, Schafe zusammentrieb und im Wind dahinjagte. Sie träumte von Katie und ihren Geschichten, von Sam und seiner Arbeit, vom wilden Hund, der in Sicherheit war und im Haus schlief, wo er diese Kälte überstehen konnte. Sie träumte von all den Hunden, Schafen, Ziegen und Kühen, denen sie in so vielen Jahren begegnet war.

Nur für einen kurzen Moment schloss sie die Augen.

Der Wind trug ihr unzählige Geschichten zu, und sie träumte ihren Lieblingstraum: wie sie den Weg entlanglief, den Geräuschen des Waldes lauschte, und am Ende des Weges stand Katie und wartete auf sie, um ihr Futter zu geben und mit ihr zu reden.

Rose öffnete die Augen. Sie wandte sich dem grauen Himmel zu und fing an zu jaulen, ein unvergessliches, durchdringendes Heulen, das den Sturm durchschnitt, von den Wänden der Stallgebäude abprallte und in den Wäldern mit ihren schneebedeckten Bäumen widerhallte.

Alle Tiere, die es hörten, hielten inne und lauschten, viele zitterten.

Sie blinzelte und schüttelte sich den Schnee aus dem Fell. Dann wandte sie den Kopf den Kojoten am Waldrand zu. Es schien ganz natürlich, dass sie sich hier auf dem Hügel in diesem Schneesturm gegenüberstanden. Rose hatte das seltsame Gefühl, dass sie diesen Tag schon einmal im Traum erlebt hatte.

Inzwischen war der kleine Hund zwischen den Schneemassen kaum noch zu erkennen.

Rose sah tausende Hügel und Wiesen vor sich, unzählige Schafe, Feuersbrünste und Stürme, Blitz und Überflutungen, Scheunen und Häuser, und es schien, als reichten ihre inneren Bilder immer weiter und weiter in die Vergangenheit zurück. Es war, als hätte der Sturm Türen in ihrem Kopf geöffnet, und sie jagte gerade noch hindurch, beinahe zu schnell, um etwas klar zu erkennen. Sie begegnete so vielen blauen Lichtern, so vielen Seelen.

Oben auf dem Hügel wusste der Kojote, dass sein Augenblick gekommen war. Der kleine Hund war in den Sturm hinausgelaufen und hatte sich hingelegt. Es war wie eine Einladung. Hinter ihm im Offenstall waren die Schafe, schwach und verwundbar. Er sah die Kadaver der Rinder, die erfroren waren. Der Hund redete mit ihm. Er schien ihm zu sagen, dass nun der richtige Zeitpunkt gekommen war.

Weder der Hund noch der Kojote kannten die menschliche Empfindung von Sieg und Niederlage. Sie taten einfach nur, was sie tun mussten. Alles kam, wie es kommen musste. Um mehr ging es nicht.

Der Kojote sah, dass ein oder zwei Kühe noch am Leben waren, sich aber kaum noch bewegen konnten. Den großen braunen Stier würde er nicht angreifen. Er würde warten, bis er starb, und sich dann bedienen.

Er hatte gesehen, dass der andere Hund ins Haus

gelaufen war – er und seinesgleichen würden nie einen Ort betreten, wo Menschen lebten.

Sein Augenblick war also gekommen. Er war vorsichtig und sah sich sorgfältig um, ob nicht doch andere Hunde oder Menschen in der Nähe waren. Er hob die Nase, um jeden Geruch aufzunehmen, spitzte die Ohren und horchte nach verdächtigen Geräuschen. Er bemerkte nichts und war zufrieden. Er wusste, dass in der Scheune Katzen waren und Hühner. Aber Kojoten betraten niemals eine Scheune oder ein anderes Gebäude. Das war das Revier von kleineren Tieren – von Füchsen und Waschbären. Kojoten jagten unter freiem Himmel.

Er wandte sich zu den anderen Kojoten um. Sie alle kannten den Plan, verständigten sich durch Körpersprache, Blicke und Kopfbewegungen.

Drei von ihnen liefen nach links davon. Sie bewegten sich langsam den Hügel hinunter, um an dem Hund vorbeizukommen und den Schafen jede Fluchtmöglichkeit zu nehmen. Drei weitere liefen auf die rechte Seite. Diese beiden Gruppen würden sich unterhalb von Rose und dem Offenstall postieren, sodass es für die Schafe keinen Ausweg mehr gab, wenn die Kojoten von oben aufschlossen, der Anführer mit den blauen Augen und sein Rudel.

Sie würden alle auf einmal auftauchen, jaulend und bellend. Sie würden ihre Opfer umzingeln und bedrohen, an ihren Kehlen zerren und schnell töten, Panik verbreiten, fressen und ihre Beute in Stücke reißen, die sie als Vorrat für sich und ihre Welpen mit in ihren Bau nehmen konnten.

Der Hund war schwach und erschöpft, er konnte das Rudel nicht aufhalten, und obwohl er kämpfen würde – denn der Kojote sah, dass der Hund kämpfen würde –, würden sie ihn rasch töten.

Der Anführer der Kojoten legte sich hin und wartete, bis die anderen Kojoten weiter unten am Hügel ihre Plätze eingenommen hatten.

Rose beobachtete, wie die Kojoten sie einkreisten. Sie wusste, dass sie bereit zum Angriff waren. Sie fing leise an zu knurren, und die Haare in ihrem Nacken stellten sich auf. Sie würde kämpfen.

Ihre Gedanken schienen sich selbstständig zu machen. Sie rauschten immer noch durch die Zeit zurück, zu verschiedenen Orten, neuen Szenen, kraftvollen und verstörenden Bildern. Sie stellte sich vor, dass sie stärker wäre, wünschte, sie könnte ein Bild finden, aus dem sie Kraft schöpfen, eine Erinnerung, die sie wachrufen könnte. Sie fand nichts.

Rose setzte sich auf, schüttelte den Schnee ab und wartete. Sie fühlte sich entspannt, es war ein Gefühl der Resignation. Der Schnee wirbelte um sie herum, und der Wind heulte laut den Hügel herunter. Alle anderen Tiere waren ruhig. Sie spürten, was kommen würde.

Rose spähte den Hügel hinauf. Keine Bewegung war zu sehen.

Der Kojote jaulte, und ein schrecklicher Chor antwortete ihm durch Wind, Dunkelheit und Schneegestöber. Das Rudel hatte sein Zeichen bekommen. Die Jagd war eröffnet, das Rudel musste sich für den Angriff in Stellung bringen. Der Anführer senkte den Kopf, übernahm die Führung und hielt genau auf den kleinen Hund zu, der nun aufstand, um sich ihm entgegenzustellen.

Der Wind blies dem Kojoten ins Gesicht, und er

fand auf dem eisigen Untergrund nur schwer Halt. Der Schnee fiel in dichten Flocken, und manchmal konnte er die Umrisse des Hundes kaum erkennen. Er fühlte nichts bei dem Gedanken daran, ihn zu töten – es war notwendig, und darum würde er es tun –, und doch fühlte er den Respekt, den er und der Hund einander von Anfang an entgegengebracht hatten.

Er sprang den Hügel hinunter. Die anderen waren auf ihren Plätzen, schlichen sich von rechts und links näher heran und warteten, dass er als Erster zuschlug. Der Wind pfiff und heulte, fuhr ihnen in den Pelz und ließ Schnee in die Dunkelheit aufwirbeln.

Rose hielt die Nase in den Sturm. Sie konnte fliehen oder kämpfen. Auf keinen Fall würde sie still abwarten, bis sie sie holten.

Der Kojote vor ihr zögerte, kam lauernd näher, wurde immer langsamer, bis er beinahe kroch. Vielleicht hatte er seinen Plan geändert oder wollte sie damit ablenken und durcheinanderbringen. Während er langsamer wurde, kamen die beiden Kojoten auf der rechten Seite näher, einer schloss von links auf.

Rose war sich nicht sicher, von welcher Seite der Angriff kommen würde, und wusste, dass das genau die Absicht der Kojoten war. Sie konnte nicht alle im Blick behalten, schon gar nicht, wenn die Kojoten den dichten Schnee als Deckung gebrauchten.

Sie wandte sich um und war überrascht, als sich kräftige Zähne in ihre Schulter gruben. Der Biss hatte ihrer Kehle gegolten, aber sein Ziel verfehlt, weil sie sich bewegt hatte. Sie schlug ihre Zähne in die Schnauze eines Kojoten. Er heulte auf und sprang zurück. Dann waren zwei andere über ihr, und sie spürte spitze Zähne in ihren Beinen und wieder in der Schulter.

Hütehunde sind keine Kämpfer, sie sind Läufer. Sie haben keinen besonders kräftigen Kiefer, und ihr Biss ist nicht kraftvoll. Rose wusste, dass ihre Zähne es nicht mit denen der Kojoten aufnehmen konnten. Sie roch Blut, und vor ihren Augen wurde es gleißend hell, als sie zusammenbrach. Sie sah die Blutflecken im Schnee und hörte, wie die Schafe vor Angst blökten. Sie erwarteten die Kojoten. Rose hörte das Schnaufen der Kühe, den Herzschlag der Lämmer und das entmutigte Bellen des wilden Hundes. Sie hielt nach Katie und Sam Ausschau, konnte sie aber nirgends entdecken. Die Kojoten umzingelten sie und drängten ihren Anführer dazu, den tödlichen Vorstoß zu wagen. Rose fühlte, wie ihre Kraft mit dem Blut aus ihrem Körper strömte. Es gab keinen Ausweg mehr. Die Kälte drang in ihre Knochen und zu ihrem Herzen hinauf. Sie dachte noch einmal an Sam und Katie, an ihre Mutter und die Schafe. Dann wurde sie von dem Gefühl überwältigt, versagt zu haben. Sie konnte die Tiere nicht länger beschützen.

Zugleich empfand sie eine Art inneren Frieden. Sie nahm es hin, dass ihre Arbeit endlich getan war und sie nun im Land der blauen Lichter Ruhe finden würde, von dem sie geträumt hatte.

Der Anführer der Kojoten bedeutete den anderen mit einem warnenden Knurren, dass sie sich zurückziehen sollten. Der kleine Hund war verletzt, er blutete, war halb tot. Es war seine Aufgabe, ihn zu töten. Er würde den Kadaver des Hundes nicht auffressen, und er würde es nicht zulassen, dass einer der anderen Kojoten es tat. Der Hund musste getötet werden, aber er war keine Beute. Der Kojote folgte seinen eigenen Regeln, und dieser Hund hatte seinen Respekt gewonnen. Er war den Kojoten verbunden, obwohl er einen anderen Weg eingeschlagen hatte. Zu einer anderen Zeit hätte es umgekehrt sein können, dann hätte er vielleicht den Hügel hinaufgespäht, und dieser Hund hätte ihn von oben beobachtet.

Jetzt stand er über dem Hund. Rose atmete noch, wurde aber immer schwächer. Ihr Blut färbte den Schnee rot. Sie zog die Lefzen hoch und schloss die Augen, als würde sie auf etwas warten. Sie versuchte nicht zu fliehen und zeigte keine Anzeichen von Schwäche, Angst oder Unterlegenheit. Als der Kojote den Kopf senkte, blitzten ihre Augen plötzlich auf, und sie schnappte nach seiner Schnauze. Er erschrak und sprang zurück. Ihre Augen glühten vor Kampfwillen.

Er wich einen Schritt zurück und war wieder bereit zum Angriff, diesmal würde er sie an der Kehle packen.

Doch als der Kojote gerade zum Sprung ansetzen wollte, sträubte sich sein Nackenfell, und er nahm einen neuen Geruch wahr. Er erstarrte. Der Schnee fiel wieder dichter, und ein heftiger Windstoß blies ihm Eis in die Augen. Er wandte den Kopf ab. Der Hund lag auf der Seite und atmete nur noch schwach. Er blutete und konnte nicht mehr aufstehen.

Der Kojote rührte sich nicht von der Stelle, er stand da wie festgefroren. Sein Fell sträubte sich, er spitzte die Ohren und riss die Augen auf. Er hörte ein schreckliches, durchdringendes Heulen, das den Hügel hinaufrollte und von den halb zusammengebrochenen Stallgebäuden und Wänden des Farmhauses widerhallte. Es war so laut, tief und furchterregend, dass es vom Himmel abzuprallen schien. Ein wütendes, bedrohliches, uraltes Heulen, und es ließ jedes Tier, das es hörte, vor Angst zittern. Der Kojote hatte dieses Heulen nur einmal zuvor gehört. Er kannte es, und er wusste, was es bedeutete.

Es war das Geheul eines Wolfes. Und es war so laut, dass ihm das Blut in den Adern gefror.

Er sah auf den Hund hinunter, aber er war nicht mehr da. Wo gerade noch sein sterbender Körper gelegen hatte, stand nun ein ungeheuer großer Wolf mit gelben Augen und langer, hängender Zunge. Er hatte eine breite Brust und einen gewaltigen Körper, sein dichter Pelz war voll Schnee.

Der Wolf war riesenhaft. Mit einer kurzen Kopfbewegung hatte er einen der Kojoten, die Rose umzingelt hatten, gepackt, ihm die Kehle zerrissen und seinen Kadaver in den Schnee geworfen. Es war eine deutliche Kriegserklärung, die Geste dabei so elegant und geschmeidig, dass sie ganz selbstverständlich wirkte.

Der Wolf hatte ein riesiges, kräftiges Maul, von seinen Zähnen tropfte Blut. Von dem kleinen Hund fehlte jede Spur. Die Schafe waren still, gelähmt vor Angst, wie erstarrt.

Nur der Wind war noch zu hören, ansonsten legte sich eine tödliche Stille über die Farm. Unten am Haus sah der Kojote den wilden Hund – konfus, hinkend –, wie er versuchte, sich durch den Schnee zu ihnen vorzukämpfen. Aber er schaffte es nicht und brach unweit der Haustür zusammen.

Der Wolf schien immer größer zu werden, je näher er kam. Seine Augen loderten. Diese riesige Kreatur, um ein Vielfaches größer als die Kojoten, richtete ihren Blick jetzt auf den Anführer. Dann brach der Wolf den Augenkontakt ab, hob den Kopf und heulte wieder in die Nacht und gegen den Sturm an. Sein Geheul war so entsetzlich, so wütend und mächtig, dass es den Wind einzufangen und den Schnee wegzufegen schien. Es verwandelte die Luft in einen Wirbelwind, ein eigener Sturm, der den Schneesturm herauszufordern schien.

Es war ein uralter Klang, seine Macht und Bedeutung reichte zurück in weit entfernte Zeiten.

Dem Kojoten stand das Fell zu Berge, und er wich zurück den Hügel hinauf. Die übrigen Kojoten waren alle bereits in den Wald geflohen und im Schnee verschwunden.

Sie würden nicht wiederkommen, nicht in dieser und auch in keiner anderen Nacht.

Der Kojote drehte sich um und jagte davon. Er wagte es nicht, sich auch nur noch einmal zu dem unerträglichen Anblick hinter ihm umzudrehen.

Vierzehn

Der Himmel war blau, nicht eine Wolke war zu sehen.

Vom Fenster des Helikopters aus konnte Sam die Farm in der Ferne erkennen. Man hatte klare Sicht bis nach Vermont.

Sein rechter Arm lag in einer Schlinge eng am Körper, seine halb erfrorenen Finger waren verbunden. Ein bisschen erstaunte es ihn schon, dass er sich durchgesetzt hatte und zur Farm zurückkehren durfte. Er hatte den Leuten im Krankenhaus klargemacht, dass sein ganzes Leben davon abhing, hierher zurückzukehren, und das entsprach auch der Wahrheit. Am meisten quälte ihn jedoch die Erinnerung daran, wie Rose vor dem Helikopter zurückgewichen war und sich dafür entschieden hatte, in diesem furchtbaren Sturm auf der Farm bei den Schafen und dem wilden Hund zu bleiben. Schließlich hatte man nachgegeben und zugestimmt, ihn nach drei Tagen wieder zurückzubringen.

Er konnte sich nicht vorstellen, dass sie überlebt hatte. Doch er hätte es sich nie verziehen, wenn er gut verpflegt und gemütlich in einem Krankenhausbett liegen geblieben wäre, solange es auch nur die kleinste Hoffnung gab, dass Rose noch am Leben war. Er war erschüttert, als er aus dem Fenster spähte und das Ausmaß der Zerstörung unter ihm sah – zusammengebrochene Stallgebäude, umgefallene Bäume, abgerissene Stromleitungen und unpassierbare Straßen, tote Kühe, die steif gefroren auf den Weiden lagen.

Die Nachrichten meldeten Schreckliches: fünf Tage lang Schneefall, eisige Temperaturen und stürmischer Wind. Ein älteres Farmerehepaar hatte man tot in seinem Haus aufgefunden, ein oder zwei weitere Farmer wurden noch vermisst. Die Höhe des entstandenen Schadens war noch nicht abzusehen. Wie konnte eine Farm eine solche Verwüstung überstehen, und wie sollte ein Hund eine solche Katastrophe überleben, selbst wenn er so wild entschlossen und schlau war wie Rose?

Die Offiziere hatten schließlich ein Einsehen gehabt, nachdem er sie stundenlang angefleht und zuletzt damit gedroht hatte, sich anzuziehen und zurück zu trampen. Als der Himmel aufklarte und man wieder sicher fliegen konnte, starteten sie mit ihm. Sie würden ihn auf die gleiche Weise absetzen müssen, wie sie ihn hinaufgezogen hatten.

Die Ärzte waren besorgt wegen seines Arms, an dem er einen doppelten Bruch erlitten hatte. Doch man gab ihm Verpflegung, einen größeren Generator und einen tragbaren elektrischen Heizkörper mit. Außerdem erwarteten die Behörden, dass die Stromleitungen innerhalb einer Woche repariert sein würden. Straßenräumfahrzeuge im Sondereinsatz versuchten bereits, die Straßen wieder passierbar zu machen. Also wurden Sam und zwei andere Farmer – ein Ehepaar mit ihren beiden kleinen Kindern von Bunker Hill Road – zurück nach Hause geflogen.

Als er dem Piloten die Geschichte von Rose erzählte, einigten sie sich darauf, ihn zuerst abzusetzen, zusammen mit drei oder vier Ballen Heu. Sam hatte sich nach den Meldungen in den Nachrichten auf das Schlimmste gefasst gemacht. Trotzdem war er schockiert, als er aus dem Fenster sah, während der Pilot auf der Suche nach einem geeigneten Platz zum Abseilen zweimal über der Farm kreiste.

Die Farm war kaum wiederzuerkennen. An der Stelle, wo die Scheune gestanden hatte, ragte nur noch ein Teil des Schieferdaches aus dem Schnee, wie der Mast eines Schiffes, das im Packeis stecken geblieben war. Das Haus war unter Schneedünen versunken, sie reichten beinahe bis zum zweiten Stock hinauf. Das Dach der Scheune war zusammengebrochen. Er entdeckte eine tote Kuh, die übrigen standen steif hinter der Scheune. Der Offenstall war vollkommen vom Schnee eingeschlossen. Er sah ein paar Schafe darin liegen, doch aus dieser Entfernung konnte er nicht erkennen, ob sie lebten oder tot waren.

Weiter oben hinter dem Offenstall entdeckte er einen weiteren Tierkadaver, und ihm blieb das Herz stehen. Es dauerte einen Moment, ehe er erkannte, dass es ein Kojote war. Selbst aus dieser Entfernung konnte er das Blut neben ihm im Schnee erkennen. Mein Gott, dachte Sam, was war denn in der Lage, einen Kojoten zu töten? Sicherlich nicht Rose.

Er fragte sich, wo sie sein mochte, doch im gleichen Moment, als er darüber nachdachte, wurde er mutlos; ihm war klar, dass sie unmöglich einen Kampf mit den Kojoten überlebt haben konnte, egal, wie tapfer und wild entschlossen sie auch gewesen sein mochte. Vielleicht war sie fortgelaufen. Doch nein, das hätte sie nie getan. Nicht Rose. Und wenn sie noch am Leben gewesen wäre, wäre sie dann nicht sofort beim Geräusch des Helikopters herausgelaufen, um zu sehen, ob Sam nach Hause gekommen war? Der Pilot bedeutete ihm, dass er nur auf der Weide hinter der Scheune weit genug hinuntergehen konnte, um ihn abzusetzen. Sie würden noch einen Offizier gemeinsam mit ihm hinunterlassen, der Sam helfen konnte, durch den Schnee zum Haus zu gelangen und den Tieren Heu zu bringen.

Sam konnte es nicht erwarten, wieder auf den Boden zu kommen. Es hatte kaum einen Augenblick gegeben, in dem er sich nicht Vorwürfe gemacht hatte, dass er die Farm überhaupt verlassen hatte.

Der Pilot reichte ihm ein Funkgerät und sagte, er solle sich melden, falls er in den nächsten Tagen Hilfe benötige. Sam fragte sich, was von der Farm überhaupt noch übrig sein mochte und ob er hier wirklich überleben konnte. Und er musste ununterbrochen daran denken, wie Rose allein im Türrahmen gestanden hatte. Er sah aus dem Helikopterfenster. Er konnte sich nicht vorstellen, dass Rose nicht da draußen war und auf ihn wartete.

Sam machte sich ganz steif, als einer der Offiziere ihm ein Geschirr umlegte. Die Schlinge um seinen Arm machte alles noch schwieriger. Angesichts des blauen Himmels konnte man kaum glauben, was für ein furchtbarer Höllensturm hier gewütet hatte. Man ließ ihn langsam hinunter, zusammen mit dem Offizier, der ihm für eine Stunde zur Seite stehen würde, ehe der Helikopter ihn auf dem Rückweg wieder abholen und zurückfliegen würde. Eine Schneewolke wurde aufgewirbelt, und Sam suchte nach der Stelle, wo er unter dem Schnee begraben worden war und Rose ihn ausgegraben hatte. Er sah, wie ihn die Tiere aus der Entfernung beobachteten, aufgeschreckt vom Lärm des

Helikopters. Er war erleichtert, als er sah, dass sie sich bewegten.

Aber Rose war nirgends zu sehen.

Sie hatte den Kojoten Widerstand geleistet, da war er sich sicher. Doch er würde wahrscheinlich nicht einmal bis zum Offenstall durchkommen, um nachzusehen, was dort wirklich geschehen war. Dafür lag zu viel Schnee.

Der Offizier meinte, dass man versuchen würde, die Straßen in ein oder zwei Tagen wieder passierbar zu machen, er konnte aber nichts versprechen. Man hatte außerdem einen Plan erstellt, wie man Heu für die eingeschlossenen Tiere abwerfen konnte, und Sam eine Telefonnummer gegeben. Tatsächlich war schon vorher ein Helikopter über die Farm hinweggeflogen und hatte in der Nähe des Offenstalls und bei den Kühen einige Heuballen abgeworfen. Als sie näher kamen, konnte Sam das Heu und einige Spuren sehen. Also waren zumindest ein paar Tiere bis zum Heu vorgedrungen.

Der Pilot hatte sich die Koordinaten des Offenstalls gemerkt und versprochen, einen erneuten Versuch zu starten und dort noch einmal Heu abzuwerfen, sobald sie die übrigen Farmen abgeflogen hatten und keine Menschen mehr in Gefahr waren. Er sagte, dass noch immer Leute in ihren Häusern ohne Heizung eingeschlossen waren, und natürlich hatte deren Rettung Priorität.

»Viel Glück bei der Suche nach Ihrem Hund!«, schrie einer der Offiziere Sam zu, als sie ihn aus dem Bauch des Helikopters abseilten. Er landete sanft im Schnee, der ihm bis zu den Knien reichte, löste den Gurt und trat dann ein wenig zur Seite, als sich der Helikopter schnell wieder in die Luft erhob und zum

Farmhaus hinüberflog, um dort Vorräte und den tragbaren Heizkörper abzusetzen.

Der Offizier, der Sam helfen sollte, war ein junger kräftiger Mann. Er strahlte Ruhe und Tatkraft aus und schien ehrlich betroffen zu sein. Er hatte eine Menge Ausrüstung dabei – Windmesser, Taschenlampen, Seilzugklemmen und andere nützliche Dinge. Ganz offensichtlich war dies nicht sein erster Einsatz dieser Art.

Der Helikopter würde zurückkommen, um ihn abzuholen. Wenn die Lage sicher genug war, konnte Sam bleiben. Insgeheim hatte Sam sich geschworen, dass er die Farm auf keinen Fall mehr verlassen würde, ganz egal, was er hier vorfinden würde.

Der Offizier half ihm, sich einen Pfad zur Scheunentür zu bahnen, dann gaben sie dem Helikopter ein Zeichen, dass er weiterfliegen konnte. Sam erklärte seinem Helfer, dass sie zuallererst Rose finden mussten, erst dann würden sie den anderen Tieren Heu bringen.

Die Schiebetür war vom Schnee blockiert, doch im Türbrett war eine weitere Tür eingebaut, und nachdem Sam sie mit seiner linken Faust vom Schnee befreit hatte, konnte der Offizier sie öffnen. Die beiden Männer kletterten hinein.

»Rose, Rose!«, brüllte Sam. »Bist du hier? Rose?« Er wusste, dass sie nicht da war, aber er mochte sich das noch nicht eingestehen. Er hörte, wie die Schafe im Offenstall beim Klang seiner Stimme anfingen zu blöken, und war froh, dass zumindest einige von ihnen am Leben waren. Doch als er in den dunklen, vormals großzügigen Innenraum seiner Scheune trat, verschlug es ihm den Atem. Im hinteren Teil war das Dach zusammengebrochen, und überall türmte sich Schnee auf.

Überraschenderweise schienen die Hintertüren aufgestoßen worden zu sein. Zwei Hühner kauerten in ihrem Nest, eines davon war tot. In einer Ecke entdeckte er Winston, mehr tot als lebendig. Sam zeigte dem Offizier, wo der Futtereimer stand, und sie warfen Winston ein wenig Futter hin. Der Hahn wachte auf und fing gierig an zu picken.

Überall lagen herabgestürzte Balken und geborstene Bretter. Es war ein furchtbares Durcheinander. Hinten in der Scheune entdeckte Sam das tot getrampelte Schaf und konnte sich nicht erklären, wie es dorthin gelangt war. Als er durch den Schnee zur Hintertür hinausstapfte, fand er die meisten seiner Kühe am Leben. Unbeweglich und zitternd standen sie da, wie er es schon vom Helikopter aus gesehen hatte. Brownie lag hinter der Scheune, aber er atmete noch. Als Sam und der Offizier anfingen zu schreien und mit den Füßen aufstampften, rappelte sich der alte Stier auf.

Der Offizier rannte hinüber zu der Stelle, wo der Helikopter das Futter abgeworfen hatte, packte einen Heuballen und warf etwas davon Brownie direkt vor die Nase. Dann verteilte er den Rest des Heus unter den Kühen. Ein paar Heuballen, die der Helikopter schon vorher abgeworfen hatte, waren bereits aufgefressen.

Sam wusste, dass er Brownie retten konnte, wenn er ihn dazu bringen konnte, sich zu bewegen und zu fressen. Der Helikopter hatte auch einen tragbaren Generator zurückgelassen, und der Offizier versicherte, dass er ihn zum Laufen und damit das Wasser im Haus wieder zum Fließen bringen würde, sobald sie den Hund gefunden hatten.

Sam hatte versucht, den Gedanken an Rose zu verdrängen. Jetzt fürchtete er sich davor, ihre Leiche zu finden. Was, wenn Rose unter dem Schnee begraben lag und er sie erst im Frühling finden würde? Oder wenn er sie nie entdecken würde? Wenn die Kojoten sie davongeschleppt hatten?

Er hätte heulen können, aber nicht jetzt, nicht vor dem jungen Offizier. Der schlug vor, einen Heuballen an ein Seil zu binden und ihn so bis zu den überlebenden Schafen im Offenstall zu ziehen. Sam meinte unter dem Blöken auch die Rufe von ein oder zwei Lämmern ausmachen zu können. Die Futterraufen waren völlig vereist. Wie hatte unter diesen Umständen auch nur ein einziges Schaf überleben können, ganz abgesehen von der Kälte, als die Temperaturen auf minus dreißig Grad gesunken waren?

Dann hörte Sam ein leises, grollendes Knurren. Er drehte sich um. Es kam aus der nordöstlichen Ecke der Scheune, aus einem Raum, wo er Gerätschaften, Batterien und Stricke aufbewahrte. Auch der junge Soldat hatte es gehört. Gemeinsam rannten sie hinüber, stießen den Schnee zur Seite und stiegen über den Kadaver des Huhns hinweg. Sam erkannte Fuchsspuren im Schnee, und er war darüber nicht weiter verwundert.

Sie brauchten ein paar Minuten, ehe sie die hintere Ecke der Scheune erreicht hatten. Sie mussten über Trümmer klettern und sich durch den Schnee arbeiten, überall lagen umgestoßene Eimer und eingefrorene Schläuche herum. Die Tür zu dem kleinen Nebenraum war aufgebrochen. Drinnen war es dunkel. Der Offizier ging voraus und zog eine Taschenlampe hervor. Das Knurren wurde deutlicher, drohender. Er ließ den Lichtkegel durch den Raum wandern.

»Hey!«, schrie er dann. »Ich glaube, ich habe Ihren Hund gefunden!«

Sam stürzte herbei und sah ihm über die Schulter. »Das ist nicht Rose«, sagte er, nachdem er sich gefasst hatte. Aber er kannte den Hund. Es war der wilde Hund, der früher einmal Flash geheißen hatte. Er kämpfte sich mühsam auf die Beine und knurrte sie an. Er fletschte die Zähne, wirkte aber nicht sonderlich bedrohlich. Sam wurde klar, dass er versuchte, etwas zu beschützen.

Plötzlich hatte er ein Bild vor Augen, wie der Hund auf McEachrons altem Pick-up mitfuhr. Er dachte an die lange, seltsame Reise, die diesen Hund schließlich hierhergeführt hatte. Sam erinnerte sich daran, wie erschöpft der wilde Hund gewesen war, nachdem er Rose geholfen hatte, ihn aus dem Schnee auszugraben. Sam hatte die Verbindung zwischen diesem Hund und der sonst so unnahbaren Rose gespürt. Er kniete sich hin, und der arme alte Hund brach buchstäblich zusammen. Jetzt, wo er Sam erkannt hatte, wedelte er mit dem Schwanz und winselte. Er steckte seine Nase in Sams Hand. Er war nur noch ein Schatten seiner selbst und sah einem Skelett ähnlicher als einem Hund. Der Offizier hatte seine Hand noch immer am Revolver in seinem Gürtel, aber Sam stand rasch auf und gab ihm Entwarnung. Dann beugte er sich wieder zu dem entkräfteten Hund hinunter. Der ließ es zu, dass Sam seinen Kopf in seine Hände nahm. »Du bist müde und schwach, nicht wahr, alter Mann?«, sagte er leise in beruhigendem Tonfall. »Und du versuchst etwas zu beschützen. Ich wette, du hast hier die Hölle auf Erden erlebt. Lass uns nachsehen.« Er beugte sich noch weiter vor, und da, hinter dem alten Hund, im Schein der Taschenlampe, sah er sie.

Rose lag auf einem Haufen verrottetem Heu. Im Nacken, auf der Schulter und an zwei Beinen war ihr Fell von getrocknetem Blut verfilzt. Ihre Pfoten waren blutverschmiert, sie hatte die Augen geschlossen und lag vollkommen still. Sam konnte nicht sagen, ob sie noch atmete.

»Mein Hund, mein armes Mädchen«, sagte er und musste beim Anblick seines Bordercollies laut schluchzen. Der Offizier zog seine Handschuhe aus und befahl Sam zu warten. Dann lief er hinaus, um sein Verbandszeug zu holen. Auf dem Weg schaltete er sein Funkgerät ein und ließ sich mit der Tierklinik im übernächsten Ort verbinden. Sam streckte den Arm aus und strich Rose über den Kopf. Ihr Körper fühlte sich warm an, nicht steif. Sie war nicht bei Bewusstsein, aber vielleicht noch am Leben. »Was ist passiert, Mädchen? Was ist hier passiert? Halt durch, bitte!«

Der Offizier kam zurück und untersuchte Rose. »Ich spüre einen Herzschlag«, versicherte er. »Sie lebt.«

Er holte zwei Spritzen hervor und gab Rose zuerst eine Dosis Adrenalin, dann ein Schmerzmittel. Er sagte, er hätte bereits die Erlaubnis eingeholt, Rose mit dem Helikopter in die Klinik zu bringen, wenn man ihn auf dem Rückflug aufsammelte. Er ließ keinen Zweifel daran, dass Rose unbedingt in die Klinik musste, und zwar schnell.

»Sie hat eine Menge Blut verloren, und sie ist sehr schwach«, erklärte er Sam. »Sie ist schwer verwundet.« Er sagte, dass die Tierklinik genau auf der Strecke ihres Rückfluges zur Basisstation lag. Roses Herzschlag war schwach, aber deutlich wahrnehmbar. Vielleicht gab es noch Hoffnung.

Der Offizier baute aus Futtersäcken eine behelfsmäßige Trage und hob den Hund vorsichtig hinein. Rose öffnete kurz die Augen und wedelte schwach mit dem Schwanz, als sie zu Sam aufsah. Sie versuchte den Kopf zu heben, wie um seine Hand zu lecken, und Sam streckte seine gesunde Hand aus, um sie zu streicheln. »Hallo«, sagte er sanft. Er wollte nicht, dass sie sich aufregte.

Der Offizier gab ihr eine leichte Beruhigungsspritze für den Flug. Rose schloss wieder die Augen, und für einen Augenblick dachte Sam, sie sei tot.

Rose hörte kurz den Atem des wilden Hundes, dann wieder gar nichts.

Sie fühlte sich von ihrem Körper losgelöst. Sie hatte Traumbilder vor sich gesehen – ihre Mutter, die Farm, Sam, Katie, die Schafe, den wilden Hund –, wie einen verwackelten Film. Sie konnte sich auf kein einzelnes Bild konzentrieren. Sie schwamm in einer Dunkelheit, die mit jeder Minute undurchdringlicher und schwärzer wurde.

Sie fühlte, wie ihre Seele ihren Körper langsam verließ. Sie war jenseits aller Erschöpfung, die hellen Momente wurden kürzer, schwächer. Tag und Nacht waren zu einem nasskalten, schroffen Grau verschmolzen.

Undeutlich hörte sie den wilden Hund bellen und knurren. Davon wachte sie auf, doch danach hatte sie einen anderen Traum, diesmal von Sams Stimme, die ganz nah war, ruhig, sanft und zärtlich. Dann roch sie seine Hand und wusste, dass er da war.

Sam war zurückgekommen.

Sie versuchte, seine Hand zu lecken, mit dem Schwanz zu wedeln, aber sie konnte sich nicht bewegen. Und sie dachte an die Schafe und horchte nach ihnen, aber sie konnte sie nicht hören.

Die Schmerzmittel begannen zu wirken, dennoch tat ihr alles weh. Sie merkte, wie sie hochgehoben wurde, und ihr wurde schwindelig. Schließlich wurde sie ganz ruhig. Sam war zurückgekommen. Sie fiel in tiefe Dunkelheit.

Die beiden Männer trugen sie vorsichtig aus der Scheune heraus und hörten wenig später schon den Helikopter zurückkommen. Der Pilot ließ ein Geschirr herunter, sie legten es Rose um und gurteten sie fest. Sie war ganz offensichtlich nicht mehr bei Bewusstsein, und die beiden Männer sahen zu, wie sie nach oben gezogen wurde. Diesmal war Sam derjenige, der ihr hinterhersah, vielleicht zum letzten Mal. Nun war er derjenige, der zurückgelassen wurde und sich alleine um die Farm kümmern musste.

»Ich kann mir einfach nicht vorstellen, was hier passiert ist«, sagte der Offizier. Er war genauso neugierig wie Sam. Er wollte sich auch um die Wunden des wilden Hundes kümmern, die nicht lebensbedrohlich zu sein schienen.

Sie verteilten noch mehr Heu an Brownie und die verbliebenen Kühe, dann gaben sie den Hühnern Futter. Sie bauten einen behelfsmäßigen Zaun, um Füchse und andere Jäger fernzuhalten, und warfen Heu ins Ziegengehege. Die Ziegen waren alle am Leben und meckerten laut nach Futter.

Die Wasserpumpe war aufgetaut und funktionierte wieder. Der Offizier brachte den Ziegen einen Eimer Wasser und erklärte Sam, dass die drei zwar ziemlich mitgenommen aussähen, aber insgesamt in guter

Verfassung seien. Sie meckerten schon wieder streitlustig.

Der Offizier war es auch, der Carols Hufe aus dem Schnee ragen sah. Sam hatte den Esel schon überall gesucht und war nicht überrascht, dass er tot war. Wie es aussah, war Carol wohl nicht von den Kojoten getötet worden war, und Sam war beinahe dankbar dafür.

»Armes altes Mädchen«, sagte Sam zum Offizier. »Sie hatte ein hartes Leben. Ich bin froh, dass sie noch ein paar gute Jahre hier hatte. Ich hoffe, sie musste nicht lange leiden.«

Der Offizier schien weitergehen zu wollen, drängte Sam aber nicht.

»Mein Vater wäre entsetzt gewesen, wenn er gesehen hätte, dass ich einen nutzlosen Esel durchfüttere«, sagte Sam. »Aber ich mochte das alte Mädchen, und meine Frau – also Katie – war ganz verliebt in sie. Sie hat ihr jeden Morgen Karotten gebracht, und als Carol einmal krank war, Medizin schlucken musste und heiße Umschläge an den Beinen brauchte, kam Katie zu ihr heraus und hat ihr auf ihrem Kassettenrekorder Willie Nelson vorgespielt. Sie hat diesen Esel geliebt.« Er lächelte und sah zu der Leiche des Esels hinüber. »Und der Esel mochte Willie Nelson. Er fand ihn toll.« Dann ging er weiter.

Die beiden Männer kletterten, so weit es ging, zur Weide hinauf, doch Sam verließen bald die Kräfte. Er hatte große Schmerzen, wollte aber nicht zu viele Schmerzmittel nehmen, denn er musste unbedingt herausfinden, was auf der Farm vorgefallen war, und helfen, wo er konnte. Doch der Offizier ließ nicht zu, dass er sich zu viel zumutete. Er griff in seine Tasche und gab Sam zwei Schmerztabletten. »Mein Vater war auch Farmer«, erklärte er. »Wir hatten auch einen Bordercollie. Sehen Sie, ich weiß, was Sie durchmachen. Niemand kann von Ihnen verlangen, dass Sie die Sache nicht schwernehmen. Aber nehmen Sie es nicht *zu* schwer.« Er streckte eine Hand aus. »Ich bin übrigens Kevin«, sagte er. Sam reichte ihm seine gesunde Hand. »Sam.«

Kevin lud eine Ladung Heu auf einen behelfsmäßigen Schlitten. Stellenweise überragten die Schneeverwehungen ihre Köpfe, und dicke Eisschichten und verkrusteter Schnee zeugten von der Gewalt des Sturms und der Kälte. Sam sah, dass an einer Stelle ein Schneebrett vom Dach des Offenstalls abgegangen war. Beinahe alle Schafe waren noch am Leben, selbst einige schwache Lämmer, die offenbar während des Sturms zur Welt gekommen waren. Sie versuchten noch immer, bei ihren erschöpften und ausgemergelten Müttern zu trinken. Für den Anfang spritzte Kevin den Lämmern Vitamine. Sam hatte nährstoffreiche Milchnahrung im Haus, die sie später in Flaschen herausbringen wollten.

Kevin öffnete die Holzkiste mit dem Generator und zog ihn zur Scheune. Er füllte Öl hinein und kurbelte ihn an. Puffend und tuckernd sprang die Maschine an, und der Offizier schloss sie an den frostfreien Hydranten und an einen Schlauch in der Scheune an, denn die meisten Wasserleitungen waren geborsten. Er schloss auch noch zwei Wasserenteiser an, und nach wenigen Minuten waren die Tränken gefüllt. Die Tiere stürzten sich nicht auf das Wasser, sondern kamen langsam eines nach dem anderen, um zu trinken.

Sam konnte immer noch nicht fassen, dass er Rose

lebendig gefunden hatte. Er hoffte, dass sie durchkommen würde. Die Sorge um Rose und der Zustand der Farm waren beinahe zu viel für ihn, besonders in Anwesenheit eines Fremden. Sam fühlte sich seltsam ohne Rose, so als hätte die Farm ihre Seele verloren. Immer wieder musste er sich ins Gedächtnis rufen, dass es keinen Sinn hatte, nach ihr Ausschau zu halten, weil sie abgeholt worden war. Ohne sie machte die Farm einen noch trostloseren Eindruck.

Etwa eine halbe Stunde später meldete der Pilot, dass Rose in der Klinik eingeliefert worden sei und gerade operiert würde. Ihr Zustand sei »extrem«. Man würde alles für sie tun, aber sie hatte viel Blut verloren und zahlreiche Knochenbrüche, Bisswunden und eine Unterkühlung erlitten.

Kevin war ein erfahrener Jäger und Spurenleser, und Sam kannte jeden Winkel der Farm. Zusammen suchten sie jeden Meter um den Offenstall herum ab bis nach unten zum Haus. Aus den wenigen Spuren, die sie fanden, rekonstruierten sie, was am letzten Tag des Schneesturms auf der Farm vielleicht passiert war. Das Ergebnis fiel dürftig aus.

Der Offizier fand ein paar Spuren, die ihn in Erstaunen versetzten. »Sie sind riesig – eindeutig Wolfsspuren. Das kann ich mir nicht erklären.«

Sam war skeptisch. Seit Generationen waren kaum Wölfe in der Gegend um Granville gesichtet worden, und was hätte ein Wolf in einem Schneesturm auf einer Farm schon suchen sollen? Hätte er nicht Rose und den wilden Hund getötet?

Kevin war ratlos. Er war sich sicher, dass die Spuren von einem einzelnen großen Wolf stammten, er hatte solche Spuren schon weiter im Westen gesehen. Außerdem fanden sie einen toten Kojoten mit Bisswunden in Nacken und Schultern, die von riesigen Zähnen herrühren mussten. Die Wolfsspuren verliefen neben den Hundespuren und ließen vermuten, dass die beiden irgendwie beieinander gestanden haben mussten. Kevin holte seine Digitalkamera hervor und machte ein paar Aufnahmen von den Spuren im Schnee. Er würde sie zur Auswertung an die Universität schicken, erklärte er. Vielleicht konnte man dort eine definitive Aussage machen.

Die beiden Männer waren sich einig, dass Rose bei dem Versuch verwundet worden war, die Scheune und die anderen Tiere zu verteidigen. Alles Weitere blieb Spekulation. Es schien Spuren von Füchsen zu geben, außerdem war die große Scheunentür eingedrückt worden, vielleicht bei einer Panik unter den Rindern.

Kevin trug den wilden Hund aus der Scheune ins Haus und legte ihn dort vorsichtig auf den Boden. Der alte Hund leistete keinerlei Widerstand. Sam brachte ihm Futter und Wasser. Der Offizier verabreichte ihm ein Beruhigungsmittel, dann versorgte er seine Wunden und gab Sam einen Vorrat an Antibiotika. Sie waren eigentlich für Menschen gedacht, würden aber bei dem Hund genauso ihre Wirkung tun. »Ich glaube, er wird es schaffen«, sagte Kevin.

»Ja«, antwortete Sam. »Er hat schon viel durchgemacht. Aber jetzt hat er hier ein Zuhause gefunden. Wenn er bleiben will.« Das ist das Wenigste, was ich für Rose tun kann, dachte Sam.

»Er wird sicher bleiben«, meinte Kevin. »Er hat genug.«

Der Offizier stellte immer noch Mutmaßungen über den Wolf an. Eigenartigerweise schien er kein Schaf gerissen zu haben, auch Rose und den wilden Hund hatte er verschont. Nur der Kojote war ihm zum Opfer gefallen. Der Wolf hatte ihn schnell und erbarmungslos getötet, dann schien er verschwunden zu sein.

Aber wie war das möglich?

»Er war oben beim Offenstall …«, überlegte der Offizier laut. »Warum hat er nicht eines der Schafe gerissen? Vielleicht hat er eines mitgenommen?«

Aber abgesehen von der Stelle, wo der Kojote lag, waren keine Spuren zu finden. Es war nicht nachvollziehbar, auf welchem Weg der Wolf auf die Weide gekommen war und wie er sie wieder verlassen hatte. Beinahe schien es, als sei der Wolf vom Himmel gefallen und auch auf demselben Weg wieder verschwunden.

Sam sagte nichts. Er brauchte mehr Zeit, um dem Rätsel auf den Grund zu gehen.

Kevin grub die Hintertür des Hauses frei und half Sam, Mantel und Stiefel auszuziehen. Er schloss den zweiten Generator an, den sie zum Heizen mitgebracht hatten. Dann funkte er dem Piloten, dass er ihn abholen konnte.

Als der Helikopter näher kam, sagte Kevin noch, dass er Rose die Daumen drücken würde. Er versprach, so bald wie möglich zurückzukommen und nach ihm zu sehen. »Sie können den Tierarzt anrufen und ausmachen, wie der Hund zurücktransportiert werden soll. Ich glaube, dass Rose noch eine Weile dort bleiben muss, und bis dahin sind die Straßen sicher wieder frei. Viel Glück. Und nehmen Sie es nicht zu schwer, in Ordnung?« Er schüttelte Sam die gesunde Hand.

»Danke«, schrie Sam noch gegen den Lärm des Rotors an. Der Offizier wurde in den Helikopter hinaufgezogen, dann flog er davon.

Sam überspülte eine Welle der Einsamkeit – er sehnte sich nach Katie und Rose, und er wünschte sich die Farm zurück, wie sie einmal gewesen war. Es war ein eigenartiges Gefühl ohne Rose, sie war immer da gewesen, immer bereit zur Arbeit. Er fragte sich, ob sie zurückkommen würde. Seltsamerweise war er auch irgendwie froh, allein zu sein, allein mit dem alten Hund.

Er wusste nicht, was das alles zu bedeuten hatte. Die Spuren, die Kevin und er gefunden hatten, ergaben keinen Sinn. Er war noch nicht alt, und er bestand auch nicht so sehr auf seinen Routinen, wie sein Vater es getan hatte. Er war bereit zur Veränderung, er wollte durchaus Neues ausprobieren, aber er war doch immer noch ein Farmer. Und in seiner Erinnerung, in seinem ganzen Leben gab es nichts, das ihm geholfen hätte zu verstehen, was hier geschehen war.

Sam war immer der Ansicht gewesen, dass ein Hund eben ein Hund war, nicht mehr und nicht weniger. Jetzt wusste er nicht mehr so genau, was er denken sollte. Es schien, als hätte Rose es irgendwie geschafft, die meisten Tiere zu retten. Sie hatte die Farm gerettet, und dieser Gedanke überstieg sein Vorstellungsvermögen.

Er hatte inzwischen gehört, wie es auf den anderen Farmen aussah, zerstörte Stallungen, beinahe alle Tiere tot. Das hatte er auch hier auf seiner Farm erwartet. Er hatte mit dem Schlimmsten gerechnet.

Sam ging ins Haus zurück und setzte sich ins Wohnzimmer. Hinter der Küchentür brummte der Generator, und er war froh, wieder zu Hause zu sein, wie schlimm die Schäden auf der Farm auch sein mochten. Er hatte die eine oder andere Versicherung, und die Regierung hatte bereits zugesagt, den vom Sturm geschädigten Farmern finanziell unter die Arme zu greifen. Aber Sam wusste, dass die Politiker nur zu gern Versprechungen machten und dass Hilfe vom Staat unter Umständen mehr Schwierigkeiten machte als der Schneesturm selbst. Er mochte gar nicht daran denken.

Er betrachtete den schlafenden alten Hund und empfand plötzlich eine tiefe Sympathie für ihn. Es war schön, ihn hier zu haben. Er war dabei gewesen – was auch immer auf der Farm passiert war.

Sam betete, dass Rose überleben würde, doch er machte sich keine großen Hoffnungen. Er würde es sich nie verzeihen, dass er sie zurückgelassen hatte und sie es mit Kojoten, vielleicht sogar einem Wolf hatte aufnehmen müssen.

Sam war erschöpft und hatte Schmerzen. Das ganze Jahr hatte an seinen Kräften gezehrt, von manchem hatte er sich noch immer nicht erholt – er hatte Katie verloren, die Last der Verantwortung für die Farm hatte allein auf seinen Schultern gelegen, die Geschäfte liefen nicht gut, und jetzt diese Katastrophe. Was konnte noch passieren? Doch er schüttelte sein Selbstmitleid ab, genau wie sein Vater es ihm immer geraten hatte. *Du musst dein Selbstmitleid abschütteln wie ein Hund, der aus dem Regen ins Haus kommt.*

Durch die großen Fenster im Wohnzimmer strömte das Sonnenlicht ins Haus, es wurde von den Schneemassen draußen zurückgeworfen und war gleißend hell. Zumindest das Haus war heil geblieben. Innen gab es keine größeren Schäden. Einen kurzen Moment lang schöpfte Sam neue Hoffnung. Vielleicht würde alles so werden wie früher oder zumindest manches. Vielleicht bekam er sogar seinen Hund zurück. Er betete dafür. Er dachte an die Operationen, die Rose nun überstehen musste, und wünschte ihr Kraft und ein schmerzfreies Ende, falls es so weit kommen sollte. Er wünschte sich so sehr, mit jemandem darüber reden zu können, aber es war niemand da. Und wahrscheinlich hätte er sich letztlich auch niemandem anvertraut.

Wieder betrachtete er den alten Hund, der genauso erschöpft zu sein schien wie er selbst, und wieder war er erstaunt über die Zuneigung, die er für ihn empfand. Er hatte nie einen anderen Hund gewollt, hatte diesem Gedanken immer widerstanden.

»Hey«, sagte er, »wenn du willst, dann ist das hier dein neues Zuhause.« Flash zuckte zusammen, rappelte sich auf und wedelte mit dem Schwanz. Er trottete zu Sam hinüber und legte seine Vorderpfoten auf das Sofa neben ihm. Er war zu schwach, um sich ganz hinaufzuziehen.

»Ich wette, du hast schon sehr lange nicht mehr auf einer weichen Unterlage geschlafen«, sagte Sam mehr zu sich selbst als zu dem Hund. Mit seinem gesunden linken Arm zog er den Hund zu sich herauf. Der Hund seufzte tief und schlief sofort ein.

Er schlief die ganze Nacht mit dem Kopf auf Sams Schoß. Sam dagegen fand nur wenig Ruhe, immer wieder meinte er Rose zu hören, wie sie hereinkam, um nach ihm zu sehen. Aber sie war nicht da.

Fünfzehn

Eineinhalb Wochen nachdem Rose ausgeflogen worden war, bekam Sam einen Anruf vom Tierarzt, dass sie nach Hause kommen könne. Aber der Tierarzt warnte ihn, dass Rose Ruhe brauche. Im Notfall müsse Sam sie anbinden oder einsperren, damit sie sich schonte. Und dabei ging es nicht um Tage, sondern um Monate. Sie brauchte Ruhe.

Sie war mehrfach operiert worden, hatte Bluttransfusionen bekommen, ihre Wunden waren genäht worden, und der Knochen in einem Bein war genagelt worden.

Sie brauchte Ausgang an der Leine und weiterhin Schmerzmittel und Antibiotika. Sie durfte nicht herumrennen und nicht arbeiten. Sam lächelte, als er das hörte. Rose war in ihrem ganzen Leben noch nie an einer Leine gelaufen. Und er konnte sich nicht erinnern, dass sie sich jemals geschont oder ausgeruht hätte.

Wie die meisten Farmer war Sam Tierärzten gegenüber skeptisch und beachtete ihre Empfehlungen nicht weiter. Was konnten die schon anderes als Rechnungen ausstellen? Aber er versicherte dem Tierarzt, dass er vorsichtig sein würde. Er freute sich so sehr, seinen Hund wiederzubekommen, dass er über alles Weitere nicht nachdachte. Nachdem Rose in die Tierklinik gebracht worden war, hatte ihr Zustand immer wieder auf der Kippe gestanden. Der Tierarzt war am Telefon so zurückhaltend gewesen, dass Sam sich auf das Schlimmste vorbereitet hatte. Als der große Tag schließlich da war, erklärte sich der Tierarzt bereit, Rose nach Hause zu bringen. Er musste auf einer Farm in der Nähe nach einigen Kühen sehen und würde Rose auf dem Weg dorthin bei Sam absetzen.

Es war ein kalter, klarer Tag. Noch immer waren die Spuren des Schneesturms überall sichtbar – Berge von Schnee und Eis, zusammengebrochene Scheunen und Stallgebäude, Schlaglöcher in den Straßen, entwurzelte Bäume und zerstörte Stromleitungen, quer liegende Abflussrohre und Dachrinnen, zerborstene Tore und verbogene Zäune. Doch an diesem Tag hätte das Wetter nicht schöner sein können, es war beinahe mild. Sam stand auf seiner Veranda und lauschte dem Tropfen des schmelzenden Schnees. In Gedanken verglich er diesen Tag mit den schrecklichen Tagen während des Schneesturms. »Die Natur neigt wirklich zu Extremen, nicht wahr, Hund?«, fragte er Flash. Der alte Hund sah zu ihm auf und wedelte mit dem Schwanz.

Als der grüne Geländewagen auftauchte, stand Sam schon an der Straße und nippte an einer Tasse Kaffee. Er wartete dort bereits, seit der Tierarzt angerufen hatte, dass er nun losfahren würde. Flash saß noch immer neben ihm, und zusammen beobachteten sie die Straße. »Wir geben ein schönes Postkartenmotiv ab«, hatte Sam zu ihm gesagt, und der Hund hatte den veränderten, unbekümmerteren Ton in Sams Stimme verstanden und mit dem Schwanz gewedelt.

Flash knurrte, als der große Geländewagen in die Einfahrt bog, dann verstummte er. Die Farm war nun sein Revier, und er fühlte sich dafür verantwortlich, vor allem solange Rose nicht da war.

Der Tierarzt war ein großer, schlanker Mann mit hellbraunen Haaren. Er stellte den Motor ab, stieg aus und schüttelte Sam die Hand. Er betrachtete Flash. »Er sieht gut aus, Sam«, sagte er. »Sie haben sich sehr gut um ihn gekümmert.«

Sam war froh, das zu hören. Er hatte dem alten Hund die Wunden ausgewaschen und jeden Tag den Verband gewechselt – der Offizier und ein paar Nachbarn waren vorbeigekommen und hatten Medizin und Vitaminpräparate vorbeigebracht. Sam hatte den Hund ermuntert, sich zu bewegen, und ihm die alten, kaputten Gelenke massiert. Er hatte sich wirklich gut um ihn gekümmert. Aber das war jetzt unwichtig. Er wollte Rose sehen.

Er ging zur Rückseite des Wagens und sah hinein. Rose lag ganz still in einem Käfig. Dann hob sie den Kopf und sah ihn an. Sie wedelte leicht mit dem Schwanz. Sam sah sofort, dass sie in einem schrecklichen Zustand war und Schlimmes durchgemacht hatte. Er schnappte nach Luft. Sosehr er sich auch freute, sie zu sehen – es war ein furchtbarer Anblick.

Der einst so schöne, athletische Hund glich einem Flickenteppich aus nackter Haut, Blutergüssen, Wunden und Nähten. Rose wirkte erschöpft, ihre Vorderbeine und Rippen waren einbandagiert, der Verband sollte Operationswunden, Infusionszugänge und andere Verletzungen schützen. Um ihre Schulter war eine dicke Mullbinde gewickelt, ihr rechtes Bein lag in einer Schiene, die seltsam unter ihr herausragte.

Sam sah den Tierarzt an.

»Ein schlimmer Anblick, ich weiß«, meinte der Tierarzt. »Aber es sieht zum jetzigen Zeitpunkt dramatischer aus, als es ist. Wir konnten sie retten, auch wenn lange nicht klar war, ob sie es schaffen würde. Jetzt braucht sie Zeit, um sich zu erholen. Aber sie wird wieder gesund, Sam. Ihre Bewegungsfreiheit wird etwas eingeschränkt bleiben, aber sie wird trotzdem noch schneller sein als die meisten Hunde. In der Klinik wollte sie kaum etwas fressen. Versuchen Sie, Futter in sie hineinzubekommen, in Ordnung? Und sie muss eine ganze Menge Tabletten schlucken. Kümmern Sie sich darum, dass sie sie auch wirklich frisst. Steht alles genau auf der Packung. Sie ist ein stoischer Hund, sie ist stark. Wir haben ihr eine ganze Menge zugemutet, aber sie hat sich nie beschwert oder uns Schwierigkeiten gemacht. Nur streicheln lassen wollte sie sich nicht. Achten Sie darauf, dass sie sich nicht viel bewegt.«

Rose betrachtete ihre Beine, als würden sie nicht zu ihr gehören, und musterte die Schiene. Die musste sie so schnell wie möglich loswerden. Der Tierarzt erzählte Sam, dass sie sie schon mehrmals abgemacht hatte. Er hatte gar nicht erst versucht, ihr eine Halskrause als Leckschutz anzulegen.

Sam sah den Tierarzt an und nickte. Er war ganz gerührt. Insgeheim musste er immer grinsen, wenn ein Tierarzt ihm nahelegte, Rose ruhig zu halten. Er fragte sich dann, ob irgendeiner von ihnen schon einmal mit einem Bordercollie wie Rose zusammengelebt hatte.

Rose rappelte sich mühsam auf und humpelte langsam, mit kleinen Schritten zum hinteren Teil des Käfigs. Sam traute sich nicht, sie herauszuheben. Er hatte Angst, ihr wehzutun, sie machte einen so verletzlichen Eindruck. Wieder sah er den Tierarzt an. Der schob behutsam einen Arm unter Roses Bauch, den anderen unter ihren Hals, und hob sie vorsichtig auf den Boden. Er holte eine Leine hervor und befestigte sie an Roses Halsband. »So müssen Sie sie hochheben, wenn es nötig ist«, erklärte er. »Sie darf nicht springen.« Sam nahm die Leine und hielt sie etwas widerwillig in der Hand.

»Hören Sie zu, Sam, sie darf auf keinen Fall arbeiten. Ich meine das wirklich ernst. Ich wage mir nicht vorzustellen, was sie durchgemacht und wovon sie solche Wunden davongetragen hat – ich habe so etwas vorher noch nie gesehen. Ein schneller Spurt könnte die Wunden wieder aufreißen lassen und sie unter Umständen sogar töten.«

Sam versicherte dem Tierarzt, dass er verstanden hatte. Er nahm die Leine fester in die Hand und sah auf seinen Hund hinunter. »Okay, Rose. Willkommen zu Hause.«

Rose machte einen vorsichtigen Schritt vorwärts, sie zog ihr Bein auf erbärmliche Weise nach. Ihr Schwanz bewegte sich langsam hin und her, und sie hielt den Kopf gesenkt, beinahe so, als wäre sie schüchtern. Sie humpelte zu Sam, schnupperte an ihm und leckte ihm dann die Hand. Flash kam zu ihr, und die beiden berührten sich mit den Schnauzen, sie wedelten kräftiger mit dem Schwanz, als der alte Hund Roses Verbände und Wunden beschnupperte.

Sam kniete sich neben Rose auf den Boden. Zitternd und vorsichtig lehnte er seinen Kopf gegen ihren. Tränen liefen ihm übers Gesicht. Rose ließ die Annäherung zu und erwiderte sie, indem sie Sam sanft ableckte.

Sam schüttelte dem Tierarzt die Hand und bedankte sich bei ihm. Dann fuhr der Geländewagen davon, und Sam führte Rose vorsichtig zum Hintereingang des Hauses. Dort nahm er ihr die Leine ab. »Ich habe dich noch nie an die Leine genommen, altes Mädchen, und ich verlasse mich darauf, dass du hierbleibst und die Sache ruhig angehen lässt, okay?«

Rose bewegte sich langsam, sie hatte verstanden. In Sams Stimme lag keine Aufforderung zur Arbeit. Mit dem wilden Hund im Schlepptau lief sie langsam auf dem geräumten Weg durch den Schnee.

Sie hob die Nase, blickte zum Hügel hinauf und sah die Spuren. Ihre Instinkte und Sinne riefen ihr wieder die Erinnerungen an den Schneesturm ins Gedächtnis. Lange Zeit starrte sie den Hügel hinauf, die Nase in die Luft gereckt. Sam beobachtete sie.

Die winterliche Landschaft war immer noch beeindruckend. Überall lagen Massen von Schnee, der Boden war mit Ästen und Brettern übersät. Und doch war die Szenerie eine ganz andere als beim letzten Mal, als Rose sie gesehen hatte.

Rose entdeckte Blackface und die anderen Schafe, die sich vor dem Offenstall versammelt hatten. Sie sah zu der Stelle hinüber, wo sie Carol hatte sterben sehen, wo sie ihr in die traurigen Augen geblickt und sich von ihr verabschiedet hatte. Sie starrte zu der Stelle, wo sie sich den Kojoten entgegengestellt hatte. Ein paar Schafe blökten ihr zu, und sie schaute zu ihnen hinüber. Keines der Schafe bewegte sich. Rose wurde klar, dass sie für die Schafe einen seltsamen Anblick abgeben musste. Manche erkannten sie vielleicht gar nicht wieder. Immerhin waren zwei Wochen vergangen, und sie war von Kopf bis Fuß einbandagiert. Aber

Blackface erkannte sie und hielt ihrem Blick stand. Für Rose war es eine respektvolle Geste, eine Art Anerkennung.

Sie sah den Hügel hinauf, wo sie die Ziegen zusammengetrieben hatte, und auf die obere Weide, wo sie gelegen hatte, als sie die blauen Lichter und die Seele ihrer Mutter gesehen hatte.

Links von ihr begannen die Ziegen zu meckern. Offenbar hielten sie Rose für weisungsbefugt und forderten wie immer mehr Futter. Das hatte wenig Sinn, und wie üblich beachtete Rose sie nicht.

Sie humpelte ein paar Schritte nach rechts, sodass sie durch den Zaun schauen konnte. Dort standen Brownie und die Kühe an der Futterraufe und fraßen. Sie sahen nicht herüber. In der Scheune hörte sie Winston krähen und die Hühner gackern. Offenbar hatte Winston wieder zu seiner alten Rolle zurückgefunden, er war beflissen und angeberisch wie eh und je.

Rose sah, was der Sturm angerichtet hatte. Ihre innere Blaupause stimmte nicht mehr, wohin sie auch schaute, musste sie ihre Umgebung und deren Zustand neu verzeichnen. Sie musste eine Menge neuer Eindrücke verarbeiten.

Schieferplatten waren vom Dach des Farmhauses gefallen, im Scheunendach gähnten große Löcher, und mehrere Tore waren aus ihren Angeln gerissen worden. Die meisten Fensterscheiben der Scheune waren zersprungen, und das Glas war aus den Rahmen gedrückt. Der Sturm hatte Bäume und Masten umgeknickt.

Rose schloss die Augen und konnte weit hinter sich Falken schreien hören. Sie waren auf Futtersuche.

Auch die anderen Tiere im Wald waren auf der Jagd oder gruben nach etwas Essbarem. Rose lauschte nach den Kojoten, konnte sie aber nicht ausmachen. Sie roch die toten Tiere, Blätter und Zweige, die aus den Schneemassen auftauchten. Von einer Farm in der Ferne konnte sie das Muhen von Kühen hören.

Sie musste sich neu zurechtfinden. In ihrer Erinnerung fehlten einige Tage, von denen sie nur undeutliche Bilder im Kopf hatte. Sie hatte viel Zeit in Käfigen verbracht. Sie lauschte nach Katie, hob die Nase und hoffte, ihren Geruch irgendwo wahrzunehmen. Aber sie konnte sie weder hören noch riechen.

Sam sah still zu, wie Rose sich wieder mit ihrem Zuhause bekannt machte. Er ließ ihr Zeit. Der wilde Hund hatte sich hingesetzt und beobachtete alles ruhig. Er musste nun nicht mehr nach Rose suchen.

Rose hob den Blick und sah Sam direkt in die Augen – nur für einen Moment. Dann wandte sie sich wieder der Farm zu. Sie drehte sich um und lief langsam die geräumten Pfade entlang zur Weide.

Sam hob die Hand, wie um sie zu maßregeln, doch als sie sich umwandte und ihm einen Blick zuwarf, ließ er den Arm wieder sinken. Langsam lief sie zum Weidetor. Die Schiene machte ihr den Weg beschwerlich. Sie schüttelte den Kopf, wie um die Schmerzen abzuschütteln. Es gelang ihr, ganz langsam unter dem Tor hindurchzukriechen, dann wanderte sie zum Offenstall hinauf. Dort hatten sich die Schafe zu einer Herde versammelt. Sie hielten die Köpfe gesenkt und betrachteten Rose.

Sie setzte sich hin. Sorgfältig überprüfte sie ihre Blaupause und glich sie beinahe unbewusst an die neue Situation an. Sie entfernte eine Kuh und ein totes

Lamm aus ihrer Liste, den Esel, ein Mutterschaf und ein Huhn.

Katie behielt sie auf ihrer Blaupause, wieder durchsuchte sie im Geiste die Farm nach ihr. Es war wie ein Reflex. Katie war nicht auf der Weide und auch nicht im Wald. Aber sie war auch nicht im Haus, das konnte Rose spüren. Sie sah zu dem wilden Hund zurück, der immer noch neben Sam saß und sie beobachtete.

Ab und zu verschwamm alles vor ihren Augen, und ihr Körper schmerzte. Sie fühlte sich ganz steif, spürte ihre Wunden, die Verbände, gebrochenen Rippen und schmerzenden Knochen. Selbst das Atmen tat ihr weh. Sie konnte weder rennen noch springen. Und zum ersten Mal in ihrem Leben fühlte sie sich unfähig zu arbeiten.

Rose ließ ihren Blick noch einmal schweifen, sah zu den Schafen hinüber und zu Sam. Schließlich schien sie für den Moment genug gesehen zu haben. Sie war wieder auf dem neuesten Stand. Sie schloss die Augen und streckte die Nase hoch in die Luft.

Langsam und mühselig legte sie sich im Offenstall in der Nähe der Schafe auf den Boden. Die Tiere bewegten sich. Rose schloss wieder die Augen und versuchte ihren Lieblingstraum zu träumen, von grasenden Schafen auf einer sonnigen Wiese und dem Wind, der durch das Gras streift.

Epilog

Als der Sommer kam, war auf der Farm wieder alles grün, saftig und duftend – beinahe wie letztes Jahr, dachte Sam. Auf den Feldern standen hoch und grün Mais und Alfalfa, die Scheune und der Offenstall hatten ein neues Schieferdach bekommen. Auf der hinteren Weide grasten Kühe, und ein ganzer Haufen Lämmer hüpfte verspielt um den Offenstall herum. Überall surrten Fliegen und Mücken.

Die Gemeinschaft der Farmer hatte zusammengehalten, um allen Farmern wieder auf die Beine zu helfen. An den meisten Häusern und Stallgebäuden sah man zwar noch Schäden, doch der Schneesturm schien vielen schon weit weg, nur eine weitere Tragödie im Leben, das doch aus so vielen dramatischen Situationen bestand. Als Farmer war man immer mit dramatischen Umständen konfrontiert. Auch Sam hatte schon viele miterlebt.

Tod und Schwierigkeiten gehörten einfach zu einer Farm dazu. Es gab immer etwas zu tun, die Ernte stand an, oder irgendeine andere Arbeit trieb den Farmer weiter an.

Ein paar Nachbarn waren vorbeigekommen und hatten Sam geholfen, seine Zäune und Tore zu reparieren, denn vieles war unter der Last von Schnee und Eis zusammengebrochen. Sie dichteten die Scheune mit Planen ab und setzten neue Türen ein. Das Gerücht von einem Wolf hatte sich rasch in der ganzen Gegend verbreitet und eine Art Panik ausgelöst. Farmer hatten ihre Schrotflinten und Gewehre herausgeholt, und Wildhüter hatten die Wälder nach Spuren durchkämmt. Aber sie hatten keinen Wolf gefunden und auch keine Spuren entdecken können. Bald wurde nicht mehr darüber gesprochen, doch Sam nahm weiterhin sein Gewehr mit, wenn er nachts nach draußen ging. Schließlich hatte er den toten Kojoten neben dem Offenstall gesehen.

Rose erinnerte sich auch an jene Nacht. Sam fiel auf, dass sie sich in der Nähe des Offenstalls immer merkwürdig benahm. Sie blieb oft stehen und schnupperte mit gesträubtem Fell am Boden herum.

Jeden Morgen in der Dämmerung schlich sich Rose in die Nische neben der Küche und weckte den wilden Hund, der dort neben dem Ofen schlief. Er brauchte immer einige Zeit, bis er aufstand. Zuerst streckte er ausgiebig seine steifen Beine und Pfoten. Schließlich erhob er sich und trank etwas Wasser. Dann schlüpfte er mit Rose durch die Hundetür hinaus, noch ehe Sam aufgestanden war und sich an die tägliche Arbeit machte.

Seit dem Sturm saß Sam morgens oft am Computer und murmelte etwas von Bürokratie, Formularen und Richtlinien für die Einforderung von Versicherungssummen. Rose hatte keine Ahnung, was er da trieb oder warum er das tat. Aber sie hatte sich an den geänderten Zeitplan gewöhnt. Nun machte sie morgens mit dem wilden Hund einen Spaziergang um das Farmhaus und über die nahe gelegenen Felder.

Sam bemerkte, dass Rose seit dem Schneesturm mehr Zeit alleine verbrachte als früher, draußen in der Scheune oder auf dem Pfad zwischen den Weiden. Oft war sie mit Flash unterwegs. Er war zwar zu schwach, um hinter den Schafen herzujagen, aber er liebte es, mit Rose in der Scheune zu sitzen oder ihr vom Weidetor aus bei der Arbeit zuzusehen. Die beiden verbrachten auch oft den Abend zusammen. Meist lagen sie dann neben dem Ofen, denn die Wärme tat Roses Bein gut. Manchmal verschwanden sie in Katies altem Nähzimmer.

Flash bekam Tabletten gegen Würmer und Parasiten, außerdem musste er Medizin wegen seiner Arthritis, einer Herzschwäche und der schmerzenden Gelenke nehmen. Aber er hatte sich erstaunlich gut von seinem elenden Zustand erholt und sich glücklich wieder in ein Leben auf einer Farm eingefunden, auch wenn er nicht arbeiten konnte. Er schlief am liebsten in den dunklen, staubigen Ecken in der Scheune, nur in kalten Nächten legte er sich nahe zum Ofen. Er hatte das alte schwarze Sofa in Beschlag genommen, manchmal teilte er es großzügig mit Sam. Er liebte die Mahlzeiten morgens und abends und spürte, dass Sam ihn ins Herz geschlossen hatte.

Auch Sam war das klar geworden. Rose war sein Arbeitshund, aber Flash war für ihn zu einer Art Haustier geworden. Rose hasste es, die Farm zu verlassen, und ihr wurde manchmal beim Autofahren schlecht. In Flash hatte Sam einen idealen Kameraden für die langen Fahrten gefunden, die das Landleben mit sich brachte. Sam merkte, dass der alte Hund Spaß an den Touren hatte, und sie wurden zu seiner neuen Aufgabe. Sam nahm Flash überallhin mit, und oft sah Rose dem

Wagen hinterher, wenn er den Hügel hinunterrollte und Flash seinen Kopf aus dem Fenster reckte und die Gerüche und den Anblick der Fuchsbauten, Höhlen und Wälder in sich aufnahm, in denen er so lange gelebt hatte.

Rose wiederum merkte, dass Sam in Flashs Anwesenheit fröhlicher war. Das konnte sie nicht leisten. Rose fühlte sich zwar für ihr Revier verantwortlich, doch Neid war ihr fremd. Sie verstand, dass der wilde Hund eine Aufgabe brauchte und Sam wiederum den wilden Hund.

An einem kühlen Sommermorgen, als der Nebel auf die Weiden und dahinter über die Hügel kroch, kam Rose in die Kammer, und Flash war nicht da. Sie wusste gleich, dass er nicht im Haus war, denn sie konnte ihn weder riechen noch hören.

Draußen blökten die Schafe, aber sie klangen nicht aufgeregt. Eher irritiert, so als ob irgendetwas anders war als sonst. Das konnte bedeuten, dass irgendwo ein Wildschwein aufgetaucht war oder auch ein Fuchs, ein Flugzeug oder ein Stinktier.

Rose lief durch die Hundetür hinaus in den kühlen, sonnigen Morgen. Alles war so anders als damals in Eis und Schnee während des Schneesturms. Rose sah zum Offenstall hinauf, wo die Schafe standen, und hielt inne. Nach einem kurzen Moment fing sie an zu laufen, jagte über den hinteren Teil des Farmgeländes zum Weidetor, darunter hindurch und an der Scheune vorbei, immer schneller den Hügel hinauf. Sie sah ihn erst, als sie ganz nahe war, aber sie wusste bereits, dass er dort war.

Oben neben dem Offenstall lag Flash. Schon aus

einiger Entfernung konnte Rose seinen keuchenden Atem und den schwachen Herzschlag hören. Er quälte sich furchtbar, seine Zunge hing ihm weit aus dem Maul. Er musste irgendwann in der Nacht aufgestanden, durch die Hundetür gekrochen und hier hinauf auf die Weide gekommen sein. Er wollte nicht im Haus sterben.

Stattdessen würde er seinen letzten Atemzug bei den Schafen tun, wie jeder Hütehund es vorgezogen hätte. Rose schnupperte an seinem Schwanz, seiner Seite, berührte dann seine Schnauze. Sie konnte seinen schwachen Puls hören, den keuchenden Atem, das Rasseln in seiner Kehle. Natürlich hatte sie es gewusst, lange bevor sie ihn erreicht hatte. Es war kein schlimmes Gefühl. Sie sah den ausgemergelten alten Hund vor sich, wie er vor dem Schneesturm Schutz gesucht hatte. Jetzt war er ein ganz anderer.

Sie hatte miterlebt, wie gut sich der wilde Hund auf der Farm eingelebt hatte. Er hatte sich auf eine Weise mit Sam angefreundet, wie es ihr selbst nie möglich gewesen wäre. Jede Nacht hatte sich der wilde Hund auf seinem weichen Hundekissen zusammengerollt, hatte seine letzten Tage in angenehmer Umgebung verbracht und Zuneigung erfahren. Rose wusste, dass er glücklich gewesen war.

Er war auf einem Auge blind, beinahe taub und hatte zwei lahme Beine, seine Knie und Gelenke waren entzündet und geschwollen. Rose konnte ihre Blutsverwandtschaft riechen. Und sie konnte sie fühlen. Der wilde Hund und sie waren seit dem Schneesturm auf eine ganz besondere, starke Art und Weise verbunden gewesen.

Alle Tiere auf der Farm starrten zu ihnen hinauf,

manche waren beunruhigt, als sie die beiden Hunde zusammen neben dem Offenstall sahen. Es war ein ungewohntes Bild, und einer der beiden roch eindeutig nach Tod.

Die ersten Fliegen umschwirrten Flash, und als Rose den Kopf hob, sah sie hoch in der Luft über ihnen Geier kreisen. Auch auf dem Boden gab es Aasfresser, selbst wenn man sie noch nicht sehen konnte – Füchse, Kojoten, Vögel und Waschbären. Wenn seine Seele erst fort war, würde Rose kein Interesse mehr an seinem Kadaver haben. Die Aasfresser konnten ihn haben.

Sie setzte sich neben ihren Vater. Er öffnete die Augen, sein Atem war nur noch ein kehliges Rasseln. Seine Augen waren glasig, schienen ins Leere zu blicken. Er hatte die Hinterbeine gespreizt, eines zuckte.

Die Schafe beobachteten alles ängstlich. Rose hatte kurz den Impuls, Sam zu holen, doch dann sah sie zu Flash und fühlte, was er sich im Innersten wünschte. Er wollte mit ihr und den Schafen auf der Weide allein sein.

Es war vorbei für ihn. Rose fühlte keine Trauer, nur die Verantwortung, ihn auf dieser Reise zu begleiten.

Sie wich Flash an diesem Morgen nicht von der Seite. Die beiden Hunde verschmolzen in ihrer Vorstellungswelt, dort oben auf dem Hügel, wo die Sonne allmählich den Nebel auflöste. Die anderen Tiere wandten sich ab. Diese Szene kam ihnen fremd und beunruhigend vor. Der alte Hund brauchte Nähe und Verständnis, und Rose legte sich neben ihn auf den Boden und berührte seine Nase mit ihrer Schnauze.

Sie standen beide an einer Wegkreuzung. Der alte Hund verließ diese Welt, und Rose würde ohne ihn ein anderes Leben führen. Sie kannte vielleicht das Gefühl von Trauer nicht, aber Verlust konnte sie spüren. Für Flash war es eine Reise ins Ungewisse. Rose wusste, wie weit sie ihn begleiten konnte, denn sie war selbst schon einmal dort gewesen. Sie schloss die Augen, und er schloss die Augen, und zusammen betraten sie eine andere Ebene, auf der es stiller war, als der wilde Hund es jemals erlebt hatte. Rose hatte diese Erfahrung während des Schneesturms gemacht.

Es war ein Ort der absoluten Ruhe und des Friedens. Sie überquerten eine glatte, schimmernde Wasserfläche und kamen ans andere Ufer. Wieder waren da die blauen Lichter, so weit die beiden sehen konnten, unzählige Lichter jenseits des Wassers.

Sie sahen die vielen anderen Hundeseelen um sie herum. Rose bemerkte, wie der alte Hund Ruhe und Frieden für sich fand. Sie war nicht dabei, sie führte ihn nur dorthin. Er lief neben ihr her, langsam, zuerst noch unter Schmerzen. Doch bald schien der Schmerz nachzulassen, sein Gang wurde weicher und schneller, und als sie wenig später die Stelle erreichten, wo Rose umkehren musste, glitt er einfach an ihr vorbei.

Er drehte sich zu ihr um, und ihre Blicke begegneten sich. Dann wandte er sich ab und sah nicht mehr zurück.

Sie verlor ihn im Meer der blauen Lichter und Farben aus den Augen, alles schien wie in einem Nebel zu verschwimmen. Er war fort.

Rose öffnete die Augen und schaute über die Weide. Sie spürte den Wind und hob die Nase in die Luft. Sie fing die Geschichten auf, die der Wind herantrug, und wusste alles, was sie wissen musste.

Sie sah, dass die Augen des alten Hundes offen standen, doch er hatte aufgehört zu atmen, seine Seele war fort. Sie schnupperte an seiner Schnauze und seiner Stirn, dann setzte sie sich hin und ließ ihren Blick über die Schafe und die Farm gleiten. Die Schafe blökten sich leise zu und schauten weg.

Unten hörte Rose eine Tür zuschlagen. Sie sah, wie Sam mit einem Spaten in der Hand den Hügel hinaufkam. Sie hatte ihn vorher schon nach Flash rufen hören und beobachtet, wie er aus dem Fenster sah. Er hatte wohl auch gewusst, warum der Hund zur Weide hinaufgelaufen war. Sam ließ die Hunde alleine, bis er die Geier über ihnen kreisen sah.

Sam hatte den Blick auf den Boden geheftet. Sein Gesicht war merkwürdig verzerrt. Langsam kam Rose ihm entgegen und begleitete ihn dann den Hügel hinauf. Mehr konnte sie nicht tun. Es war genug.

Auf der Farm brachen die Hundstage an. Sam hatte sich dafür entschieden, mit Rose zu züchten, und sie war trächtig. Der Vater war ein reinrassiger Bordercollie aus Manchester in Vermont. Sie war ganz gelassen, und Sam kam sich vor wie ein stolzer werdender Vater.

Er erklärte seinen Freunden, dass Roses Welpen ganz besondere Hunde sein würden. Er wollte sie an die anderen Farmer verkaufen und genierte sich nicht, bereits laut über das Geld nachzudenken, das sie ihm einbringen würden. Zweitausend Dollar pro Welpe waren nicht unrealistisch, vielleicht sogar mehr. Schließlich war Rose in der ganzen Gegend bekannt. Für Sam war das eine Menge Geld, genau wie für jeden anderen Farmer. Ihr Einsatz während des Schneesturms war zur Legende geworden, ein paar

Leute waren sogar vorbeigekommen, um Rose zu sehen. Sam hatte sie verscheucht.

Einen Rüden wollte Sam selbst behalten. Er sollte ihm auf der Farm helfen und ihn auf seinen Autofahrten in die Stadt begleiten. Sam vermisste Flash mehr, als er es sich hätte träumen lassen. Niemals hätte er das gegenüber jemandem zugegeben.

Rose war tatsächlich verändert, obwohl Sam nicht genau sagen konnte, woran es lag. Er hatte den Eindruck, dass sie ruhiger geworden war, nachdenklicher, falls man diesen Ausdruck auf einen Hund anwenden konnte. Irgendetwas an ihr schien gesetzter zu sein, beinahe friedlich. Nur ihr Hinken erinnerte noch an diese furchtbaren Tage im Schneesturm. Ansonsten merkte man ihr nichts an, fand Sam.

Der Sommer schritt voran, und Roses Bauch wurde immer dicker. Mit jedem Tag schien sie ruhiger und runder zu werden. Sie faulenzte während der heißen Sommertage herum, wie sie es noch nie zuvor getan hatte.

Eines Nachmittags, als Sam mit dem Wagen fortgefahren war, die Farm im diesigen Sonnenlicht schimmerte und alle Tiere ruhig waren, spürte Rose, dass sich etwas in ihr bewegte. Langsam lief sie den Hügel hinunter, an den Schafen vorbei auf den Pfad und zu Katies Baumstumpf hinaus.

Sie ließ sich Zeit, blieb immer wieder stehen, um an einem Kaninchenbau oder Häufchen zu schnuppern und nach Mäusen, Streifenhörnchen und Bienen zu lauschen.

Rose liebte diese Spaziergänge durch den Wald, das Durcheinander an Düften, Lauten und Farben, das sie wachrüttelte und ihre Sinne schärfte. Sie sah die Geschichten aus ihrer Welt vor sich tanzen. Sie konnte ihnen kaum folgen, und ihr war beinahe schwindelig vor Freude.

Sie fühlte sich stark und lebendig. Zum ersten Mal in ihrem Leben war sie ganz frei und unbeschwert. Und sie fühlte sich nicht allein. Als sie zu dem Baumstumpf kam, legte sie sich hin. Eine ganze Weile geschah nichts. Rose stellte sich vor, Katie wäre bei ihr. Sie lauschten beide dem Geräusch des kleinen Flusses, der durch den Wald rauschte, hörten die Blätter im Wind rascheln, Vögel in den Bäumen singen und Tiere über den Waldboden laufen. Sie rochen den Duft der Blumen und sahen die Schatten wandern.

Sag mal, war da wirklich ein Wolf?, fragte Katie.

Rose fand Katies Blick, und die beiden konnten einander in die Seele sehen. Rose verstand die Worte nicht, aber sie legte den Kopf schief, um den Klang der Stimme zu erfassen, und sie hörte darin Erstaunen, Bewunderung und Liebe.

Danksagung

Ich danke Jennifer Hershey für ihre außergewöhnlich harte Arbeit. Sie hat an dieses Buch, das mir viel abverlangt hat, geglaubt und mir bei meiner Rückkehr in das fiktionale Genre geholfen. Und ich danke Jen Smith.

Ich danke außerdem Bruce Tracy, Andy Barzvi, Richard Abate, Emma Span, Jane Richter, Brian McLendon, Courtney Moran, Elizabeth Stein und Maria Wulf.

Ich bin auch meinen wunderbaren Hunden dankbar – Rose, Izzy, Lenore und Frieda –, die mich jeden Tag zu meiner Arbeit und zur Fotografie inspirieren.

Edith von Welser-Ude

Vom Zauber, mit Katzen zu leben

Eine Liebeserklärung in Fotografien und Geschichten. 144 Seiten. Piper Taschenbuch

Marianne Sägebrecht, Michaela May, Joseph von Westphalen, Dieter Hanitzsch, Stephan Moses und viele andere Katzenliebhaber in einem originellen Band vereint: Edith von Welser-Ude hat über fünfzig glückliche Paare vor die Linse bekommen – Miezen mit ihren Menschen. Sensible Porträts und originelle Szenen zeugen von der Vertrautheit in diesen Beziehungen. Eine zauberhafte Liebeserklärung in Fotografien mit Texten von Christian Ude.

»Ein Muß für jeden Katzen-Liebhaber und eine Schmunzellektüre für jeden Leser, der sich gerne amüsiert.«
Abendzeitung

05/1919/02/L

Weihnachten bei Kerzenschein

Die schönsten Geschichten zum Fest. Herausgegeben von Lena Franz. 224 Seiten. Piper Taschenbuch

Winterliche Spaziergänge durch verschneite Wälder, knisterndes Feuer im Kamin und Duft von Bratäpfeln, der in die Nase steigt. Die besinnliche Zeit des Jahres im Kreis der Familie ist einfach wunderbar! Gerade jetzt ist die Zeit, sich Geschichten zu erzählen, seien sie aus längst vergangenen Zeiten oder noch ganz frisch in der Erinnerung. Dieser Band versammelt die schönsten Weihnachtsgeschichten zum Fest. Zum Vorlesen im Schein der Adventskranzes, unter dem Weihnachtsbaum oder ganz gemütlich auf dem Sofa.

05/2499/01/R

Thommie Bayer

Die frohe Botschaft abgestaubt

Ein schräges Weihnachtsbuch.
176 Seiten. Piper Taschenbuch

Was wäre, wenn wir mit einer Zeitmaschine in die Vergangenheit reisen könnten? Namentlich über zweitausend Jahre zurück ins Galiläa des Jahres Null? Würde sich dann die These bewahrheiten, die Bibel sei heute noch gültig? Kann das wirklich stimmen? Denn dort spazieren wir durch eine staubige Gegend, erweitern unsere Hygienevorstellungen, modifizieren unsere Moralvorstellungen, beschließen, unser Handy, elektrisches Licht und fließend Wasser nicht zu vermissen – aber wir haben unseren heutigen Kopf, unser heutiges Herz und unseren heutigen Lebensstil dorthin mitgenommen … Lassen Sie sich überraschen von einem ungewöhnlichen Experiment!

»Thommie Bayer hat dem antiquierten Bestseller eine Frischzellenkur erster Güte verpasst.«
Blickpunkt

05/2377/01/L

Massimo Marano

Gans oder gar nicht

Eine Weihnachtsromanze.
192 Seiten. Piper Taschenbuch

Gans oder gar nicht – denkt sich Miriam Engel, während der Heilige Abend immer näher rückt. Auf keinen Fall will sie Weihnachten schon wieder allein in London verbringen, wo sie schon seit fast zwei Jahren in einer Werbeagentur arbeitet. Als die Single-Frau dann den charmanten, in Deutschland lebenden Italiener Marcello kennenlernt, scheint die Weihnachtsgans daheim bei ihren Lieben – und das auch noch mit neuem Freund! – zum Greifen nah …

05/2501/01/R